DER LETZTE FRIEDEN

Science-fiction-Geschichten gegen den Krieg

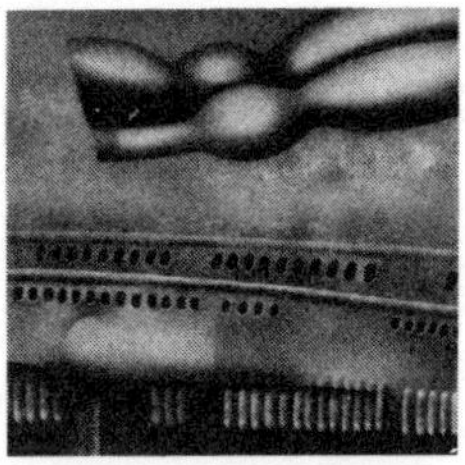

Der letzte Frieden

Science-fiction-Geschichten
gegen den Krieg

Herausgegeben
von Horst Heidtmann

SIGNAL-VERLAG BADEN-BADEN

Gesamtausstattung: Thomas Franke, Zappendorf (DDR)

CIP-Kurztitelaufnahme der Deutschen Bibliothek

Der letzte Frieden: Science-fiction-Geschichten
gegen den Krieg / Hrsg. Horst Heidtmann. —
Baden-Baden: Signal-Verlag, 1983.
ISBN 3-7971-0224-0

NE: Heidtmann, Horst [Hrsg.]

Printed in Germany

Satz: Mittelbadischer Zeitungsverlag GmbH, Bühl
Druck: Druck- und Buchbinderei-Werkstätten May & Co Nachf., Darmstadt
Buchbinderarbeiten: Großbuchbinderei J. Spinner, Ottersweier

Inhaltsverzeichnis

ANHANG

KAREL ČAPEK

Fabeln aus künftigen Jahren, in denen die Menschen in unterirdischen Bunkern leben werden

Im Zeitalter der unterirdischen Bunker
Wenn man überlegt, daß die frühere Menschheit ihre Behausungen über der Erde gebaut hat! Welch primitive Zeiten das doch waren!

Die Baukommission
Ihre Höhle ist hygienisch mangelhaft. In sie dringt Luft ein.

Die Wissenschaft
... damals wurde noch gelehrt, daß sich die Atmosphäre aus Sauerstoff, Wasserstoff, Stickstoff und Edelgasen zusammensetzt. Furchtbar! Diese Unwissenheit!

Das Kind
Mutti, was ist das, „die blauen Berge"?

Moral
Das Gesicht zu zeigen ist unzüchtig. Ein anständiges Mädchen darf niemand ohne Gasmaske sehen.

Die Mutter
Was hat Ihr Junge denn angestellt?
Ach, dieser Gassenbub, er wäre beinahe an die Erdoberfläche geklettert.

Der Leser
Worüber lachst du so?
Ach, hier lese ich in einem alten Buch eine Naturbeschreibung.

Der Hauswirt
Wenn Sie nicht binnen einer Woche die Miete bezahlen, werfe ich Sie aus dem Souterrain an die Sonne.

Luxus
Mensch, ist das ein Luxus! Die haben sich in ihre Höhle künstliche Tropfsteine machen lassen!

Umzug
Mir hat der Doktor Luftveränderung verordnet. Also suche ich eine Höhle irgendwo in der Perm-Formation.

Neid
Ach der! Der hat durch Protektion eine Wohnung im Vinohrader Tunnel bekommen.

Das Denkmal
Wozu ist das, dieser Schacht?
Dort wird feierlich das unterirdische Denkmal unseres Führers verschüttet.

Die ideale Wohnung
Und Ratten haben Sie hier nicht?
Ach wo! Hier würden es doch keine Ratten aushalten!

Unterschiede
Am besten wohnt es sich in Kalkstein. Granit ist ein bißchen kalt und dunkel.

Die junge Frau
Und unter der Erde bauen wir uns eine kleine Veranda, wo ich in Blumentöpfen Schimmel und Schwamm ziehen werde.

Nachbarinnen
Es ist furchtbar. Die Luft ist schon wieder teurer geworden.

Erinnerung
Schon ein Jahr ist es also her, daß wir unseren seligen Vater an der Erdoberfläche bestattet haben.

Das Höhlenvolk
Guck mal, hier hab' ich eine uralte Feuerstätte ausgegraben.
Ach geh! Sollte es früher schon mal Menschen auf einer so hohen Kulturstufe gegeben haben, daß sie in Höhlen wohnten?

Die Kanalisation
Daß diese dummen Menschen früher so enge Gänge gebaut haben!

Der Taucher
Frau, gib mir den Skaphander; ich will auftauchen.

Der Knabe
Vati, was ist das: Frieden?
Weiß ich nicht. Frag mich nicht solch dummes Zeug.

Der Mythos
Daß man einmal oben auf der Erde gelebt hat? Das sind Märchen. Wissenschaftlich ist das Unsinn.

Im Jahre 2200
Die größte Erfindung der letzten Zeit? Nichtrostende Feuersteingeräte.

Im Jahre 2500
... ist zurückgekehrt und behauptet, daß man dort oben auf der Erdoberfläche ganz gut atmen könne.
Nehmen wir an, man kann es; aber was soll man dort, Mensch?

HERBERT W. FRANKE

Schlag und Gegenschlag

Wie zwei Augen lagen die Kraterinseln inmitten des endlosen Meeres. Das Raumschiff sank langsam tiefer.
„Antwortet jemand auf deine Signale?“ fragte Kai.
„Niemand“, murmelte Ben in seine Arbeit vertieft.
„Ich steuere einfach auf die Insel zu“, meinte Kai.
Die Kreise wuchsen. Gitterartige Linienzüge und Rechtecke wurden sichtbar. Sie füllten den Grund beider Krater dicht aus. Schließlich erstreckte sich der eine von beiden über den ganzen Bildschirm. Sein Durchmesser mochte 200 km betragen.
„Dort unten rührt sich nichts“, stellte Ben fest. Das Schiff erreichte eben die Gipfelhöhe des Kratergebirges — es befand sich etwa 20 km über dem Boden, auf dem jetzt Gebäude und Straßen deutlich erkennbar wurden —, als ein Ruck durch die Räume lief. Kai stoppte die Fahrt und beobachtete den Bildschirm, der die hinter ihnen liegende Region zeigte. Ben stellte auf ‚nah‘ ein. Da sahen sie auch schon die Ursache: Sie hatten ein feines, silbrig glänzendes Netz durchstoßen.
„Hätte uns dieses Spinngewebe aufhalten sollen?“ frage Kai. Statt einer Antwort deutete Ben auf das Kanzelfenster. Unter ihnen wurde es lebendig. An mehreren Stellen der Riesenstadt stiegen schirmförmige Gebilde auf, die sich wie Medusen fortbewegten. Alle schlugen die Richtung gegen die zweite Kraterstadt ein.
Um ihren Flug beobachten zu können, lenkte Kai das Schiff wieder höher. Mehrere Reihen der Gebilde liefen mit steigender Geschwindigkeit über das Meer, einige waren schon über der zweiten Inselstadt. Dort hielten sie inne, schwebten einige Sekunden und fielen dann wie Säcke in das Häusermeer. Dort bewegte sich plötzlich etwas. Zwölf quaderartige Körper stiegen auf und zielten mit Parabelbahnen mitten in den ersten Krater. Hier sanken sie allmählich in die Tiefe. Dabei zogen sie sich ziehharmonikaartig zusammen und streckten sich wieder, und versprühten eine grünliche Flüssigkeit, deren Dämpfe sich träge über die Straße breiteten.
Das ging 48 Stunden so weiter. Immer neue Schirmgebilde fielen abwärts, ohne daß eine Wirkung sichtbar wurde, und immer von neuem regnete der grüne Nebel auf die Dächer. Dann war der Spuk vorbei.

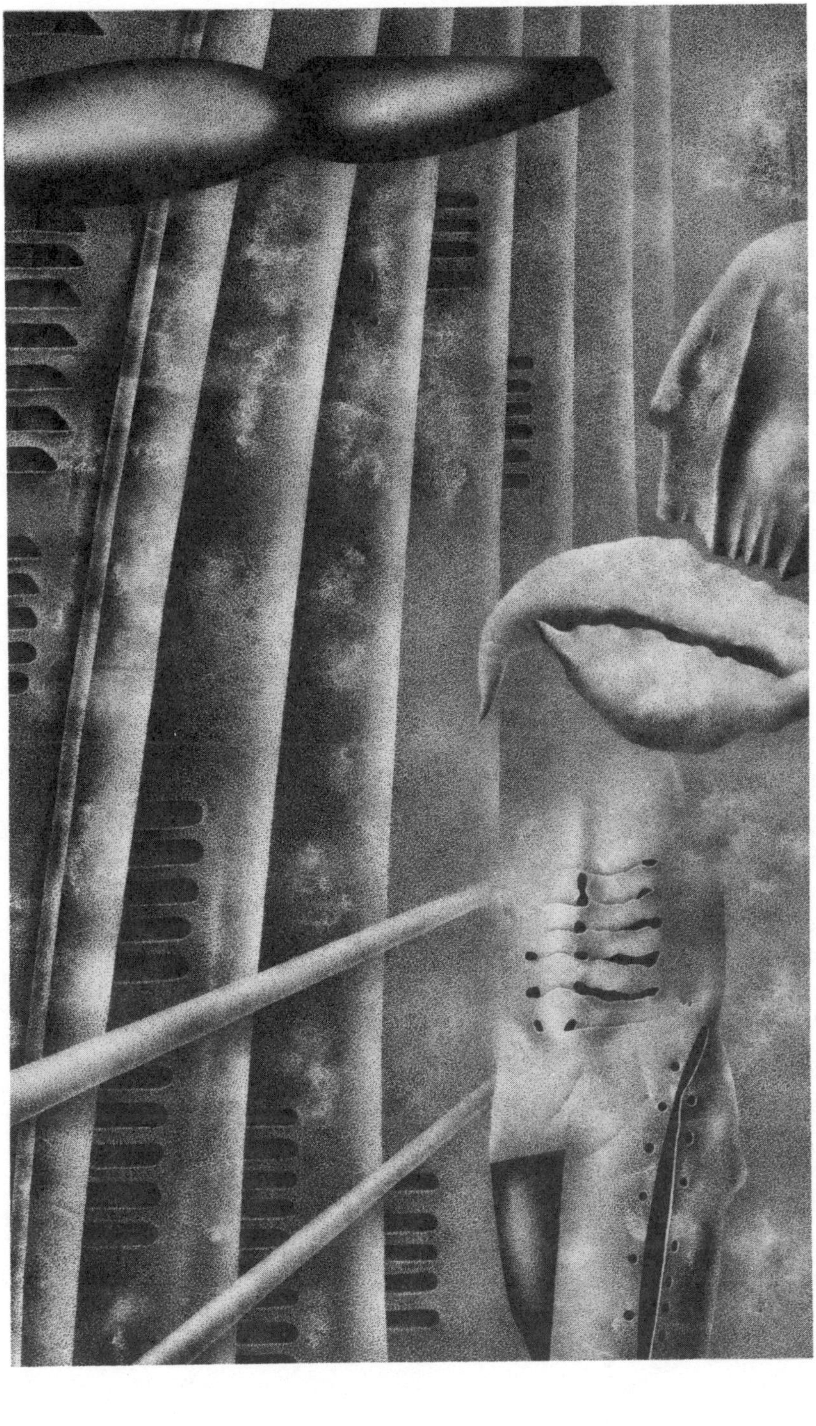

„Sehen wir uns die grüne Masse an?“ fragte Ben.
„Natürlich“, antwortete Kai. Mit größtmöglicher Vorsicht landeten sie im ersten Krater. Ben steckte eine Probe in ein luftdicht geschlossenes Röhrchen und untersuchte es. Kai lief im Raumanzug durch die Stadt, durchstreifte Straßen und Häuser und kehrte schließlich mit der Nachricht zurück, er hätte weder ein lebendes noch ein totes Wesen gefunden.
„Schau durchs Mikroskop!“ bat Ben. Kai folgte und sah ein Gewimmel von zitternden grünen Stäbchen.
„Bakterien“, erklärte Ben.
Sie fuhren nun zum zweiten Krater. Als sie auf einem Platz hielten und ausstiegen, begann der Geigerzähler zu ticken. Sie gingen der Strahlung nach und stellten fest, daß sie von einem der schirmartigen Körper ausging, der wie ein überdimensionaler Schwamm auf dem Wege saß. Während Ben mit seinen Messungen begann, drang Kai wieder in einige Häuser ein. Auch hier stieß er auf keine Spuren von etwas Lebendigem.
„Was hast du gefunden?“ fragte er, als er wieder bei Ben anlangte.
„Radioaktives Strontium“, erklärte dieser, „allerdings hat die Strahlung ganz schwache Intensität.“ Sie betraten das Raumschiff und stiegen auf.
„Vielleicht sind die Wesen sehr empfindlich gegen Radioaktivität“, vermutete Kai. „Ich nehme an, wir sind in einen Krieg hineingekommen, und sie haben sich in unterirdische Schutzräume zurückgezogen.“
„Es gibt eine bessere Erklärung“, sagte Ben. „Wie du weißt, geht der Zerfall von radioaktiver Substanz unaufhaltsam vor sich. Strontium verwandelt sich dabei in Yttrium. Aus dem Mengenverhältnis zwischen dem unverbrauchten strahlenden Stoff und dem Endprodukt kann man berechnen, wie alt die radioaktive Probe ist. Ich bin auf ein Alter von 2600 Jahren gekommen. Das erklärt, warum die Strahlung so schwach ist. Die radioaktiven Ladungen sind seit dieser Zeit nicht erneuert worden.“
„Wahrscheinlich gibt es also hier seit zweitausendsechshundert Jahren keine Lebewesen mehr!“ sagte Kai. „Wie kam es aber zu den Kampfhandlungen?“
„Wir selbst haben sie ausgelöst, als wir das Netz zerrissen. Ein automatisches System schickte die radioaktiven Ladungen gegen den einzig als möglich erachteten Feind, gegen die Stadt im zweiten Krater.

Auch dort gab es eine Alarmanlage, die mit einem Bakterienangriff antwortete."
„Ich bin froh, daß wir nicht zweitausendsechshundert Jahre früher kamen", meinte Kai.
„Ich auch", antwortete Ben und sah noch einmal zu den beiden Krateraugen zurück, die wie vorher einsam in der glitzernden Fläche des Meeres lagen. Über einem von ihnen lag nun ein grüngrauer Schimmer.

KURT VONNEGUT JR.

Bericht über den Barnhouse-Effekt

Laßt mich zu Beginn sagen, daß ich darüber, wo Professor Arthur Barnhouse sich versteckt hält, nicht mehr weiß als irgend jemand anders. Außer einer am Weihnachtsabend in meinem Hausbriefkasten zurückgelassenen kurzen und rätselhaften Botschaft habe ich seit seinem Verschwinden vor eineinhalb Jahren nichts mehr von ihm gehört.

Und was noch wichtiger ist, Leser dieses Artikels werden enttäuscht sein, wenn sie erwarten, hier zu erfahren, wie *sie* den sogenannten Barnhouse-Effekt zuwege bringen können. Wäre ich imstande und willens, dieses Geheimnis zu lüften, dann wäre ich sicherlich etwas Bedeutenderes als ein Psychologie-Dozent.

Man hat mich gedrängt, diesen Bericht zu schreiben, weil ich unter der Anleitung des Professors Forschungen betrieb und der erste war, der von seiner erstaunlichen Entdeckung erfuhr. Aber solange ich bei ihm Student war, wurde ich nie in das Geheimnis eingeweiht, wie die geistigen Kräfte freigesetzt und gesteuert werden können. Er wollte niemandem dieses Wissen anvertrauen.

Ich möchte gern darauf hinweisen, daß die Bezeichnung „Barnhouse-Effekt" eine Prägung der Boulevardpresse ist und nie von Professor Barnhouse selbst angewandt wurde. Das Wort, das er für das Phänomen wählte, lautete *„Dynamopsychismus"* oder geistige Kraft.

Ich kann nicht glauben, daß es einen gebildeten Menschen gibt, der noch überzeugt werden muß, daß eine solche Kraft vorhanden ist, nachdem sich ihre destruktiven Auswirkungen doch in den Hauptstädten jedes Landes bemerkbar machen. Ich glaube, die Menschheit hat immer dunkel geahnt, daß es eine solche Art von Kraft gibt. Es gilt als allgemein bekannt, daß manche Menschen mit leblosen Dingen wie Würfeln mehr Glück haben als andere. Professor Barnhouse verstand es zu zeigen, daß solches „Glück" eine meßbare Kraft war, die in seinem Fall riesige Ausmaße annehmen konnte.

Nach meinen Berechnungen war der Professor zu der Zeit, als er von der Bildfläche verschwand, etwa fünfundfünfzigmal stärker als eine Atombombe vom Nagasaki-Typ. Er bluffte nicht, als er am Vorabend des „Unternehmens Geistesblitz" zu General Honus Barker sagte: „Während ich hier am Eßtisch sitze, bin ich ziemlich sicher, daß ich alles auf Erden — von Joe Louis bis zur großen chinesischen Mauer — flachlegen kann.“

Es besteht eine verständliche Neigung, Professor Barnhouse als eine übernatürliche Heimsuchung anzusehen. Die Erste Kirche von Barnhouse in Los Angeles hat eine an die Tausende zählende Gemeinde. Der Professor ist weder seiner Erscheinung noch seinem Verstand nach gottähnlich. Der Mann, der die Welt abrüstet, ist unverheiratet, kleiner als der amerikanische Durchschnittsmann und sportlicher Betätigung abgeneigt. Sein Intelligenz-Quotient beträgt 143, was gut, aber jedenfalls nicht sensationell ist. Er ist durchaus sterblich, im Begriff, seinen vierzigsten Geburtstag zu feiern und bei guter Gesundheit. Wenn er jetzt allein ist, wird ihm die Isolierung nicht allzuviel ausmachen. Als ich ihn kannte, war er still und schüchtern und schien mehr Gesellschaft bei Büchern und in der Musik zu finden als bei seinen College-Veranstaltungen.

Weder er noch seine Fähigkeiten fallen außerhalb der natürlichen Sphäre. Seine dynamopsychischen Ausstrahlungen sind vielen bekannten physikalischen Gesetzen unterworfen, die in das Gebiet des Funkwesens gehören. Es gibt kaum jemand, der bis jetzt noch nicht das Brummen der „Barnhouse-Geräusche“ in seinem Empfangsgerät gehört hat. Die Ausstrahlung wird durch Sonnenflecke und Veränderungen in der Ionosphäre beeinträchtigt.

Jedenfalls unterscheidet sie sich von gewöhnlichen Radiowellen in verschiedenen wichtigen Hinsichten. Ihre Gesamtenergie kann auf jeden einzelnen Punkt, den der Professor wählt, gerichtet werden — und diese Energie wird durch die Entfernung nicht vermindert. Als Waffe hat daher der Dynamopsychismus einen eindrucksvollen Vorzug gegenüber Bakterien- und Atombomben, ganz abgesehen davon, daß sich seiner zu bedienen nichts kostet: Er ermöglicht es dem Professor, gefährliche Individuen und Objekte herauszugreifen, statt die gesamte Bevölkerung in einem Land zur Wahrung des internationalen Gleichgewichts abzuschlachten.

Wie General Honus Barker dem Heimatausschuß für Militärische Angelegenheiten sagte: „Bis jemand Barnhouse findet, gibt es keinen Schutz gegen den Barnhouse-Effekt.“ Alle Anstrengungen, die Strahlungen „abzuschirmen“ oder zu blockieren, schlugen fehl. Ministerpräsident Slezak hätte sich die phantastische Ausgabe seines „Barnhouse-sicheren“ Schutzraumes ersparen können. Trotz des 3 Meter 60 dicken Bleipanzers in dem Schutzraum wurde der Ministerpräsident, als er sich darin aufhielt, zweimal zu Boden geschleudert.

Man spricht davon, daß man die Bevölkerung nach Männern durchsiebt, die potentiell dynamopsychisch ebenso machtbegabt sind wie der Professor. Senator Warren Foust forderte im vergangenen Monat Geldmittel zu diesem Zweck mit der leidenschaftlichen Erklärung: „Wer den Barnhouse-Effekt beherrscht, dem gehört die Welt!" Kommissar Kropotnik sagte ziemlich dasselbe, so daß ein weiteres kostspieliges Wettrüsten mit einem neuen Dreh begonnen hat.

Dieses Wettrüsten hat wenigstens seine komischen Seiten. Die besten Glücksspieler der Welt werden ebenso wie viele Atomphysiker von den Regierungen verhätschelt. Es mag vielleicht einige hundert Personen mit dynamopsychischer Begabung auf Erden geben, ich selbst eingeschlossen. Aber ohne eine Kenntnis der Methode des Professors können sie nie etwas anderes als Beherrscher des Spieltisches sein. Mit dem Geheimnis würden sie wahrscheinlich zehn Jahre brauchen, gefährliche Waffen zu werden. So lange brauchte nämlich der Professor. Wer den Barnhouse-Effekt beherrscht, ist Barnhouse und wird es eine Zeitlang bleiben.

Allgemein verständlich heißt das, daß das „Barnhouse-Zeitalter" vor eineinhalb Jahren am Tag des „Unternehmens Gedankenblitz" begonnen hat. Das war, als der Dynamopsychismus eine politische Bedeutung bekam. Tatsächlich wurde das Phänomen im Mai 1942 entdeckt, kurz nachdem der Professor einen direkten Auftrag von der Armee ablehnte und sich freiwillig als Artillerist meldete. Wie X-Strahlen und vulkanisierter Gummi wurde der Dynamopsychismus durch einen Zufall entdeckt.

Von Zeit zu Zeit wurde der Kanonier Barnhouse aufgefordert, an Glücksspielen seiner Kameraden in der Kaserne teilzunehmen. Er kannte die Spiele nicht und bat gewöhnlich, man solle ihn entschuldigen. Aber eines Abends erklärte er sich aus reiner Gefälligkeit bereit, mitzuwürfeln. Sein Spiel war schauderhaft oder wundervoll, je nachdem ob einem die Welt, wie sie heute ist, gefällt oder nicht.

„Wirf sieben, Pop", sagte jemand.

Also würfelte „Pop" zehnmal hintereinander sieben und machte die Kaserne bankrott. Er zog sich in seine Schlafkoje zurück und berechnete als mathematische Übung die gegen sein Bravourstück stehenden Chancen auf der Rückseite eines Wäschezettels. Seine Erfolgsaussichten standen, wie er herausfand, im Verhältnis von eins zu fast zehn Millionen. Verwirrt lieh er sich ein Paar Würfel von dem Mann in der Koje neben der seinen aus. Er versuchte noch einmal

sieben zu würfeln, warf aber nur das übliche Zahlengemisch. Er legte sich einen Augenblick zurück und nahm dann wieder die Würfel in die Hand. Er warf weitere zehnmal sieben hintereinander.
Er hätte das Phänomen mit einem leisen Pfiff zwischen den Zähnen abtun können. Statt dessen aber grübelte der Professor über die Umstände nach, die seine zwei Glückssträhnen begleitet hatten. Einen Faktor hatten sie gemeinsam: in beiden Fällen war ihm *der gleiche Gedanke durch den Kopf geschossen, gerade bevor er die Würfel warf.* Dieser Gedankengang war es, der die Gehirnzellen des Professors zu dem ausrichtete, was seitdem zu der gewaltigsten Waffe auf Erden geworden ist.

Der Soldat in der Nachbarkoje zollte dem Dynamopsychismus seinen ersten Achtungsbeweis. In einer Untertreibung, die sicher ein schiefes Lächeln auf die Gesichter der niedergeschlagenen Demagogen der Welt bringen wird, sagte der Soldat: „Du bist schärfer als eine Zweidollar-Pistole, Pop." Professor Barnhouse war das wirklich. Die Würfel, mit denen er zu Werke ging, wogen nur ein paar Gramm, daher waren die in Frage kommenden Kräfte geringfügig, aber die unverkennbare Tatsache, daß es solche Kräfte gab, war welterschütternd.
Die Vorsicht des Gelehrten hielt ihn davon ab, seine Entdeckung sofort zu enthüllen. Er wollte noch mehr Tatsachen und eine sie stützende Theorie. Später, als die Atombombe auf Hiroshima geworfen wurde, war es Angst, was ihn den Mund halten ließ. Zu keiner Zeit waren seine Versuche, wie Ministerpräsident Slezak sie nannte, „ein bürgerlicher Anschlag, um den echten Demokratien der Welt Fesseln anzulegen". Der Professor wußte nicht, wohin sie führten.
Mit der Zeit kam er dahinter, einen anderen alarmierenden Wesenszug des Dynamopsychismus zu erkennen: *Seine Stärke wuchs mit der Anwendung.* Im Lauf von einem halben Jahr war er imstande, Würfel zu dirigieren, die von Männern — eine Kasernenlänge entfernt — geworfen wurden. Zur Zeit seiner Entlassung im Jahr 1945 konnte er Ziegel von drei Meilen entfernten Kaminen zum Herunterfallen bringen.
Beschuldigungen, daß Professor Barnhouse den letzten Krieg im Handumdrehen gewonnen haben könnte, sich aber nicht bemühte, das zu tun, sind völlig sinnlos. Als der Krieg zu Ende ging, verfügte er vielleicht über die Reichweite und Zerstörungskraft eines 3,7-Zentimeter-Geschützes – bestimmt nicht mehr. Seine dynamopsychischen

Fähigkeiten wuchsen erst nach seiner Entlassung und Rückkehr an das Wyandotte-College über die Handfeuerwaffen-Klasse hinaus.
Ich ließ mich zwei Jahre nachdem der Professor wieder dem Lehrkörper des College angehörte, in die Wyandotte-Schule für Fortgeschrittene immatrikulieren. Zufällig wurde er mir als Doktorvater zugeteilt. Ich war unglücklich darüber, denn der Professor war in den Augen sowohl von Kollegen als auch von Studenten eine etwas lächerliche Figur. Er versäumte praktische Übungen oder hatte Gedächtnisausfälle bei Vorlesungen. Als ich hinkam, hatten sich seine Unzulänglichkeiten von lächerlich zu untragbar entwickelt.
„Wir teilen Sie vorübergehend Barnhouse zu", sagte mir der Dekan für die soziologischen Studienfächer. Er machte ein abbittendes und verlegenes Gesicht. „Ein hervorragender Mann, dieser Barnhouse. Vielleicht seit seiner Rückkehr nicht leicht zu erkennen, aber seine Arbeit vor dem Krieg trug viel zum Ansehen unserer kleinen Schule bei."
Als ich mich zum erstenmal im Laboratorium des Professors meldete, war das, was ich sah, jammervoller als das, was darüber gemunkelt wurde. Jede Fläche in dem Raum war dick mit Staub bedeckt. Bücher und Apparate waren seit Monaten nicht angerührt worden. Der Professor saß eingenickt an seinem Schreibtisch, als ich eintrat. Die einzigen Zeichen neuerlicher Tätigkeit waren drei randvolle Aschenbecher, eine Schere und eine Morgenzeitung, von deren Vorderseite verschiedene Artikel herausgeschnitten waren.
Als er den Kopf hob, um mich anzusehen, sah ich, daß seine Augen von Müdigkeit verschleiert waren. „Hi", meinte er, „ich scheine nachts einfach nicht genug Schlaf zu bekommen." Er zündete sich eine Zigarette an, seine Hände zitterten ein wenig. „Sind Sie der junge Mann, dem ich bei einer Dissertation helfen soll?"
„Ja, Sir", sagte ich. Im Nu verwandelte er meine Befürchtungen in Bestürzung.
„Sind Sie ehemaliger Kriegsteilnehmer in Übersee?"
„Ja, Sir."
„Nicht viel dort übrig geblieben, was?" Er runzelte die Stirn. „Gefallen gefunden am letzten Krieg?"
„Nein, Sir."
„Sieht es für Sie nach einem neuen Krieg aus?"
„In gewisser Weise, Sir."
„Was kann man dagegen tun?"
Ich zuckte die Schultern. „Sieht ziemlich hoffnungslos aus."

Er musterte mich aufmerksam. „Wissen Sie nichts von internationalem Recht, den Vereinten Nationen und alledem?“
„Nur was ich zufällig in den Zeitungen gelesen habe.“
„Dasselbe hier“, seufzte er. Er zeigte mir eine dick mit Zeitungsausschnitten gefüllte Mappe. „Habe früher nie internationaler Politik Aufmerksamkeit geschenkt. Nun studiere ich sie, wie ich das bei Ratten in ihrem Labyrinth zu tun pflegte. Jedermann sagt mir dasselbe: ‚Es sieht hoffnungslos aus.‘“
„Wenn nicht ein Wunder geschieht . . .“, warf ich ein.
„Glauben Sie an Zauberkraft?“ fragte er scharf. Der Professor zog zwei Würfel aus der Westentasche. „Ich werde versuchen, Zweier zu würfeln“, sagte er. Er warf Zweier dreimal hintereinander. „Die Chancen stehen ungefähr 47 000 zu eins, daß das geschieht. Da haben Sie Ihr Wunder!“ Er strahlte einen Augenblick und beendete das Gespräch mit der Bemerkung, er habe eine Vorlesung zu halten, die bereits vor zehn Minuten hätte beginnen sollen.
Er hatte es nicht eilig, mich ins Vertrauen zu ziehen, und er erwähnte seinen Trick mit dem Würfel nicht mehr. Ich nahm an, daß sie präpariert waren, und dachte nicht mehr an sie. Er stellte mir die Aufgabe, männliche Ratten zu beobachten, die elektrisch geladene Metallstreifen überqueren mußten, um zu ihrem Futter oder zu weiblichen Ratten zu gelangen — ein Experiment, das zu jedermanns Zufriedenheit um die dreißiger Jahre gemacht wurde. So, als sei die Witzlosigkeit meiner Arbeit nicht schon schlimm genug, plagte mich der Professor mit nebensächlichen Fragen. Seine liebsten waren: „Finden Sie, daß wir die Atombombe auf Hiroshima hätten werfen sollen?“ und „Glauben Sie, daß jede neue wissenschaftliche Erkenntnis eine gute Sache für die Menschheit ist?“

Jedenfalls fühlte ich mich nicht lange auf ein totes Gleis geschoben. „Geben Sie diesen armen Biestern einen Ruhetag“, sagte er eines Morgens, als ich einen Monat bei ihm war. „Ich möchte, daß Sie mir bei einem interessanten Problem, nämlich meiner Gesundheit, behilflich sind.“
Ich brachte die Ratten in ihre Käfige zurück.
„Was Sie tun müssen, ist einfach“, sagte er, diesmal sanft. „Beobachten Sie das Tintenfaß auf meinem Schreibtisch. Wenn sich damit nichts ereignet, sagen Sie es, und ich werde ruhig — erleichtert, möchte ich hinzufügen — in das nächste Sanatorium gehen.“
Ich nickte unsicher.

Er verschloß die Laboratoriumstür und ließ die Jalousien herunter, so daß wir einen Augenblick im Zwielicht waren. „Ich benehme mich komisch, ich weiß es", sagte er. „Es ist die Angst vor mir selbst, was mich komisch macht."

„Ich habe Sie vielleicht ein wenig exzentrisch gefunden, aber sicher nicht —"

„Wenn mit diesem Tintenfaß nichts geschieht, ist die Bezeichnung ‚verschroben wie ein Narr' die einzige auf mich zutreffende", unterbrach er und schaltete das Oberlicht an. Seine Augen wurden schmal. „Um Ihnen eine Vorstellung zu geben, wie verschroben, werde ich Ihnen sagen, was mir durch den Kopf gegangen ist, als ich hätte schlafen sollen. Ich glaube, daß ich vielleicht die Welt retten kann. Ich glaube, vielleicht kann ich jede Nation zu einer *besitzenden* machen und den Krieg endgültig abschaffen. Ich glaube, vielleicht kann ich Straßen durch den Dschungel anlegen, Wüsten bewässern, über Nacht Dämme bauen."

„Ja, Sir."

„Beobachten Sie das Tintenfaß!"

Pflichtgemäß und beunruhigt beobachtete ich es. Ein hoher Summton schien von dem Tintenfaß zu kommen. Dann begann es in beängstigender Weise zu vibrieren und schließlich auf der Schreibtischplatte Sprünge und zwei geräuschvolle Kreisbewegungen zu machen. Es blieb stehen, summte wieder, wurde rotglühend und zersprang dann mit einem blaugrünen Blitzen in Splitter.

Vielleicht standen mir die Haare zu Berge. Der Professor lachte freundlich. „Magnetisch?" brachte ich schließlich fertig zu sagen.

„Ich wünschte beim Himmel, es handelte sich um Magneten", murmelte er. Das war der Augenblick, als er mir von Dynamopsychismus erzählte. Er wußte nur, daß es eine solche Kraft gab — erklären konnte er sie nicht. „Das bin ich und ich allein — das ist schrecklich."

„Ich möchte eher sagen, es war erstaunlich und wunderbar!" rief ich aus.

„Wenn ich nichts anderes könnte, als Tintenfässer tanzen zu lassen, dann würde mir die ganze Geschichte schon längst zum Hals heraushängen." Traurig zuckte er die Schultern. „Aber ich bin kein Spielzeug, mein Junge. Wenn Sie wollen, kann ich Sie in der Gegend umherfahren und Ihnen zeigen, was ich meine." Er erzählte mir von pulverisierten Steinblöcken, zerschmetterten Eichen und verlassenen, zerstörten Bauernhäusern innerhalb eines Umkreises von fünfzig Meilen um das Universitätsgelände. „Alles das tat ich, während ich

einfach hier dasaß und meine Gedanken — nicht einmal sehr angestrengt — darauf richtete."
Er kratzte sich nervös am Kopf. „Ich habe es nie gewagt, mich so angestrengt, wie ich kann, darauf zu konzentrieren, aus Angst vor dem Schaden, den ich anrichten könnte. Ich bin da angelangt, wo ein launischer Einfall sich wie eine tonnenschwere Bombe auswirkt." Eine bedrückende Pause trat ein. „Bis vor wenigen Tagen dachte ich, es sei das Beste, wenn ich mein Geheimnis für mich behielte, aus Angst, welcher Gebrauch davon gemacht werden könnte", fuhr er fort. „Jetzt wird mir klar, daß ich dazu nicht mehr Rechte habe, als ein Mensch das Recht hat, eine Atombombe zu besitzen."
Er suchte in einem Stoß Papiere herum. „Da steht, glaube ich, ungefähr alles drin, was wissenswert ist." Er reichte mir den Entwurf eines Briefes an den Außenminister.

Sehr geehrter Herr Minister,
ich habe eine neue Kraft entdeckt, deren Anwendung nichts kostet und die vermutlich bedeutender ist als die Atomenergie. Ich möchte sie gerne höchst wirkungsvoll für die Sache des Friedens angewandt sehen und bitte daher um Ihren Rat, wie das am besten bewerkstelligt werden könnte.

Mit vorzüglicher Hochachtung
A. Barnhouse

„Ich habe keine Ahnung, was als nächstes geschehen wird", sagte der Professor.

Es verstrichen drei Monate, die einem dauernden Alptraum glichen. Zu allen Tageszeiten kamen die politischen und militärischen Großen der Nation, um die Tricks des Professors zu beobachten.
Wir hausten in einem großen alten Landhaus in der Nähe von Charlottesville in Virginia, in das man uns fünf Tage nach Absendung des Briefes in aller Eile gebracht hatte. Von Stacheldraht und zwanzig Wachtposten umgeben, wurden wir als das „Projekt der besten Wünsche" bezeichnet und als streng geheim eingestuft.
General Honus Barker und William K. Cuthrell vom *State Department* leisteten uns Gesellschaft. Für die Reden des Professors von einem Frieden durch Überfluß hatten sie ein nachsichtiges Lächeln, und es gab viele Gespräche über praktische Maßnahmen und realistisches Denken. Nach dieser Behandlung geriet der Professor, der

zuerst beinahe demütig gewesen war, im Lauf von einigen Wochen in einen halsstarrigen Zustand.
Er hatte sich bereit erklärt, den Gedankengang zu enthüllen, mit dessen Hilfe er sein Denken zu einem dynamopsychischen Sender ausrichtete. Aber unter Cuthrells und Barkers bohrendem Drängen, das zu tun, machte er einen Rückzieher. Zuerst erklärte er, die Information könne nur mündlich weitergegeben werden. Später behauptete er, sie müsse in einem langen Bericht schriftlich dargestellt werden. Schließlich, eines Abends beim Essen, gerade nachdem General Barker die Geheimbefehle für das „Unternehmen Gedankenblitz" verlesen hatte, verkündete der Professor: „Den Bericht zu schreiben, kann vielleicht fünf Jahre dauern." Er schaute den General grimmig an. „Vielleicht auch zwanzig."
Der Schrecken, durch diese unumwundene Eröffnung ausgelöst, wurde durch die erregende Vorwegnahme des „Unternehmens Gedankenblitz" etwas aufgewogen. Der General war in Festtagsstimmung. „Die Zielschiffe sind in diesem Augenblick nach den Karolinen unterwegs", erklärte er begeistert. „Und zwar hundertundzwanzig! Gleichzeitig werden zehn V2-Raketen in New Mexico abschußbereit gemacht, und fünfzig ferngesteuerte Bomber werden zu einem Scheinangriff auf die Aleuten ausgerüstet. Bedenken Sie nur!" Glücklich wiederholte er seine Befehle. „Genau um 11 Uhr am nächsten Mittwoch werde ich Ihnen den Befehl geben, sich zu *konzentrieren,* und Sie, Professor, werden so angestrengt, wie Sie können, Ihre Gedanken darauf richten, die Zielschiffe zu versenken, die V2-Raketen zu vernichten, ehe sie auf dem Boden explodieren, und die Bombenflugzeuge herunterzuholen, bevor sie die Aleuten erreichen. Glauben Sie, daß Ihnen das gelingen wird?"
Der Professor wurde grau im Gesicht und schloß die Augen. „Wie ich Ihnen schon gesagt habe, mein Freund, ich weiß nicht, was ich zu tun vermag." Bitter fügte er hinzu: „Was dieses ‚Unternehmen Gedankenblitz' anbetrifft, so wurde ich nie darüber um Rat gefragt — und es dünkt mich kindisch und irrsinnig teuer."
General Barker warf sich in die Brust. „Sir", sagte er, „Ihr Gebiet ist die Psychologie, und ich würde nicht wagen, Ihnen auf diesem Gebiet Ratschläge zu erteilen. Das meinige ist die nationale Verteidigung. Ich habe dreißig Jahre Erfahrung und Erfolg hinter mir, Professor, und muß Sie bitten, meine Entscheidung nicht zu kritisieren."
Der Professor wandte sich an Mr. Cuthrell. „Hören Sie zu", bat er, „versuchen wir nicht alle, uns von Krieg und militärischen Angelegen-

heiten zu befreien? Wäre es nicht sehr viel sinnvoller und weit weniger kostspielig für mich, wenn ich Wolkenmassen in Dürregebiete umzuleiten suchte und derlei Dinge? Ich gebe zu, daß ich so gut wie nichts von internationaler Politik verstehe, aber die Annahme scheint vernünftig, daß niemand das Bedürfnis hätte, Kriege anzuzetteln, wenn genug von allem für alle da wäre. Mr. Cuthrell, ich würde gern versuchen, Generatoren in Betrieb zu setzen, wo es keine Kohlen oder Wasserkraft gibt, Wüsten zu bewässern, und so fort. Nun, Sie könnten ausrechnen lassen, was jedes Land braucht, um das meistmögliche aus seinen Hilfsquellen zu machen, und ich könnte es dem betreffenden Land geben, ohne daß es die amerikanischen Steuerzahler einen Penny kostet."

„Unablässige Wachsamkeit ist der Preis der Freiheit", sagte der General gewichtig.

Mr. Cuthrell warf einen Blick leisen Abscheus auf den General. „Leider hat der General in seiner Art recht", meinte er. „Ich wünschte beim Himmel, die Welt wäre für Ideale wie die Ihrigen bereit, aber sie ist es einfach nicht. Wir sind nicht von Brüdern umgeben, sondern von Feinden. Es ist nicht Mangel an Nahrung oder Hilfsquellen, was uns an den Rand des Krieges bringt — es ist das Ringen um Macht. Wer wird die Welt beherrschen — Leute unserer oder Ihrer Art?"

Der Professor nickte in widerstrebender Zustimmung und stand vom Tisch auf. „Verzeihen Sie, meine Herren, Sie sind schließlich in der besseren Lage zu beurteilen, was das Beste für das Land ist. Ich werde tun, was Sie sagen." Er wandte sich an mich. „Vergessen Sie nicht, die elektrische Uhr aufzuziehen und unter dem Siegel der Verschwiegenheit die Katze aus dem Sack zu lassen", sagte er düster und stieg die Treppe zu seinem Schlafzimmer hinauf.

Aus Gründen der nationalen Sicherheit wurde die „Operation Gedankenblitz" ohne Wissen der amerikanischen Bürgerschaft, die die Rechnung bezahlte, ausgeführt. Die Beobachter, Techniker und Militärs, die bei dem Unternehmen zu tun hatten, wußten nur, daß ein Versuch angestellt wurde — um was für einen Versuch es sich aber handelte, hatten sie keine Ahnung. Nur siebenunddreißig Hauptbeteiligte, darunter ich, wußten, was im Gang war.

In Virginia war der Tag für die „Operation Gedankenblitz" ungewöhnlich kalt für die Jahreszeit. Innen knisterte ein Feuer aus großen Holzscheiten im offenen Kamin, und die Flammen spiegelten sich in den polierten Metallvitrinen, die im Wohnzimmer an den Wänden standen. Alles, was von dem hübschen, alten Mobiliar übriggeblieben war, bestand aus einem kleinen zweisitzigen, viktorianischen Sofa, das mitten ins Zimmer vor drei Fernsehgeräte gerückt war. Eine lange Bank war für uns zehn Privilegierte zum Zuschauen aufgestellt worden. Die Fernsehschirme zeigten von links nach rechts den Wüstenstrich, der das Ziel der Raketen war, die Versuchskaninchen-Flotte und einen Ausschnitt des Himmels im Gebiet der Aleuten, durch den die ferngesteuerten Bomber dröhnen würden.

Neunzig Minuten vor der Stunde X meldeten die Radiostationen, daß die Raketen auf der Abschußrampe bereitstanden, daß die Beobachtungsschiffe sich in sichere Entfernung von dem Schauplatz zurückgezogen hatten und daß die Bombenflugzeuge unterwegs waren. Die kleine Zuschauergruppe in Virginia setzte sich in der Reihenfolge ihres Ranges auf die Bank, rauchte viel und sprach wenig. Professor Barnhouse hielt sich in seinem Schlafzimmer auf. General Barker lief unermüdlich im Haus umher wie eine Frau, die ein Thanksgiving-Day-Dinner für zwanzig Personen vorbereitet.

Zehn Minuten vor der Stunde X kam der General herein, wobei er den vor ihm gehenden Professor scharf im Auge behielt. Der Professor war salopp mit Turnschuhen, grauer Flanellhose, einem blauen Sweater und einem weißen, am Kragen offenen Hemd bekleidet. Die beiden setzten sich nebeneinander aufs Sofa. Der General saß steif da und schwitzte; der Professor war aufgekratzt. Er betrachtete jeden der Fernsehschirme, zündete sich eine Zigarette an und lehnte sich zurück.

„Bomber in Sicht!“ schrie der aleutische Beobachter.

„Raketen abgefeuert!“ belferte der Funker in New Mexico.

Wir alle schauten schnell auf die große elektrische Uhr über dem Kamin, während der Professor, ein halbes Lächeln im Gesicht, weiterhin die Fernsehschirme beobachtete. In hohlen Tönen zählte der General die verbleibenden Sekunden ab. „Fünf ... vier ... drei ... zwei ... eins ... *konzentrieren!*“

Professor Barnhouse schloß die Augen, spitzte den Mund und strich sich über die Schläfen. Einen Augenblick verharrte er in dieser Haltung. Die Fernsehbilder wurden durcheinander gemischt und die Funksignale von dem Getöse der „Barnhouse-Geräusche“ übertönt. Der Professor seufzte, öffnete die Augen und lächelte zuversichtlich.

„Haben Sie alles, was Sie hatten, eingesetzt?“ fragte der General zweifelnd.

„Ich war weit offen!“ erwiderte der Professor.

Die Fernsehbilder wurden wieder klarer, und verschiedene Schreie der Bestürzung drangen aus den auf die Beobachter eingestellten Funkapparaten. Der aleutische Himmel war mit den Rauchstreifen von Bombern gezeichnet, die brennend abgestürzt waren. Gleichzeitig erschien hoch über dem Raketenziel eine Anhäufung weißer Wölkchen, gefolgt von leisem Donner.

General Barker schüttelte zufrieden den Kopf. „Donnerwetter!“ krähte er. „Well, Sir, Donnerwetter, Donnerwetter, Donnerwetter!“

„Schauen Sie!“ rief der neben mir sitzende Admiral. „Die Flotte — sie wurde nicht getroffen!“

„Die Geschütze scheinen zusammenzusinken“, sagte Mr. Cuthrell.

Wir standen von der Bank auf und scharten uns um die Fernsehapparate, um den Schaden genauer zu untersuchen. Was Mr. Cuthrell gesagt hatte, stimmte. Die Schiffsgeschütze bogen sich nach unten, ihre Rohre ruhten auf den Stahldecks. Wir in Virginia machten einen solchen Spektakel, daß es uns unmöglich war, die Funkberichte zu hören. Wir waren in der Tat so völlig in Anspruch genommen, daß wir den Professor nicht vermißten, bis zwei kurze Summlaute der „Barnhouse-Geräusche“ uns plötzlich verstummen ließen. Die Funkapparate waren ohne Strom.

Besorgt schauten wir uns um. Der Professor war weg. Ein beunruhigter Wachtposten riß von außen die Haustür auf und rief, daß der Professor entwichen sei. Er schwang eine Pistole in Richtung auf das Tor, das schlaff und schief offen dahing. In der Ferne überquerte ein schneller Kombiwagen der Regierung einen Hügel und verschwand in dem dahinter liegenden Tal. Die Luft war von stickigem Rauch erfüllt, denn jedes im Gelände stehende Fahrzeug stand in Flammen. Eine Verfolgung war unmöglich.

„Was um Himmels willen ist in ihn gefahren?“ belferte der General.

Mr. Cuthrell, der auf die vordere Veranda hinausgelaufen war, kam nun ins Zimmer zurück und las im Gehen eine mit Bleistift geschriebene Notiz. Er schob mir den Zettel in die Hände. „Der gute Mann ließ dieses *billet doux* unter dem Türklopfer zurück. Vielleicht ist unser junger Freund hier so gut, es Ihnen vorzulesen, meine Herren, während ich einen Waldspaziergang mache.“

Sehr geehrte Herren, las ich laut vor. *Als erste Superwaffe mit einem Gewissen entferne ich mich von Ihrem nationalen Verteidigungsdepot. Wenn ich einen neuen Präzedenzfall im Verhalten von Geschützen schaffe, so habe ich menschliche Gründe, wegzugehen. A. Barnhouse.*

Von diesem Tag an natürlich hat der Professor systematisch jegliches Kriegsmaterial in der Welt vernichtet, bis es jetzt außer Felsbrocken

und spitzen Stöcken nur noch wenig gibt, um ein Heer auszurüsten. Seine Unternehmungen haben genaugenommen nicht wirklich zum Frieden geführt, sondern eher eine farblose und unterhaltsame Art von Krieg heraufbeschworen, den man den „Krieg der Klatschbasen" nennen könnte. Jede Nation ist von feindlichen Agenten überflutet, deren einzige Aufgabe es ist, militärische Rüstung ausfindig zu machen, die dann prompt vernichtet wird, wenn durch die Presse die Aufmerksamkeit des Professors darauf gelenkt wird.
Ebenso wie jeder Tag Nachrichten von weiteren, durch Dynamopsychismus zu Staub verwandelten Rüstungen bringt, hat er Gerüchte über den Aufenthaltsort des Professors gebracht. Allein in den vergangenen Wochen veröffentlichten drei Blätter Artikel, die alle auf verschiedenste Weise nachweisen, daß er sich in einer Inka-Ruine in den Anden, in den Abwässerkanälen von Paris und in den unerforschten, tieferen Räumen der Karlsbader Höhlen aufhalte. Da ich den Mann kenne, bin ich geneigt, solche Verstecke als unnötig romantisch und unbequem anzusehen. Während zahlreiche Personen ihn gern umbringen möchten, muß es Millionen geben, die für ihn sorgen und ihn verstecken würden. Ich möchte glauben, daß er sich in der Wohnung einer solchen Person aufhält.
Eins steht fest: Während ich dies schreibe, ist Professor Barnhouse nicht tot. Vor erst zehn Minuten vereitelte ein „Barnhouse-Geräusch" Sendungen. In den achtzehn Monaten seit seinem Verschwinden wurde er ein halbes dutzendmal totgemeldet. Jeder Bericht ging von dem Tod eines nicht identifizierten, dem Professor ähnlich sehenden Mannes während seiner störungsfreien Zeitspanne aus. Auf die ersten drei Berichte folgte sofort ein neues Gespräch von Wiederaufrüstung und Zufluchtnahme zum Krieg. Die Säbelraßler haben gelernt, wie unklug ein verfrühter Jubel über das Hinscheiden des Professors sein kann.
So mancher tapfere Patriot hat sich in dem Durcheinander von Fahnen und Balken einer zerschmetterten Paradetribüne selbst auf dem Boden liegend wiedergefunden. Sekunden nachdem er angekündigt hatte, die Erztyrannei von Barnhouse sei nun zu Ende. Aber diejenigen, die einen Krieg entfesseln würden, wenn sie könnten, warten in trotziger Stille auf das, was kommen muß — das Ableben von Professor Barnhouse.

Zu fragen, wie lange der Professor noch leben wird, ist genauso, als wollte man fragen, wie lange wir noch auf die Segnungen eines neuen

Weltkrieges warten müssen. Der Professor stammt aus einer kurzlebigen Familie: Seine Mutter wurde dreiundfünfzig, sein Vater neunundvierzig Jahre alt. Und die Lebensspannen seiner Großeltern beiderseits sahen nicht anders aus. Man könnte daher erwarten, daß er vielleicht noch fünfzehn Jahre lebt, wenn er sich so lange vor seinen Feinden versteckt halten kann. Nimmt man jedoch die Zahl und Emsigkeit dieser Feinde in Augenschein, dann scheinen fünfzehn Jahre eine außergewöhnlich lange Zeit, die besser auf fünfzehn Tage, Stunden oder Minuten zurückgeschraubt werden sollte.

Der Professor weiß, daß er nicht sehr viel länger leben kann. Ich sage das wegen der Botschaft, die ich am Heiligen Abend in meinem Briefkasten vorgefunden habe. Die Notiz — ohne Unterschrift, mit der Maschine auf einen schmutzigen Papierfetzen geschrieben — bestand aus zehn Sätzen. Die ersten neun davon, jeder ein verwirrendes Durcheinander von psychologischen Fachausdrücken, Hinweisen auf dunkle Texte, ergaben für mich beim ersten Durchlesen keinen Sinn. Der zehnte Satz, anders als die übrigen, war einfach gebaut und enthielt keine komplizierten Wörter — aber sein irrationaler Inhalt machte ihn zu dem rätselhaftesten und seltsamsten von allen. Fast hätte ich den Zettel weggeworfen, da ich ihn für die verdrehte Vorstellung eines Kollegen hielt, der mir einen Streich spielen wollte. Aus irgendeinem Grund legte ich ihn jedoch zu dem übrigen Durcheinander auf meinem Schreibtisch, auf dem — unter anderen Erinnerungsstücken — die Würfel des Professors lagen.

Ich brauchte mehrere Wochen, um zu erkennen, daß die Nachricht wirklich etwas bedeutete und die ersten neun Sätze, die ich entwirren konnte, als Anleitung aufzufassen waren. Der zehnte Satz sagte mir noch immer nichts. Erst in der vergangenen Nacht entdeckte ich, wie er mit den übrigen zusammenhing. Der Satz erschien mir vergangene Nacht in meinen Gedanken, während ich zerstreut mit den Würfeln des Professors spielte.

Ich versprach, diesen Bericht heute zu der Zeitungsredaktion zu bringen. Nach allem, was geschehen ist, muß ich das Versprechen brechen oder den Bericht unvollständig freigeben. Der Aufschub wird nicht lange dauern, denn eine der wenigen Wohltaten, die einem Junggesellen wie mir zugebilligt werden, ist die Möglichkeit, schnell von einem Aufenthaltsort zum anderen oder von einer Lebensweise zur anderen überzuwechseln. Was ich von meinen Habseligkeiten mitnehmen will, kann in ein paar Stunden gepackt werden. Zum Glück verfüge ich über nicht geringe private Mittel, die flüssig zu machen

vielleicht höchstens eine Woche dauern dürfte. Wenn das geschehen ist, werde ich den Bericht absenden.
Ich bin gerade von einem Besuch bei meinem Arzt zurückgekehrt, der mir versichert, daß ich bei vorzüglicher Gesundheit bin. Ich bin jung, und mit etwas Glück werde ich ein reifes Alter erreichen, denn meine Familie ist von beiden Linien her als langlebig bekannt.
Kurzum, ich beabsichtige zu verschwinden.
Früher oder später muß Professor Barnhouse sterben. Aber lange vorher werde ich bereit sein. Und so sage ich denn zu den Säbelraßlern von heute — und, wie ich hoffe, auch von morgen: Laßt euch sagen, Barnhouse wird sterben. Nicht aber der Barnhouse-Effekt.
Vergangene Nacht versuchte ich noch einmal, den verschlüsselten Anweisungen auf dem Zettel zu folgen. Ich nahm die Würfel des Professors, und dann, während mir der letzte, beängstigende Satz durch den Kopf schoß, warf ich fünfzigmal sieben hintereinander.
Auf Wiedersehen!

SEWER GANSOWSKI

Der Schießplatz

1

Die ersten Leute, die auf der Insel an Land gingen, waren mit einem kleinen Kutter gekommen.

Das Wasser am Ufer war trüb, unbeweglich, voller Sandkörner und roch nach fauligen Wasserpflanzen. An den Riffen brodelten grüne Wellen, und dahinter erstreckte sich blau die warme Fläche des Ozeans, von wo Tag und Nacht ein beständiger Wind wehte. Oberhalb des Strandes wuchsen spitz zulaufende Bambusse, dahinter ragten Palmen. Mutige Krabben sprangen unter Steinen hervor und stürzten sich auf die kleinen Fische, die von den Wellen auf den Sand geworfen wurden.

Die Leute vom Kutter, es waren ihrer drei, untersuchten gemächlich den zugänglichen Teil der Insel, begleitet von den unruhigen, mißtrauischen Blicken der Indianer, die hier mit ihren Familien in einem kleinen Dorf lebten.

„Sieht aus, als ob es das wäre, was wir suchen", sagte einer der Ankömmlinge. „Die nächste Insel liegt fünf Kilometer von hier entfernt. In der Nähe gibt es keine Schiffs- und Flugzeuglinien, die Gegend ist überhaupt ziemlich ruhig. Vermutlich wird sie der Führung gefallen. Trotzdem, der Teufel kennt sich bei denen aus."

„Etwas Besseres finden wir nicht", stimmte der zweite zu, dann wandte er sich an den dritten Mann vom Kutter, den Dolmetscher. „Gehen Sie und sagen Sie den Indianern, sie sollen die Insel verlassen. Erklären Sie ihnen, es wird etwa eine Woche dauern, danach können sie zurückkehren."

Der Dolmetscher, ein hagerer Mann mit Rauchglasbrille, nickte und schritt, mühsam durch den Sand stapfend, zum Dorf.

Der erste Mann entnahm seiner Kartentasche eine Luftaufnahme der Insel, Bleistift und Lineal und sagte nachdenklich: „Hier werden wir die Unterkünfte bauen, daneben die Kantine. Da kommt der Schützengraben hin, dort der Unterstand. Auf dem Hügel drüben können sie ihre Anlage aufstellen. Der ist fünfhundert Meter vom Unterstand entfernt."

„Was soll das Ganze eigentlich werden?" fragte der zweite Mann.

Der erste zuckte die Achseln und ließ den Blick nicht von der Karte.

„Was geht's mich an? Ich hab Befehl, die Insel zu erkunden. Sie sollen das Material ranschaffen. Alles andere hat uns egal zu sein, stimmt's?" Er seufzte und riß eine Kaugummipackung auf. „Ist das eine Hitze! Wo bloß der Dolmetscher bleibt!"
Der Dolmetscher kam nach einer halben Stunde.
„Denen ist nichts beizubringen. Die wollen nicht weg. Sie sagen, sie hätten immer hier gelebt."
„Haben Sie ihnen gesagt, daß hier militärische Experimente stattfinden werden?"
„Glauben Sie, die sind fähig, das zu begreifen? In ihrer Sprache gibt's solche Wörter gar nicht! Und was ‚Sperrzone' bedeutet, geht ihnen auch nicht ein."
„Gut, fahren wir", sagte der zweite Mann. „Die Insel haben wir gefunden, die Leute gewarnt. Wenn das Material eintrifft, werden sich die Indianer schon in Sicherheit bringen."
Sie gingen zum Kutter, schoben ihn mit Hilfe des Maschinisten ins Wasser und waren zehn Minuten später am Horizont verschwunden.
Einige Zeit noch schaukelten die Wellen am Uferrand das Etikett der Kaugummipackung. Die Indianer kamen und sahen dem Kutter lange nach. Ein kleiner Junge haschte nach dem Silberpapier. Der Indianerhäuptling mit windgegerbtem Gesicht und mächtigem muskulösem Körper schrie ihn an.
Unbegreiflich, diese Weißen! Keiner von ihnen macht je eine Sache ganz. Sie haben gesagt, geht weg. Aber warum? Der lange Hagere, der seine Augen hinter Gläsern versteckt, hat erklärt, daß er es selber nicht weiß. Jeder macht nur ein Stückchen von der großen Sache. Wozu diese Stückchen dann zusammengesetzt werden, das kümmert sie nicht.
Zwei Tage später näherte sich der Insel eine kleine Flottille. Ein flacher Lastkahn brachte eine Planierraupe und einen Bagger an Land. Mit sehniger Tatze hievte ein Kran Zementsäcke, Rohre, Balken und Fensterrahmen ans Ufer. Dann spannte er alle Kräfte an und setzte vorsichtig einen großen, in Segeltuch gehüllten Gegenstand auf den Sand. Der Gegenstand war so schwer, daß er sofort zehn Zentimeter tief einsank. Mit eigener Kraft rollten zwei Panzerabwehrkanonen über eine Fahrplanke vom Schiff.
Soldaten hoben mit Hilfe der Maschinen rasch Schützengräben aus. Die Planierraupe walzte einen Palmenhain nieder. Die Palmen kippten, und ihre dichten Wedel schoben sich ineinander, als sie auf den Sand fielen.

Innerhalb von zehn Stunden wuchs auf dem Platz, auf dem zuvor die Palmen gestanden hatten, ein Pavillon mit Doppeldach empor, und im Sand verbarg sich ein Unterstand mit betonierten Wänden.
Die Indianer sahen all das nicht bis zum Schluß mit an. Mittags ging der Häuptling zum Strand und betrachtete lange den Himmel, der am südlichen Horizont eine eigenartige rötliche Färbung angenommen hatte. Dann kehrte er zu den Hütten zurück und sagte etwas zu seinen Männern. Die Dorfbewohner luden rasch ihre Habe in zwei große Boote und fuhren zu einer anderen Insel.
Abends machte sich ein großer vierschrötiger Mann mit dem Intendantenemblem auf den Kragenspiegeln lange an den Kisten zu schaffen, die neben dem Pavillon aufgestapelt waren; er verglich sie mit seinen Listen. Bis zur Ankunft der nachfolgenden Gruppe mußte alles fertig sein.
Der Bautechniker schaltete im Pavillon das Licht aus und ein und prüfte, ob aus dem Hahn Wasser floß. Der Bagger hob noch eine Grube aus, in die mit der Planierraupe der ganze Bauschutt geschoben wurde. Dann brachten die Soldaten beide Maschinen zum Wasser, und der Kran lud sie auf den Lastkahn. Die Soldaten bestiegen ein Panzerboot, und die ganze Flottille legte ab.
Auf der Insel blieben nur ein Korporal mit einer Maschinenpistole und ein grauhaariger Zivilist mit spitzem Gesicht und hohlen Wangen. Der Korporal schlenderte um den segeltuchüberzogenen Koloß herum. Es schien niemand dazusein, vor dem er ihn beschützen mußte. Er ging zum Strand und hob mit der Fußspitze einen Stein an. Unter dem Stein sprang eine kleine Krabbe hervor.
Dann aß er mit dem Zivilisten zu Abend. Der Zivilist fragte den Korporal nach seinem Namen. Der Korporal gab ihm Bescheid. Der Zivilist erkundigte sich, woher der Korporal käme. Der gab ihm wieder Bescheid. Der Zivilist fragte, ob der Korporal wisse, was er bewache, und der Korporal erklärte, er wisse es nicht und es interessiere ihn auch nicht.
Die Sonne versank hinter dem Horizont. Der Zivilist schritt auf und ab, dann durchquerte er die Insel und setzte sich neben einem dichten, bürstenartigen Bambusgebüsch in den Sand. Der Himmel hatte sich mit tausend ineinanderfließenden, beständig wechselnden Ultramarin- und Smaragdtönen bedeckt, am Horizont schimmerte noch ein heller Streifen, doch über dem Eiland war es schon dunkel. Im Nordwesten über dem Ozean tobten Gewitter, Blitze durchzuckten den deutlich erkennbaren Regengürtel. Hinter dem Regen tauchte

plötzlich eine riesige blaue Wolke auf, die, schräg aufsteigend, ein Drittel des Himmels verdeckte und vielleicht einen Taifun ankündigte. Im Süden zog sich vom Wasser bis zum Zenit eine Wolkenkette, unten karminrot und oben violett gefärbt.
Es war geradezu unheimlich, daß nur ein einziger Mensch Zeuge dieses gewaltigen, einmaligen, überwältigenden Schauspiels von Licht, Farbe und Finsternis sein sollte.
Nur hier geschah das, an diesem auserwählten Platz des Weltalls!
Nur ein einziges Mal in der unendlichen Ewigkeit!
Der Zivilist zog ein Notizbuch aus der Tasche, dachte nach.
„Liebe Myriam, ich bin müde und schlafe in letzter Zeit sehr schlecht. Ich döse für zehn Minuten ein, dann wache ich auf und erinnere mich, woran ich gedacht habe, als ich einschlief. Ich führe endlose Selbstgespräche, als hätte sich mein Bewußtsein gespalten und als könnten sich beide Teile nicht versöhnen. Das ist qualvoll. Der Sieg des einen Teils würde die Niederlage des anderen bedeuten, aber dieser andere Teil, das bin doch auch ich. Die Niederlage ist also unabwendbar.
Aber ich will jetzt der Reihe nach erzählen und Dir mitteilen, daß unserer Gruppe nun auch der General angehört. (Er ist nicht ein General schlechthin, sondern derselbe, mit dem ich gerechnet hatte.) Lange Zeit war er irgendwo fern von unserer Truppe, aber seine Abwesenheit wurde von allen so deutlich empfunden, daß sie schon fast zur Anwesenheit wurde. Ich habe auf ihn gewartet wie auf ein fehlendes Element in der Mendelejewschen Tabelle, und jetzt ist er da. Er ist seit unserer letzten Begegnung nicht gealtert, aber er sieht irgendwie verwittert aus, härter, und spielt die Rolle eines alten Kriegsmannes, der jedoch mehr Mut und Schwung hat als zehn junge. Er hat mich nicht erkannt, worüber ich mich natürlich nicht gewundert habe. Leute seines Schlages erinnern sich nur an Menschen, von denen die Vorwärtsbewegung abhängt, und von mir hing sie damals nicht ab. Wie dem auch sei, er ist hier. Ich müßte mich eigentlich freuen, aber ich spüre nichts dergleichen.
Warum nicht?
Das ist eine lange Geschichte! Der Mensch lebt, arbeitet und macht eine wichtige Sache. (Wie ich in den Jahren 43 und 45.) Er hat Familie, er braucht alle, und alle brauchen ihn. Aber die Zeit verrinnt, und allmählich ändert sich die Lage. Er hört auf, der Sache zu dienen, der er nach seinen Begriffen eigentlich dienen müßte. Und dann brechen die Schicksalsschläge über ihn herein. Es stellt sich heraus, daß er mit seiner Frau wie mit einer Fremden lebt und daß sie ihn verläßt. Aber

etwas anderes ist noch schlimmer — die Kinder wählen den falschen Weg. Das heißt, einst war er richtig, damals, als er ihn selbst bewußt gegangen war. Jetzt aber führt der Weg ins Verderben, in den Untergang, und die Kinder werden ihn bis zum Ende gehen. Dann erinnert sich der Mensch plötzlich. Er beginnt, die Schuldigen zu suchen, und er findet sie. Er will Gericht halten.

Das alles zusammengenommen bildet die erste Etappe. Danach beginnt die zweite. Ein großes Unternehmen läuft, und es erscheint ihm notwendig und vernünftig. Menschen, Materialien und Dokumente sind in Bewegung gesetzt, und diese Lawine, der er den Anstoß gegeben hat, rollt von allein weiter. In irgendeinem Moment beginnt er zu begreifen, daß alles falsch und umsonst ist. Aber dann ist er schon nicht mehr Herr seines Willens. Die Sache läuft bis zum Ende, selbst wenn er ihre Sinnlosigkeit begriffen hat.

Sie werden mir sagen, liebe Myriam, daß *sie* nichts begreifen. Ich weiß. Mehr noch, ich bin überzeugt, daß auch meine Söhne sich von mir keine Rache wünschen, die ja nichts in der Welt ändert, da sie die Voraussetzungen für weitere Verbrechen nicht antastet. Sie wollen etwas anderes — Taten. Ich weiß das, aber ich habe keine Kraft mehr. Ich baue ein Haus, das zum Abriß verurteilt ist, und am schrecklichsten wird für mich der Augenblick sein, wenn der letzte Balken verbaut ist, wenn mir nichts weiter im Leben zu tun bleibt und in mir schreckliche dumpfe Leere herrscht. Natürlich, *sie* begreifen nichts. Aber selbst wenn sie begriffen, würde das jetzt zu nichts führen und sich auf nichts auswirken. Aber das ist mir alles ziemlich spät eingefallen. Die Tragik besteht ja gerade darin, daß einem vieles erst dann zum Bewußtsein kommt, wenn nichts mehr zu ändern ist."

Die Kugelschreiberspitze lief übers Papier. Die Korridore und Büroräume des Kriegsministeriums, die zahllosen „geheimen", „streng geheimen" und „höchst geheimen" Beratungen, die Privatverhandlungen, die halboffiziellen Treffs mit „wichtigen Leuten", die offiziellen Treffs mit unwichtigen Leuten und überhaupt all das, womit sich der Zivilist in den letzten Jahren beschäftigt hatte, floß in nervösen hastigen Zeilen aufs Papier.

. . . „Endlich ist alles fertig, die Kommission trifft morgen ein. Alles ist so geheim, daß es uns nicht einmal erlaubt ist, uns gegenseitig beim Namen zu nennen. Niemand auf der Welt kennt das Projekt ganz, und würden wir plötzlich vom Erdboden verschwinden, so könnte sich gewiß niemand mehr durchfinden.

Ich muß gerade daran denken, wie sich wohl die Mitglieder der Kommission fühlen würden, wenn sie wüßten, was sie auf der Insel erwartet."

Der grauhaarige Zivilist faltete die Blätter säuberlich zusammen und steckte sie in die Tasche. Er konnte sie nirgendwo hinschicken, Myriam existierte nicht. Er hatte niedergeschrieben, was er dachte, schlicht aus der Notwendigkeit heraus, seine seelischen Regungen für sich festzuhalten. In letzter Zeit glaubte er, daß es in seinem Leben sonst nichts Wertvolles mehr gebe.

Er rauchte und schaute nach oben. Der Himmel war dunkel, aber nicht schwarz, die Finsternis war nicht wie eine Wand, sondern durchsichtig, weich, und lockte den Blick in die Ferne.

Der Mann erhob sich, ging in den Pavillon, entkleidete sich in dem ihm zugewiesenen Zimmer, entnahm seinem Koffer Schwimmflossen und Tauchgerät. Er wollte nachsehen, was es am Südufer der Insel für Strömungen gab.

Er kehrte zum Strand zurück. Der Wind hatte sich gelegt, es gab fast keine Wellen. Aus der Ferne, von den Riffen her, klang das Plätschern des Meeres herüber, die Blumen dufteten nächtlich stark. Der Mann stieg ins Wasser. Es war im ersten Moment beißend kalt, aber der Körper gewöhnte sich rasch an die veränderte Temperatur. Der Mann setzte die Tauchermaske auf und drehte am Ventil der Sauerstoffflasche.

Er tat noch ein paar Schritte, dann tauchte er mit dem Kopf unter. Um ihn schloß sich die Finsternis. Aber sie war auch lebendig, durchsichtig, da und dort von Lichtern unterbrochen — den Sternbildern und Galaxen leuchtender Lebewesen. Der Mann schaltete seine Lampe an. Plötzlich flammte neben ihm etwas buntschillernd auf, er wich zurück, aber dann lächelte er unter seiner Tauchermaske. Es war nur eine Sardine, ein Fisch, der an Land und auf dem Ladentisch in mattem Grau blinkt, hier in seinem Element jedoch glänzt und funkelt.

Dem ersten Gast, den das Licht angelockt hatte, folgte ein zweiter, dann ein dritter. Wie ein festliches Feuerwerk wirbelten sie um ihn herum, bald blau, bald grün oder rot glänzend.

Allmählich unterschied der Mann im Wasser auch schwebende Teilchen von festen Stoffen. Lange rote Würmer kamen herbei, dann weitere Fische, und bald wimmelte es um ihn von Leben. Er wich zur Seite und richtete den gelben Lichtstrahl auf den unebenen Grund. Der Sand bewegte sich unter seinen Füßen, Mollusken saßen in ihren Trichtern und atmeten Sauerstoff, und aus einer kleinen Höhle blickten plötzlich zwei runde rätselhafte Augen.

Der Mann vergaß für einen Moment, weshalb er auf der Insel war.
Am anderen Morgen kam der Kutter mit den Mitgliedern der Kommission und mit Artilleristen.

2

„Ja, interessant“, sagte der General. Er löste sich von der Grabenwand, klopfte den feuchten Sand von der Uniform und lächelte. „Wenn das so weitergeht, wird das Ding uns Soldaten noch den Abschied einbringen, was?“
Der Oberst mit dem vorspringenden Kinn blickte dem General in die Augen und lachte herzhaft.
„Wahrscheinlich noch vor dem Pensionsalter. Schlimm.“
Im Graben entstand Bewegung. Die Leute klopften sich den Sand von den Sachen und brachten ihre Uniformen in Ordnung. Der dicke Major nahm die Mütze ab und wischte sich mit einem Tuch den verschwitzten Nacken und die Glatze. Dann fragte er den Erfinder: „Wie funktioniert denn nun eigentlich der Panzer? Worin besteht sein Hauptprinzip?“
Der Erfinder sah den Major an und wollte gerade antworten, aber in diesem Moment mischte sich der Hauptmann ins Gespräch: „Na, worin schon? Ich finde, man hat uns das klar genug erläutert!“ Er schämte sich für den begriffsstutzigen Major. „Das Prinzip besteht darin, daß der Kampf nicht in der Aktionssphäre, sondern in der Absichtssphäre stattfindet, wenn ich richtig verstanden habe. Will jemand von uns einen Panzer vernichten, dann denkt er das doch zunächst einmal, nicht wahr? Nehmen wir an, ich bin Artillerist und sitze an Stelle unseres Korporals am Geschütz. Ehe ich schieße, muß ich das Geschütz richten, erst dann kann ich abziehen. In diesem Moment entsteht in meinem Gehirn eine besondere E-Welle oder ‚Aktionswelle‘. Auf diese Weise reagiert der Geräteblock, der im Innern des Panzers montiert ist. Er schaltet das entsprechende Relais ein und gibt dem Panzer den Befehl, sich in Bewegung zu setzen.“
„Mag sein“, beharrte der Major. „Aber warum bewegt sich der Panzer dann nicht einfach durch die Gedanken? Ich zum Beispiel denke gerade, es wäre gut, wenn er am Turm einen Volltreffer erhielte. Da, wo er jetzt steht. Ich denke das, aber der Panzer bewegt sich nicht. Man hat uns aber doch gesagt, daß wir alle im Aktionsfeld dieser Maschine sein werden. Die ganze Insel.“
Der Erfinder zuckte kaum merklich die Achseln.

„In diesem Falle würde der Panzer ja pausenlos Befehle erhalten und sich pausenlos bewegen. Ich habe Ihnen doch erklärt, daß der Mechanismus eben nur auf die E-Welle reagiert und nicht auf die normalen Alpha-Rhythmen. Die E-Welle aber entsteht im Gehirn erst beim Übergang zur Aktion. Wissenschaftlicher ausgedrückt, sie reagiert auf jene Ladung, die in der Gehirnrinde der Stirnteile entsteht, angefangen mit dem bedingten Stimulus und fortlaufend bis zur Bildung des unbedingten."

„Teufel! Ich verstehe trotzdem nicht", mischte sich der Oberst mit dem vorspringenden Kinn ein. „Warum verläßt der Panzer ausgerechnet die Stelle, wo das Geschoß einschlagen soll? Ich kann doch denken, daß das Geschoß eine bestimmte Stelle treffen wird, und in Wirklichkeit trifft es dann eine andere. Was also dient als Signal für den Mechanismus im Panzer — der tatsächliche Flug des Geschosses oder mein Wunsch?"

„Dafür hat er einen Rechenautomaten", antwortete der Erfinder. „Ehe Ihr Artillerist zu schießen beginnt, liest er die Daten von den Geräten ab: Zielentfernung, Zielgeschwindigkeit, Richtung. Er liest sie ab, sie verbleiben einen Moment in seinem Kopf, dann übermittelt er sie an den Rechenautomaten seines Geschützes. Aber mein Mechanismus im Panzer erhält alle diese Berechnungen ebenfalls, bestimmt ebenfalls die Flugbahn des Geschosses, und dementsprechend entfernt sich der Panzer von der für seine Zerstörung vorgesehenen Stelle. Das heißt, wenn Sie auf den Panzer zielen und den Schuß abfeuern, dann erteilen Sie gleichzeitig dem Mechanismus den Befehl, den Panzer augenblicklich von dem Punkt wegzuführen, den das Geschoß treffen soll. Kurzum, was Sie daran hindert, den Panzer zu treffen, ist Ihr Wille, ihn zu treffen."

„Hm", sagte der General. Er spürte, daß das Gespräch zu lange ohne seine Teilnahme geführt wurde. „Hm ... Nichtsdestoweniger glaube ich, daß das noch nicht die vollkommene Waffe ist."

„Wenn die *vollkommene* Waffe erfunden ist", sagte der Erfinder kühl, „werden Berufssoldaten nicht mehr gefragt sein."

Für einen Augenblick verstummten alle, dann lachte der Oberst.

„Dahin kommt es auch, wie es scheint." Er sah seinem Vorgesetzten in die Augen. „Wie denken Sie darüber, General? Alles werden Maschinen machen. Wir nehmen dann nur noch den Sold in Empfang."

Der General nickte lachend. Dann wurde sein Gesicht welk.

„Na schön. Machen wir weiter. Major, geben Sie Befehl, das Feuer zu eröffnen."

Er gab seiner Stimme eine gute Dosis Förmlichkeit, vermischt mit der kehligen Heiserkeit des souveränen Kommandeurs und Soldatenvaters. Dabei dachte er, daß keine Maschine diese feinen Unterschiede mit solcher Genauigkeit würde abmessen können.
Die Experimente wurden fortgesetzt. Das Zielobjekt, ein Panzer mit verstärkter Panzerung und verkürztem Geschütz, stand bis zur Abgabe des Schusses auf seinem Platz. Kaum war das Mündungsfeuer im Unterstand aufgeblitzt, setzten sich die Raupenketten in Bewegung, der Panzer sprang zur Seite, das Geschoß detonierte, wie Erbsen prasselten die Splitter gegen die Panzerung, und wieder erstarrte die Zielscheibe wie ein riesiger grauer Stein. Auf Befehl des Generals begann man, den Panzer aus zwei Geschützen gleichzeitig zu beschießen. Staubwolken wirbelten auf, der Panzer verschwand darin, aber als Staub und Sand sich wieder gesetzt hatten, war er immer noch unbeschädigt und erwartete ruhig und gleichgültig die nächsten Schüsse.
Gegen zwei Uhr nachmittags war man von der Hitze und vom unbequemen Stehen im Schützengraben müde geworden.
„Nun, ausgezeichnet", sagte der General. „Das war die Verteidigung. Wie steht es jetzt mit dem Angriff? Geben Sie dem Panzer Befehl, den Unterstand zu beschießen."
„Bitte", antwortete der Erfinder. „Einen Augenblick."
Er war der einzige Nichtsoldat hier und unterschied sich von den anderen durch den zerknitterten Zivilanzug, das farblich nicht dazu passende Hemd und durch Floskeln wie „Mit Vergnügen . . . Sofort". Er ging zu einem Gerät, das an einen kleinen Radioapparat erinnerte, öffnete den Deckel, sah etwas nach und faßte an einen Schaltknopf.
„Ich kann aber dem Panzer keinen Schießbefehl geben. Er schießt nicht unnütz, solange sich die Leute nicht fürchten. Er nimmt den Kampf erst auf, wenn er das Signal der Angst erhält. Von diesem Signal läßt er sich auch weiterhin leiten. Soll ich einschalten?"
Er blickte zum General. Seine blauen Augen leuchteten.
„Los, schalten Sie ein!" sagte der General. Er sah nach der Uhr. „Lassen Sie den Panzer ein bißchen schießen, und dann gehen wir Mittag essen."
Der Erfinder drehte den Knopf. Das Gerät piepste und verstummte jäh.
„Fertig."
Alle sahen zum Panzer hinüber. Auf dem Schießplatz war es still.
„Na?" sagte der Oberst mit dem vorspringenden Kinn. „Ist was kaputt?"

Der Erfinder wandte sich ihm lebhaft zu.
„Nein, es ist alles in Ordnung. Nichts ist kaputt. Aber der Panzer braucht ein Signal. Er schießt jetzt nicht, weil das zwecklos wäre. Er verbraucht die Munition nicht sinnlos, wie das bei Ihren Spezialisten oft der Fall ist. Die Soldaten sind in Deckung, und die Geschosse würden sie nicht treffen. Wenn der Panzer sie vernichten soll, müssen sie sich ungeschützt fühlen und Angst haben. Kurzum, auch hier bedarf es wieder der E-Welle. Aber diesmal bedeutet die E-Welle Angst. Sobald jemand Angst vor dem Panzer bekommt, eröffnet dieser das Feuer. Das Prinzip beruht hier darauf, daß das Opfer, wenn ich so sagen darf, den Henker anleiten muß."
„Uff", seufzte der Major. „Vielleicht gehen wir doch erst mal Mittag essen?" Er war der Dickste hier und litt mehr als die anderen unter Hunger.
„Gut", stimmte der General zu. „Gehen wir essen, und dann machen wir weiter. Das ist wirklich eine aussichtsreiche Sache."
Bis zum Pavillon mit dem Doppeldach war es ein ziemliches Stück Wegs. Die Mitglieder der Kommission gingen auf gut hundert Meter verteilt. Den Schluß bildeten der Erfinder, der General und der Oberst.
„Hören Sie", sagte der General, als der Erfinder stehenblieb, um den Schnürsenkel seines Schuhs zuzubinden, „Sie haben den Panzer doch ausgeschaltet?"
Der Zivilist hob das bleiche Gesicht mit den Schweißtröpfchen an den Schläfen.
„Er läßt sich nicht ausschalten. Er besitzt dafür keine Vorrichtung."
„Wieso nicht?" fragte der Oberst mit dem vorspringenden Kinn.
„Einfach so. Ich habe das nicht in Betracht gezogen."
„Aber wann hört er denn auf zu funktionieren?"
„Niemals. Er ist ein Selbstladeautomat und wird von den Sonnenstrahlen gespeist. Wenn die Munition ausgeht, erdrückt er den Gegner mit den Raupenketten. Aber er hat ziemlich viel Munition."
„Sehr lustig", sagte der General. „Und wie kriegen wir den Panzer von hier weg, wenn er dauernd um sich schießt? Wie kommen wir an ihn heran?"
„Wir kriegen ihn nicht weg", antwortete der Erfinder, der mit seinem Schnürsenkel nicht zu Rande kam. „Er wird uns alle vernichten."
Die beiden sahen ihn schweigend an.
„Kommen Sie, Oberst", sagte der General.

Sie gingen einige Schritte. Der General zuckte die Achseln und sagte: „Der Teufel mag sie verstehen, die Zivilisten. Er wird uns alle vernichten! Ist das der Scharfsinn eines gelehrten Idioten? Schade, aber ohne Zivilisten kommen wir jetzt nicht aus."
„Das ist ja das Unglück", stöhnte der Oberst.

3

Man trank Fruchtsäfte, die die Ordonnanz des Generals reichte, und plauderte über das Wetter und über Golf. Der General sprach sich für Tennis aus. Ungeachtet seiner zweiundfünfzig Jahre erfreute er sich einer ausgezeichneten Verdauung und vorzüglichen Gesundheit. Beinahe in jeder Lebenslage — selbst in äußerst wichtigen Sitzungen des Ministeriums — war er sich seines festen und straffen Körpers bewußt, der noch immer gierig auf Bewegung und Nahrung war.
Man aß Kartoffelsuppe und plauderte über Alpinismus. Der General bedauerte, daß in der heutigen Zeit die jungen Offiziere dem edlen Pferdesport so wenig Aufmerksamkeit widmeten. Auch jetzt, während er sprach, war er sich ständig seines Körpers bewußt. Er erinnerte sich, daß er vor drei Monaten hin und wieder unter Kreuzschmerzen gelitten hatte, auf Anraten des Arztes seiner Morgengymnastik einige Übungen beifügte und von den Schmerzen geheilt wurde.
Man aß das Hauptgericht und rief sich ins Gedächtnis zurück, wo und wie man auf verschiedenen Fernfahrten, Dienstreisen und Feldzügen verpflegt worden war. Der General erzählte, wie schwer es eine Zeitlang mit der Versorgung im Kongo gewesen sei — im Gegensatz zu Vietnam. Er war von den Anwesenden der einzige, der an den militärischen Operationen in beiden Ländern teilgenommen hatte, und obwohl man die Kriegshandlungen vor allem vom gastronomischen Standpunkt her erörterte, hörte man ihm gespannt zu.
Der Erfinder beteiligte sich während des Essens nicht am Gespräch, er rollte Brotkügelchen auf dem Tisch. Als die Mitglieder der Kommission Kaffee getrunken hatten und zu rauchen begannen, nahm er einen kleinen Löffel und klopfte damit an seine Tasse.
Alle drehten sich ihm zu.
„Ich bitte einen Augenblick um Gehör." Er beugte sich vor. „Ich möchte Ihnen mitteilen, daß ich parallel zur Erprobung des sich selbst verteidigenden Panzers beschlossen habe, diesmal noch eine kleine Probe durchzuführen. Und zwar möchte ich die Reaktionen von Menschen studieren, die bedingungslos dem Tod ausgeliefert sind.

Noch ein paar Worte über die Gründe, die mich veranlaßt haben, diese bescheidene Untersuchung in Angriff zu nehmen. Die Sache ist die, daß Sie alle hier Soldaten sind und, wenn man so sagen darf, berufsmäßig mit Mord zu tun haben. Sie zum Beispiel, Herr General, haben den Plan für die Operation ‚Mörder' und für die Operation ‚Schlinge' in jener ‚Bananenrepublik' ausgearbeitet und noch einige ähnliche Operationen. Übrigens, in eben diesem Land ist mein zweiter Sohn gefallen."

„Ich spreche Ihnen mein Mitgefühl aus", sagte der General.

Der Zivilist winkte ab.

„Ich danke Ihnen. Sie planen also Kriege, diese Kriege aber spielen sich für Sie nur mittelbar ab, nicht wahr? Auf der Karte, in Form von Plänen, Befehlen, Kostenanschlägen: soundso viel Vermißte, soundso viel Verwundete, soundso viel Tote. Kurzum, ziemlich abstrakt. Deshalb habe ich mir die Aufgabe gestellt, Sie fühlen zu lassen, was es heißt, mit einer Kugel im Bauch im Schützengraben zu liegen oder brennendes Napalm auf dem Rücken zu spüren. Das wird Ihre Bildung vervollkommnen. Das erlaubt Ihnen, wenigstens einmal eine begonnene Sache bis zu ihrem logischen Ende zu führen."

Er stand auf und schleuderte den Stuhl weg.

„Beachten Sie also, daß der Panzer nicht ausgeschaltet ist. Bemühen Sie sich, jetzt nicht zu erschrecken. Denken Sie daran, daß der Panzer auf die E-Welle der Angst reagiert."

Eilig verließ er den Speisesaal.

Das Telefon läutete. Der Hauptmann, der Rangjüngste hier, mit blonder Lockentolle, griff mechanisch zum Hörer.

„Der Hauptmann am Apparat."

Alle hörten die Stimme des Artilleriesergeanten im Hörer.

„Entschuldigen Sie, Sir, können wir schon raus? Das heißt, wir sind schon dabei, rauszugehen, aber ist dieses Ding auch ausgeschaltet?"

„Sie können herauskommen", sagte der Hauptmann. „Essen Sie Mittag, und seien Sie in einer halben Stunde wieder zur Stelle."

Er legte den Hörer auf und starrte ihn an, dann bewegten sich seine Lippen, Schreck blitzte in seinen Augen, und er griff abermals zum Hörer.

„He, Sergeant! Wer ist dort? He!" Er schrie so laut, daß seine Halsadern anschwollen. „He, Sergeant!"

Er ließ den Hörer sinken und sah verstört auf die Anwesenden.

„Vielleicht darf man doch nicht hinausgehen, wenn's so ist, wie?" Er sprang auf und eilte aus dem Pavillon.

Die anderen erhoben sich ebenfalls.
Die Sonne übergoß die Insel mit weißglühendem Licht. Es war, als schwömme alles in einem bläulichen Dunstschleier, im Widerschein der Ozeanfläche. Vom Unterstand her kamen zwei Gestalten durch den Sand.
„He, Sergeant!" schrie der Hauptmann. „He, Gefahr!" Er winkte, in der vergeblichen Hoffnung, die Artilleristen würden diese Zeichen als Befehl zur Rückkehr in den Unterstand verstehen.
„Moment", sagte der Oberst. Sein Kinn klappte herunter. „Und wir?"
Der General, der eine Serviette in der Hand hielt, sah ihn entsetzt an. Er erblaßte, und seine Blässe übertrug sich auf alle. Plötzlich sprang der Oberst von seinem Platz und stürzte mit schier unfaßbarer Schnelligkeit geduckt zu einem Bambusgebüsch.
Im nächsten Augenblick ertönte ein scharfer Pfiff. Eine Flamme blitzte auf, der Knall eines Schusses und das Donnern einer Detonation vermengten sich. Es roch bitter nach Pulverrauch, der an Krieg, Elend und Unglück mahnte.

4

Der Oberst war durch Splitter verwundet worden. Zusammengekrümmt hockte er im Schützengraben und lauschte dem nahen Dröhnen des Panzers.
Es schüttelte ihn. Er schluchzte, und über sein hageres Gesicht mit dem männlichen Kinn rollten Tränen. Nicht vor Schmerzen weinte er. Beide Wunden waren leicht und hatten gleich nach dem ersten Schock aufgehört zu bluten. Er weinte vor Kränkung und unbändigem Haß. Vierzig Jahre war er alt, und nie in seinem Leben hatte er etwas Verurteilungswürdiges getan. Stets hatte er die Befehle seiner Vorgesetzten befolgt, niemals war es ihm eingefallen, irgend etwas Neues, Eigenes in die Welt zu tragen. Von seinem Standpunkt aus war er makellos, und plötzlich stellte sich heraus, daß die Vorgesetzten ihn ausgeliefert hatten. Der Panzer, dafür bestimmt, andere zu töten, machte jetzt auf ihn Jagd.
Er bebte vor Kränkung und Erbitterung. Als erstes der Kommissionsmitglieder, die am Eingang zum Pavillon gestanden hatten, war er sich der Lage bewußt geworden und blindlings wie ein Tier zum Bambusgebüsch gestürzt. Hinter sich hörte er die Detonationen, hörte er, daß zwei Geschosse bei den Artilleristen einschlugen, die offensichtlich auch Angst bekommen hatten. Vom Gebüsch aus sah er, wie eine

einzelne Granate den Kutter am Ufer in Stücke riß und zusammen mit dem Maschinisten, der bei der ersten Unruhe eilig den Motor angelassen hatte, versenkte.
Und dann begann der Panzer die Jagd auf ihn.
Von Grube zu Grube springend, bewegte sich der Oberst ständig vorwärts, und einige Male gelang es ihm, einem Volltreffer zu entgehen. Dann wurde ihm klar, daß er in den toten Winkel des Panzers gelangen mußte, wo dieser ihn nicht treffen konnte. Er pirschte sich näher an den Panzer heran und sprang in den Graben. Der Panzer war jetzt ungefähr dreißig Meter von ihm entfernt und schoß nicht mehr.
Der Oberst wußte, daß der Panzer nur deshalb nicht mehr schoß, weil er ihn nicht treffen konnte. Darin bestand ja die teuflische Kraft dieser Erfindung — das Opfer mußte dem Henker selbst befehlen.
Der Oberst kaute an seinen Lippen und spähte über die Brustwehr. Der Panzer stand, nicht weit entfernt, ruhig und gleichgültig da. Die Luke für die Panzerbesatzung war zugeschweißt. Die Scheinwerfer, die gewöhnlich zu beiden Seiten unterhalb des Turmes angebracht sind, fehlten. Dieses leblose Wesen brauchte sie nicht, um den Weg vor sich zu sehen — es wurde geführt von den Gedanken und der Angst jener, die es jagte.
Geduckt und grau wartete der Panzer.
Der Oberst schluchzte noch einige Male. Hier war er vergleichsweise sicher, und er dachte hämisch, daß es nur ihm eingefallen war, nicht vor dem Panzer zu fliehen, sondern auf ihn zuzulaufen. Dann sagte er sich träge, daß der General und die anderen gar nicht so schnell hatten begreifen können, wohin sie laufen sollten. Schon der erste Schuß hatte sie fortgeschleudert.
Er blickte in die Richtung des zerstörten Pavillons, dann abermals zum Panzer, und da fielen ihm plötzlich die Raupenketten ein. Der Erfinder hatte doch gesagt, daß der Panzer auch diese einsetzen könne.
Sofort brüllte der Panzer auf, gehorsam bewegten sich seine Raupenketten, und er stürmte vorwärts.
Der Oberst sank auf den Boden des Grabens. Der Panzer kam heulend näher, die Raupenketten tauchten über der Brustwehr auf, walzten sie nieder und preßten sich auf den gegenüberliegenden Grabenrand. Der Bauch des Panzers befand sich jetzt genau über dem Kopf des Obersten. Der Oberst krümmte sich zusammen, um sich so klein wie möglich zu machen, dann dachte er erleichtert: Er erwischt mich nicht.
Sogleich verstummte der Motor.

Und wenn er wendet? fragte sich der Oberst.
Der Motor heulte auf, die Raupenketten bewegten sich, und der Panzer begann, sich über dem Graben zu drehen, bemüht, ihn zu zerstören. Aber die Wände des Grabens waren ziemlich haltbar mit Balken befestigt, und der Oberst sagte sich erleichtert, daß daraus nichts würde. Er hatte diesen Gedanken noch nicht zu Ende gedacht, als der Motor sich ausschaltete und der Panzer stehenblieb.
Furchtbar! Der Oberst knirschte mit den Zähnen.
Es war still, als wäre die ganze Insel ausgestorben. Der Oberst befühlte seine Schulter. Die Blutung hatte aufgehört, die Wunde schmerzte nicht. Die Hitze wurde immer stärker. Die Luft wurde knapp, Schweiß rann ihm über die Stirn, sein Rücken war klatschnaß. Er lag da und beobachtete, wie der Himmel seine Farbe wechselte und sich seltsam verdichtete; er wurde blauer und zugleich ein wenig rötlich.
Der Oberst überlegte, manchmal von krampfhaftem Schluchzen unterbrochen. Na gut, nun lag er hier. Aber wie lange war das auszuhalten? Im Militärstützpunkt, woher sie gekommen waren, würde man ihn nach einer gewissen Zeit vermissen. Doch nicht so bald. Die ganze Operation war so geheim, daß niemand genau wußte, wo sie sich befanden und wann sie zurück sein mußten. Die Kommission war dem Kommandanten dieses nahen Stützpunktes nicht unterstellt. Er würde sich zunächst einmal mit dem Ministerium in der Hauptstadt in Verbindung setzen, Verhandlungen aufnehmen, die nötigen Leute suchen, Funksprüche senden, und dann, in zwei Wochen vielleicht, würden Kutter hierherkommen. In zwei Wochen. Er würde es nicht einmal zwei Tage ohne Nahrung und Wasser aushalten.
Und selbst wenn er es aushielte — was dann? Kam Hilfe, stiegen Leute an Land und suchten die Insel ab, so waren sie nicht bedroht, solange sie nicht ahnten, worum es ging, solange sie den Panzer nicht fürchteten. Kam aber jemand in seine Nähe, so würde er, der Oberst, ihm zurufen, daß ihn der Panzer hier im Schützengraben festhielt. Dieser Jemand würde sofort erschrecken, und der Panzer würde zu feuern beginnen und alle Ankömmlinge erschießen.
Er konnte es aber auch anders machen: nichts vom Panzer sagen, sondern sich ein Funkgerät in den Graben bringen lassen. Mit seiner Hilfe könnte er sich dann mit dem Stützpunkt in Verbindung setzen und erklären, was los war. Doch die Ankömmlinge würden natürlich trotzdem spüren, daß etwas nicht stimmte. Sie würden ihn sitzenlassen und sich aus dem Staub machen.
Nein, sagte er sich, das ist kein Ausweg. Zumal er die Ankunft der Kutter ja doch nicht mehr erleben würde.

Noch einmal dachte er voll Haß an den General, mit dem es sicherlich schon aus war. Und mit Recht. So eine Schlafmütze durfte man nicht sein.

Der Oberst betrachtete den Bauch des Panzers über sich. Ach, wenn ich doch eine Handgranate hätte!

In den Panzer kam plötzlich Leben, der Motor schaltete sich ein.

Aber er hatte keine Handgranate.

Der Motor schaltete sich aus.

Verflucht! Aber was ist, wenn ich hinter dem Panzer aus dem Graben krieche und auf den Turm steige? Der Oberst stellte sich auf alle viere und hob vorsichtig den Kopf. Wenn der Panzer nur nicht losfuhr und wendete!

Sofort heulte der Motor auf, der Panzer fuhr los und wendete rasselnd.

Der Oberst stöhnte und setzte sich auf den Boden des Grabens. Es war aussichtslos.

Er blickte auf. Was wäre, wenn der Panzer jetzt losführe, sich genügend weit entfernte und dann auf ihn schösse? Der Graben würde ihn nicht retten. Er dachte es, und im selben Moment durchfuhr es ihn: Er durfte es ja nicht denken! Er durfte es nicht, weil der Panzer erzittern, aufheulen und im Rückwärtsgang rasselnd wegrollen würde. Das war ja das Furchtbare — der Panzer tat gerade das, was man fürchtete, was man nicht wollte.

Die Hand auf die Schulter pressend, sprang der Oberst hoch. Er wußte, daß er nicht hierbleiben durfte, wenn er weiterleben wollte. In dem Augenblick, in dem ihm klar würde, daß der Panzer durchaus auf ihn schießen könnte, und er erschräke, würde dieser schießen.

Der Panzer beschleunigte das Tempo, und der Oberst eilte ihm nach.

Die Jahre, in denen er komfortabel gelebt hatte, die Jahre seiner sportlichen Betätigung mußten sich jetzt bezahlt machen.

Der Panzer fuhr schneller und schneller, weil der Oberst dachte, daß er schneller fahren könnte.

Den dicken Major und die Ordonnanz des Generals hatte es gleich beim ersten Schuß in Stücke gerissen.

Der Hauptmann, er war ganze neunundzwanzig Jahre alt, hatte einige schwere Verwundungen davongetragen. Angst aber hatte er nicht empfunden, und das hatte ihn vor neuen Schüssen bewahrt. Er lag blutend im Sand, eingequetscht vom heruntergefallenen Dach des Pavillons. Er dachte nur an seine Frau und seine beiden Töchter. Mit einer Klarheit, die ihn selbst verblüffte, überschlug er, wie hoch die

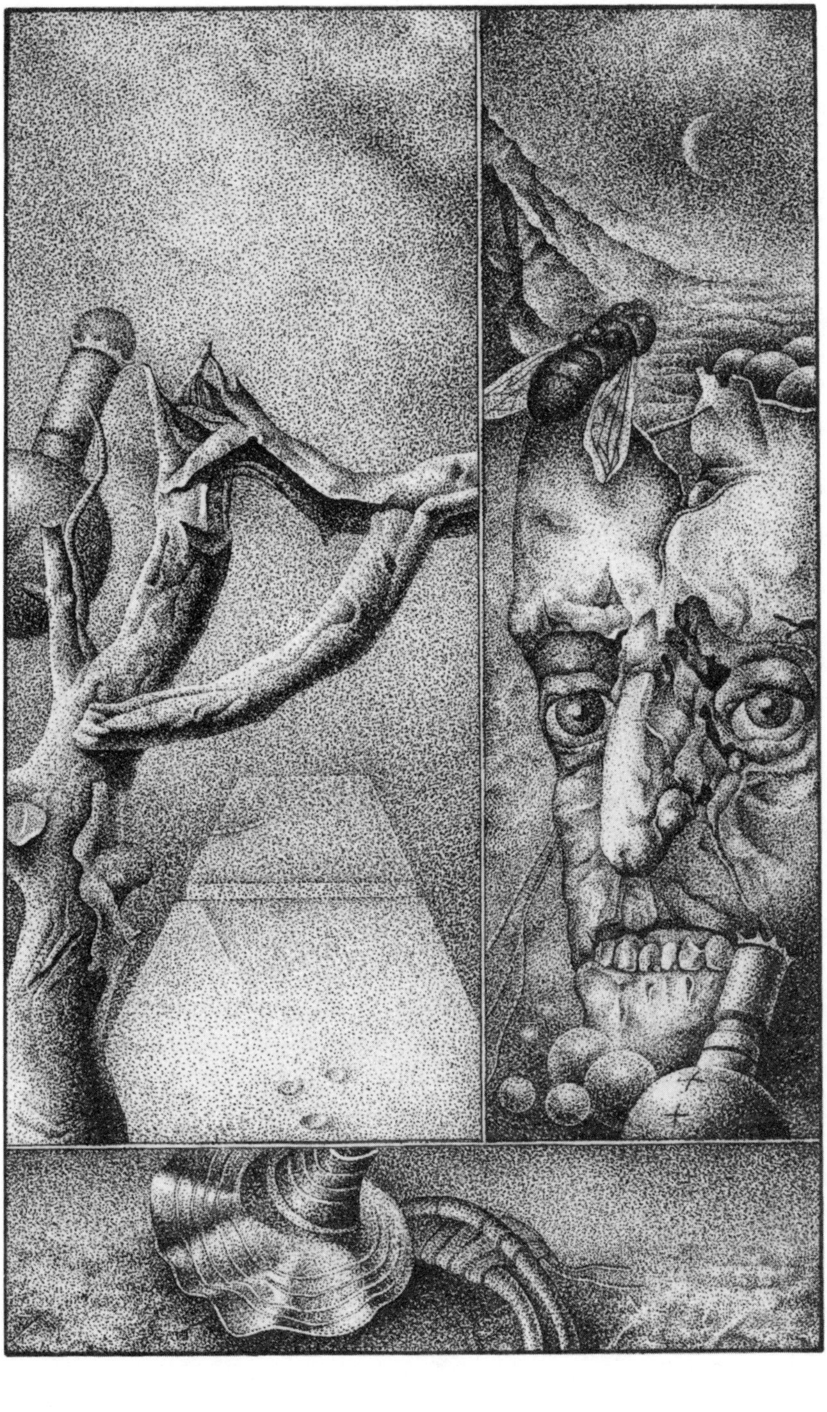

Pension für seine Familie sein würde; dabei waren die Dienstjahre, sein Rang, seine Truppengattung und sogar die Umstände seines Todes — im Kampf gefallen oder nicht — zu berücksichtigen. Die Pension würde ausreichend sein, das beruhigte ihn. Dann dachte er, es sei gut, daß die Übung mißlungen war. Wenn diese Waffe in der Welt zur Anwendung käme, würden auch seine Töchter nicht verschont bleiben.

Dann schon lieber ich, dachte er erleichtert, und beim letzten Aufflackern seines Denkens sagte er sich, daß er ganz zu Anfang sicherlich nicht diesen Weg gegangen wäre. Vor seinen Augen schwammen regenbogenfarbene Kreise, schon verspürte das blutleere Gehirn Sauerstoffmangel, dann entschlief der Hauptmann für immer.

Der General aber starb langsam. Seine erste Empfindung nach dem Schock war der Schmerz. Er wußte nicht einmal, wo er verwundet war, der Schmerz durchdrang seinen ganzen Körper. Wie der Oberst empfand er deutlich die Ungerechtigkeit dessen, was sich ereignet hatte. Er gehörte schließlich nicht zu jener Kaste, die man töten mußte und konnte.

Dann ließ der Schmerz nach, an seine Stelle traten Schwäche und eine gewisse Unruhe, die ihn entsetzte. Sie wurde immer stärker, und der General hob sogar ein wenig den Kopf, um ihr Einhalt zu gebieten.

Er hob den Kopf und erblickte den Erfinder, der neben ihm hockte. Das Gesicht dieses Mannes war ruhig und gleichgültig wie stets. Er streckte die Hand aus und legte dem General etwas auf die Brust.

„Da ist sie“, sagte er. „Die Verdienstmedaille, mit der mein Sohn 1965 post mortem ausgezeichnet wurde. Sie selbst haben sie mir überreicht.“

Die Medaille drückte wie eine Bergeslast. Der General verstand die Worte des Erfinders nicht, er spürte nur, daß es bald aus war, weil seine Unruhe mit jeder Sekunde wuchs und fast unerträglich wurde. Der General war in seinem Leben nicht ein einziges Mal verwundet gewesen, nicht ein einziges Mal hatte er sich einer Operation unterziehen müssen. Er wußte nicht, daß ähnlich angstvoll und leidend jene Tausende Menschen gestorben waren, deren Tod er vorher eingeplant hatte, und daß nach seinem neuen Projekt Millionen einen solchen Tod finden sollten.

Der Erfinder betrachtete eine Weile den sterbenden General, dann erhob er sich, suchte in den Trümmern des Pavillons seinen Koffer, entnahm ihm die Schwimmflossen und ging langsam zum Strand. In der Ferne hörte er das Brüllen des Panzers, aber er drehte sich nicht um.

Das eigene Leben war ihm gleichgültig. In seinem Innern empfand er eine entsetzliche Leere — eine Leere, die man nur empfinden kann, wenn man alles getan hat, was man im Leben tun wollte.

Der Oberst jagte hinter dem Panzer her. Dieser vergrößerte seine Geschwindigkeit, und da begriff der Oberst, daß schon alles egal war — ihm ging die Luft aus, seine Lungen brannten wie Feuer, und sein Herz klopfte so wild, daß die Schläge durch den ganzen Körper hallten. Schwankend ging er noch zehn Meter, dann blieb er erschöpft stehen.

Der Panzer hielt ebenfalls an. Es war wie ein Wunder.

Sofort flammte die Lebensgier im Bewußtsein des Obersten wieder auf und gab ihm neue Kräfte. Er schwankte weiter, blieb dann aber stehen, weil er erkannt hatte, daß der Panzer ihn hier, wo es keinerlei Deckung gab, mit seinen Raupenketten zerquetschen konnte. Er stöhnte vor Verzweiflung, bemüht, diesen Gedanken zu verjagen, ihn aus seinem Gehirn zu ätzen. Er schüttelte den Kopf, kniff die Augen zu und hörte den Motor des stählernen Kolosses aufheulen.

Der Erfinder schwamm mit gleichmäßigen Bewegungen. Er wollte die Nachbarinsel erreichen. An das, was weiter werden sollte, dachte er nicht. Er war noch immer erfüllt von den endlosen Debatten in den verrauchten Arbeitsräumen, von den Resolutionen aller möglichen Instanzen, von Anweisungen, Kostenanschlägen, Plänen. In seinen Ohren hörte er noch immer Schüsse knallen und das Stöhnen der Sterbenden.

Allmählich aber verging das.

Wellen umflossen ihn murmelnd. Er senkte den Kopf und sah Streifen von Sonnenlicht. Sie schwankten im Takt der schaumigen Brandungswellen, die an der Oberfläche hell waren und weiter unten erloschen. Makrelenschwärme glitten schwerelos unter ihm dahin, wendeten plötzlich wie auf Kommando und verschwanden in jenem perlgrünen Glanz, von dem der Wasserstrom an der Oberfläche durchdrungen war.

Gewichtig und gemächlich zogen Quallen wie leuchtend bunte, mit altmodischen Rüschen verzierte Sonnenschirme dahin. Ein Fluß, ein seltsamer silbriger Streifen, dessen viele Teilchen sich alle auf einmal bewegten, floß mitten im Ozean. Der Mann schwamm darauf zu und erstarrte. Das waren große Fische, die er nicht kannte. Es waren ihrer Tausende, vielleicht Hunderttausende. Sie tauchten auf aus der

bläulichen Finsternis, leuchtend, in einmaligen violetten und rötlichen Farbschattierungen glitzernd, zahllos, lautlos, in dichten Schwärmen, drehten auf ein und derselben Stelle um und verschwanden wieder in der bodenlosen Tiefe.
Wie viele tausend Kilometer mochten sie schon zurückgelegt haben? Vielleicht kamen sie von den bewaldeten Ufern Afrikas oder von der anderen Seite, von den Algen des Sargassomeeres, durch die Piratenmeere, vorbei an den Antillen, Haiti, Puerto Rico? Wohin strebten sie wohl jetzt, warum hatten sie ausgerechnet diese Stelle im Ozean als Wendepunkt ausgewählt: Warum waren sie so wunderschön im Überfluß ihres leuchtenden Zuges?
Der Erfinder mußte daran denken, daß seine Kinder zwar nicht mehr lebten, daß es aber doch noch andere Kinder gab. Neugierige Augen, Augen, die so gern die Wunder des Meeres, Wälder und Städte schauen würden. Vielleicht gab es doch noch etwas, wofür es sich zu leben lohnte?
Plötzlich dachte er daran, ob er schon weit genug von der Insel weggeschwommen war. Ob ihn sein eigener Panzer noch mit einem Schuß erreichen konnte?
Der Erfinder hob den Kopf, und im selben Moment zerriß ein durchdringendes Pfeifen die Luft.

5

Nachts machten sich auf der Insel Ameisen und Krabben an den Leichen zu schaffen. Mit Anbruch der Tageshitze verschwanden sie, aber in der nächsten Nacht gingen sie wieder so hurtig zu Werke, daß am Morgen nur noch weiße Knochen auf dem Sand lagen. Allmählich erhob sich ein Taifun, am dritten Tag nach dem Untergang der Kommission schlug er zu. Die ersten Sturmstöße trugen die Reste des Pavillons fort — die Bauleute hatten ihn auf freiem Gelände errichtet und nicht in einer Niederung wie die Indianer ihre Hütten. Die Palmen krümmten sich, der tollwütige Sturm verwehte die Dünen. Dann zog der Taifun zu den Ufern des Festlandes, die Palmen richteten sich wieder auf, und von all dem, was die Soldaten hierhergebracht hatten, war nur der Panzer übriggeblieben, halb zugeschüttet mit Sand.
Die Bewohner des Dorfes kehrten zurück. Die Kinder kletterten bis zum Überdruß auf den sonderbaren Koloß, in dessen Innern verborgen das mechanische Gehirn darauf wartete, von den Impulsen des Hasses und der Angst aufgeweckt zu werden.

DINO BUZZATI

Die Geheimwaffe

Der dritte Weltkrieg, der so sehr gefürchtet war, dauerte genau so lange, wie es die Militärexperten vorausgesagt hatten: etwas weniger als 24 Stunden. Doch der Verlauf des Konflikts machte alle Prophezeiungen zunichte und ließ im übrigen Dinge, wie sie vorher gewesen waren.

Als sich eine neue Meinungsverschiedenheit wegen des Landes Whipping in der Antarktis, um das Amerika und Rußland stritten, abzeichnete, konnte man zuerst noch glauben, daß es sich nur um eine der unzähligen Polemiken am Rande handelte. Aber es schien, daß dieses zwischen steilen Berggipfeln gelegene und noch unerforschte Land Whipping einen verborgenen Schatz beherbergte, der nur den Geheimdiensten der beiden Länder bekannt war.

Unerwartet, kann man wohl sagen, und unter der Bestürzung der Völker nahm das Duell des Kalten Krieges einen unheilvollen und beunruhigenden Ton an. Auf der einen wie auf der anderen Seite wurden ebenso unklare wie drohende Reden gehalten. Und man sprach mit geradezu naivem Nachdruck von neuen und geheimen Waffen, die als „unvorstellbar, unglaublich und wunderbar" bezeichnet wurden, und die in wenigen Stunden den Feind zur totalen Übergabe zwingen würden.

Noch klangen diese schrecklichen Botschaften in den Seelen der Menschen nach, als blitzartig ein Ultimatum von Moskau eintraf, das innerhalb von 48 Stunden die Räumung des Landes Whipping von den amerikanischen Vorposten verlangte. Diese Aufforderung war so hart und so eindeutig, daß man nicht mehr hoffen konnte. Washington gab — wie erwartet — keine Antwort, und in allen Staaten der Konföderation wurde der Befehl ausgegeben, die Verordnungen für den Ernstfall in Kraft zu setzen.

Da kam die große Angst wieder, die die Menschen durch viele Jahre hindurch vergessen hatten, jenes Gefühl des drohenden Verlustes all dessen, was das Leben ausmacht. Und bescheidene und langweilige Dinge des täglichen Lebens: das Am-Morgen-im-Bett-Aufwachen, die erste Zigarette, die Straßenbahn, die erleuchteten Läden, die Arbeit in der Fabrik oder im Büro, das Lächeln, der kleine Spaziergang, die Launen der Kinder, das Vorstadtkino, die neuen Schuhe, der freie Samstagnachmittag, alles wurde plötzlich zum Symbol menschlichen

Glücks — obwohl sie noch existierten, aber man verstand, daß sie bald für immer verloren sein würden.
Auf der ganzen Welt dachte jeder gierig einzig und allein an sich und die Seinen, in der Hoffnung, eine Rettung zu ersinnen. Aber allzulange hatten alle darauf geschworen, daß ein neuer Krieg unmöglich sei, weil er die Zerstörung der ganzen Menschheit nach sich ziehen würde. Niemand hatte sich deswegen ernsthaft darum gekümmert, Schutzmaßnahmen zu ergreifen, und selbst die Anordnungen der Behörden für die Errichtung von Luftschutzkellern, Lebensmittelreserven usw. waren toter Buchstabe geblieben. Um so größer war deswegen die Verwirrung der Menschen, die, sich selbst überlassen, sich nun der drohenden Apokalypse gegenübersahen.
Zum Glück — wenn man unter diesen Umständen überhaupt von Glück sprechen kann — dauerte die Angst des Wartens nicht lange. Das russische Ultimatum war noch nicht abgelaufen, und viele klammerten sich noch, in der Hoffnung, überleben zu können, verzweifelt an schwache und törichte Beweisführungen, als eine Mitteilung des Rundfunks, ununterbrochen über alle Sender, die Seelen erstarren ließ. Der Generalalarm dritten Grades (der höchste) wurde über die ganzen Vereinigten Staaten verhängt: denn unheilbeladene Langstreckenraketen unbestimmter Anzahl waren von Rußland her im Anflug und würden spätestens innerhalb zweier Stunden amerikanisches Gebiet erreichen.
In Wirklichkeit war die Zahl nicht unbestimmt, denn die in der Arktis aufgestellten Radarstationen, die auf Tausende von Kilometern das Nahen der Raketen hören konnten und die Intensität der Raketenflotte bestimmten, hatten mitgeteilt, daß die erste Welle aus nicht weniger als 30 000 Langstreckenraketen bestehen würde.
Sofort wurde vom Operationshauptquartier der schicksalsschwere Hebel niedergedrückt, der entsprechende elektrische Signale auslöste, auf die hin sich von allen amerikanischen Raketenbasen mit ohrenbetäubendem Donnern Zehntausende und Zehntausende von ebenfalls unheilbeladenen Raketen in den Himmel hoben und in den tiefen Schatten der Nacht mit ihren unruhigen und verhängnisvollen Feuerschwänzen verschwanden. Für die, die darum wußten, war dies wenigstens ein Anblick unbeschreiblicher Größe. Vielleicht verschwand so zum letztenmal im Weltraum der Stolz der Menschheit, und diese entfesselten Raketen entführten — so schien es — die großen und die kleinen Illusionen des Lebens, der Liebe, das sichere Heim, die zärtlichen Begegnungen, die Träume von Reichtum und Ruhm, den

Frühling, die Wissenschaft, die Musik und den ruhigen Ablauf der Jahre. Aber jetzt war keine Zeit, dem nachzuhängen. Angstvoll liefen die Blicke zu den Uhren. Bald — in einer Minute vielleicht, würde alles im Nichts verschwinden.
Ein endloser Schrei hob sich von der Erde. Hoch oben im Äther wetterleuchtete eine Explosion, eine zweite, dreihundert, dreitausend. Beim Widerschein der Stichflammen sah man von jeder Explosion Dampffäden wie viele weiße Beine einer Spinne ausstrahlen, die sich ineinander verflochten und eine riesige Kuppel von Filigran bildeten, bis dann das Muster des Rauches so dicht wurde, daß es einen festen Baldachin bildete, der die Sterne vollständig verbarg.
Bei den Menschen trat eine Art Ruhepause ein, denn alle hatten die Stichflamme einer Atomexplosion erwartet, die Stoßwelle, das Verbrennen, die Vernichtung. Nichts davon geschah.
Dann sah man, daß diese Decke von weißem Nebel von keiner Explosion mehr erschüttert wurde und langsam niedersank. Niemand wußte, was dies zu bedeuten hatte. Man konnte an die schrecklichsten Folgen denken, wenn sie die Erde erreicht haben würde.
Tatsächlich sank der weiße Dampf immer tiefer, und ein gleichförmiger Nebel breitete sich überall aus, drang in die Häuser, in die Keller, in die Bunker, durch die engsten Ritzen. Vor Schrecken versteinert, sahen die Menschen, die sich in den unwegsamsten Schlupfwinkeln verborgen hatten, wie Schwaden weißen Gases, das kein Hindernis zu kennen schien, sie erreichten. Jemand begann zu husten. Andere knieten nieder und beteten. Der Tod schien nahe.
Aber das Husten hörte auf. Die Menschen sahen sich schweigend an, ungläubig, nicht ohnmächtig geworden zu sein. Kein Gefühl des Erstickens, kein Brennen, nicht die geringsten Schmerzen.
Sollten die russischen Wissenschaftler sich in ihren Berechnungen geirrt oder das Gas auf der Reise seine tödliche Kraft eingebüßt haben?
Auch in den gepanzerten Luftschutzraum des Weißen Hauses drang der Dampf ein. Dort hatten alle die Gasmasken aufgesetzt, aber auch zwischen sie sickerten die weißlichen Dämpfe, jeder spürte, wie eine Liebkosung die Wange entlangstrich.
Endlich entfernte der Präsident der Vereinigten Staaten als erster mit männlicher Geste die Maske und schüttelte den neben ihm sitzenden Staatssekretär am Arm, damit er ebenfalls die seine entferne. Widerwillig gehorchte dieser, und daraufhin nahmen auch alle anderen sie ab. Der Luftschutzkeller war vollständig mit Dampf gefüllt. Trotzdem war niemand gestorben.

„Na“, sagte der Präsident der Vereinigten Staaten, „was ich nicht verstehe, ist, daß wir so lange Zeit gebraucht haben, um endlich die Augen zu öffnen.“
„Wirklich unglaublich“, pflichtete ihm der Staatssekretär bei.
„Die Diktatur des Proletariats“, fuhr der Präsident nachdrücklich fort. „Es gibt keine andere Lösung, das ist einmal sicher!“
Und der Staatssekretär schlug sich mit der Hand vor die Stirn: „Was wir doch für Idioten gewesen waren.“
„Für Idioten, für Idioten“, wiederholten die andern im Chor.
„Doch was ist das für ein Lärm draußen?“ fragte der Präsident.
„Die Menge“ — teilte ihm ein Sekretär mit — „es sind über hunderttausend, die der sozialistischen Republik zujubeln.“
„Brave Jungens, daß Gott sie segne“ — sagte der Präsident — „das heißt, verzeiht mir, ich sagte Gott nur so aus alter Gewohnheit. Übrigens, ist das Waffenstillstandsangebot schon nach Moskau abgegangen?“
„Sicher, selbstverständlich“, beruhigten ihn die anderen.

Und in Rußland? Dort war ungefähr das gleiche vor sich gegangen, nur eine Dreiviertelstunde später. Das Zittern, die Angst, das Gefühl des Verhängnisses, das Warten auf den Tod: Auch dort waren sie Menschen aus Fleisch und Blut wie die Amerikaner. Und richtig, auch über ihnen explodierten die Raketen, spien weiße Dämpfe aus, ging der Nebel nieder, brach allgemeine Verzweiflung aus und Ungläubigkeit, noch am Leben zu sein.
Im Luftschutzkeller des Kreml nahm der allmächtige Generalsekretär die mit Gas gefüllte Maske ab und indem er den neben ihm sitzenden Präsidenten des Sowjetrates am Arm schüttelte, sagte er: „Es war wirklich an der Zeit! Was ich nicht verstehe, ist nur, wie konnte ich diesen blödsinnigen Kommunismus so lange ertragen? Übrigens“ — und da wandte er sich an seinen Außenminister, der die Maske noch auf dem Gesicht trug —, „ich hoffe, wir haben das Waffenstillstandsangebot schon diesen sympathischen Amerikanern geschickt?“
„Selbstverständlich, Genosse Parteisekretär.“
„Was heißt Genosse, nenne mich ruhig Herr Parteisekretär.“

So schlug die Geheimwaffe fehl. Ohne, daß einer es vor dem andern gewußt hatte, waren die Wissenschaftler auf beiden Seiten damit beschäftigt gewesen, ein Mittel zu erfinden, das dem Krieg ohne Blutvergießen innerhalb einer Stunde ein Ende setzen würde, das

sogenannte „überzeugende Gas“, das eine Ideologie enthielt, der der menschliche Geist nicht widerstehen konnte. Keine Atombombe, keine Zerstörungen, kein Gemetzel. Ein ätherischer Saft, der sich blitzschnell und augenblicklich der Gehirne bemächtigte ... Der russische, der den Marxismus in die amerikanischen Köpfe, und der amerikanische, der die Demokratie in die russischen Köpfe einimpfte, und alles hatte, wie vorgesehen, funktioniert.
Blitzartig wurde die Gesamtbevölkerung Amerikas, von einigen unbedeutenden Inseln abgesehen, wohin das Gas nicht gedrungen war, zum Kommunismus bekehrt und die Gesamtbevölkerung der Sowjetunion zur kapitalistischen Freiheit.
Die einen wie die anderen frohlockten beim Eintreffen des Waffenstillstandsangebotes. Sie glaubten an den vollständigen Sieg. Doch bei den ersten Verhandlungen waren die Parlamentarier wie versteinert.
Und mit vertauschten Rollen begann der Kalte Krieg von neuem.

PAUL SCHEERBART

General von Bax

„Nicht mit dem rechten Zeh den Mond kitzeln!"
Also donnerte der General von Bax beim Betreten des Exerzierplatzes seine Mannschaften an.
„Die Leutnants müssen viel schneidiger an die Luft gesetzt werden!" brummte er dann in seinen Bart — dabei setzte er sich auf seinen Luftstuhl. Das Luft-Regiment war vollzählig mitten in der Arbeit.
„Was wollen Sie mehr?" fragte der General seinen alten Freund, den persischen Oberstleutnant Nisaraddi. Der riß die Augen auf und rief: „Teufel! Hagel! Schinkensemmel!"
Die Adjutanten lachten, denn der Perser pflegte seit Jahr und Tag die meisten deutschen Worte an der falschen Stelle zu gebrauchen.
General von Bax klatschte in die Hände, befahl, die Luftballons runterzuziehen, und ließ zunächst mal sein ganzes Regiment in Reih und Glied antreten.
Das Regiment nahm einen ganz gehörigen Platz ein, denn die Soldaten des Herrn von Bax sahen sämtlich dicker aus als der alte Falstaff — zehnmal so dick.
Die Soldaten sind nicht so dick, weil sie soviel zu essen bekommen — die Uniform macht es. Eine kugelförmige Korkhülle schützt die Soldaten vor unliebsamen Zusammenstößen mit dem Erdball; es sieht oftmals recht gefährlich aus, wenn ein Soldat bei seinen Übungen oben am Luftballon plötzlich runterfällt — aber Korkmantel und Fallschirm machen das Fallen beinahe zum Vergnügen; nur bei starkem Sturm ist das Fallen gefährlich.
Und nach fünfzehn Minuten steht das Luft-Regiment in schneidigster Paradestellung vor seinem General; die Luftballons bilden den Hintergrund.
Die kugelrunden Korkmäntel sind so dick. Über ihnen sind die kleinen Soldatenköpfe zu sehen. Aber über diesen Köpfen ragen die hohen Fallschirme zusammengeklappt wie riesige Helmspitzen zum Himmel empor. Unter den Korkmänteln sind nur die Soldatenstiefel zu sehen; die haben breite, dicke Korksohlen.
Marschieren tun die Soldaten niemals; das überlassen sie den Erdregimentern. Doch mit dem Fallschirm wird exerziert. Der verschwindet zuerst blitzschnell im Korkmantel; der Soldatenkopf verschwindet dabei ebenfalls im Korkmantel. Hienach steigt der Kopf wieder ans

Tageslicht, und die Füße verschwinden. Sodann erscheint abermals der Fallschirm und spannt sich auf.
Ein köstliches Exerzitium!
Der persische Oberstleutnant hält sich den Bauch vor Lachen und umarmt den General von Bax stürmisch, wobei dem Perser unzählige funkelnde Tränen über die braunen Wangen rollen; von Bax lächelt wie ein Unsterblicher.
Indessen treten die zusammengekoppelten Fesselballons in Aktion. Die Ballons haben das Aussehen großer Lampions von kurzer Säulenform.
Alle zeigen hellgrüne und gelbe Querstreifen. Im Innern bestehen die Ballons aus vielen separierten Blasen, so daß durch ein paar Kugellöcher nur sehr wenig Gas entweichen kann.
Oben im blauen Himmel stehen die hellgrün- und gelbgestreiften Ballons ebenfalls wie Soldaten in Reih und Glied. Ein imponierender Anblick!
Und dann wird das Regiment an langen Stricken zum Himmel hinaufgezogen — aber nicht bis dicht unter die Ballons — so weit nicht. Die Soldaten bleiben zumeist tiefer — sie füllen die ganzen Stricke — sie hängen wie die Papierschnitzel am Schwanz eines Papierdrachens.
Und oben wird eine Salve abgegeben — und nach der Salve rasen die zusammengekoppelten Ballons über den ganzen Exerzierplatz. Und die Soldaten fliegen dahin wie die Schwalben im Sturm.
Danach treten die Wolkenmacher in Aktion — und das Regiment wird in dichte graue Dampfwolken gehüllt.
Motorwagen ziehen unten das Regiment kreuz und quer über den ganzen Exerzierplatz, und währenddem wird aus den Dampfwolken heraus in verschiedenen Höhen immerfort geschossen — daß es knattert und knallt wie im veritablen Kriege.
Zuletzt zieht das Regiment, ganz in Dampfwolken gehüllt, mit feierlicher Luftmusik beim General von Bax vorbei — den neuen Kasernen zu, wobei Häuser, Straßen und Kirchen kaum ein bemerkenswertes Hindernis bilden — so hoch kann das Regiment steigen.
Und die Marschklänge in den Lüften rauschen nieder wie militärische Sphärenmusik.
Ungezählte Volksscharen klatschen Beifall, von Bax und Nisaraddi umarmen sich wieder und fahren in das beste Frühstücks-Restaurant — umjubelt von begeisterten Männern, Frauen und Kindern.
Soweit ist nun alles ganz gut.

Indessen — jetzt kommt die Katastrophe.
Der Schah von Persien erscheint, und das Luft-Regiment soll sich natürlich im besten Lichte zeigen — in verblüffender Parade-Aktion.
Und während der Parade wird's plötzlich stürmisch. Ein Orkan rast übers Paradefeld. Die Motorwagen kippen um. Die Stricke reißen unten ab. Die Signalpfeifen kreischen alle auf einmal. Und das ganze Regiment verschwindet in den Orkanwolken auf Nimmerwiedersehen — von Bax und Oberstleutnant Nisaraddi verschwinden ebenfalls, denn sie machten die Luft-Parade unvorsichtigerweise oben in der Luft mit.
Der Schreck des Volkes, der Regierung und des Schahs von Persien spottet jeglicher Beschreibung; ein langes Wehklagen zittert über die ganze Erdoberfläche.
Die „Freie Volkszeitung" schrieb in ihrem Abendblatte, das natürlich pechschwarz umrandet war:
„Wir haben ja gleich gesagt, daß man mit so gefährlichen militärischen Experimenten, die den armen Steuerzahler kaum noch zählbare Millionen kosten, nicht so leichtfertig hätte vorgehen sollen. Die Tragfähigkeit der Ballons ist eine so horrende gewesen, daß nicht einmal das stärkste Schnellfeuer auf die Ballons den Mannschaften etwas nützen könnte; die Ballons blieben eben oben und wurden mit dem ganzen Armeekorps ins Meer geschleudert. Der tragische Vorfall dürfte jedenfalls die Regierung zwingen, allen militärischen Neuerungen eine erbarmungslose Skepsis gegenüberzustellen. Man sieht ja, wohin die Phantastik führt."
Der „Allgemeine Staatsanzeiger" stellte sofort in einem fachmännisch geschriebenen Artikel fest, daß von einem Schnellfeuer auf die Ballons gar nicht die Rede sein konnte, da sich ja die Mannschaften durch Feuern nach oben in eigene Lebensgefahr gebracht haben würden; die Soldaten hätten ja an ihren Stricken *über*einander und nicht *neben*einander gesessen.
Die „Freie Volkszeitung" ignorierte diesen Artikel und schrieb am nächsten Tage mit noch dickerem Trauerrande:
„Der empörende Leichtsinn unsres Generalstabes hat eine Katastrophe möglich gemacht, die in der ganzen Kriegsgeschichte niemals ihresgleichen finden dürfte. Bei dem hohen Seegang ist nicht einmal daran zu denken, die Leichen des verunglückten Regiments zu bergen. Der Schah von Persien wird einen netten Begriff von unserer Kriegstüchtigkeit empfangen haben. Die Katastrophe wird unvermeidlich eine schwere Erschütterung unsres Staatsorganismus zur

Folge haben. Wir stehen nach der Ansicht alter verdienter Generale vor dem Ausbruche eines großen Krieges. Unsre Feinde wissen ganz genau, wieviel wir für das Luft-Militär geopfert haben."

Und der „Volkswille" schrieb:

„Es verlautet, daß dem verdienten General von Bax, der einen so tragischen Tod in den Fluten des Oceans fand und dessen Leiche immer noch nicht geborgen ist, ein Denkmal gesetzt werden solle. Dieses Denk*mal* dürfte für die Phantasten im Generalstab gleichzeitig ein ganz gehöriger Denk*zettel* sein."

Und das Publikum flatterte vor Aufregung.

Nach drei Tagen aber kehrte der Herr von Bax mit seinem Regiment in die liebe Heimat zurück — denn er wurde rechtzeitig von einigen Kriegsschiffen „gerettet".

Nicht ein einziger Mann hatte sein Leben eingebüßt. Nur etwas naß waren alle geworden. Die Korkmäntel hatten das Untersinken der Mannschaften unmöglich gemacht. Und die Ballons waren ebenfalls ganz unbeschädigt geblieben.

Natürlich — so groß wie am Paradetage das Entsetzen gewesen war — so groß war jetzt der Jubel — wohl noch größer. Und von Bax hatte jetzt Oberwasser; er konnte plötzlich tun, was er wollte. Er war der Herr der Situation.

Und die Situation auszunützen — das versteht der Herr von Bax meisterhaft.

Er setzt sofort eine ganze Reihe phantastischer Neuerungen durch.

Zunächst führt er automatische Gummistelzen für seine Mannschaften ein, so daß die nötigenfalls mit einer Schnelligkeit marschieren können, die ans Lokomotivartige grenzt.

Alsdann läßt er kolossale Kanonenballons bauen, so daß die schwersten Granaten, von oben geschossen, viel weiter fliegen als bisher.

Durch Verwendung von gefesselten Luftkugeln, die oben immer nach der Seite geschossen werden, nach der man hinwill, erleichtert er die schwierigen Aufgaben der Motorwagen, die auf unebenem Terrain ihre Not hatten.

Aber alles das ist dem kühnen General noch nicht genug. Er setzt auch noch ein Clowns-Bataillon durch.

Durch die tollsten Kostüme, Späße und Grimassen, Trapez- und Akrobaten-Kunststücke soll dieses Bataillon den Feind zum Lachen bringen; die Offiziere dieses polyformierten Bataillons müssen erprobte Humoristen sein.

Die Phantasten haben im Generalstabe endgültig gesiegt — die Erdregimenter werden einfach abgeschafft.
Ohne Luftarmee arbeiten wollen, erscheint plötzlich allen als die höhere Stieselei.
Nisaraddi kauft gleich zweihundert Schlangenmenschen für den Schah von Persien auf — denn „der Clown im Dienste des Militarismus" erscheint dem lachlustigen Perser die beste Erfindung der Neuzeit zu sein.
Und die zweite Parade vor dem Schah wird zum größten Triumph für den General von Bax.
Jedesmal, wenn das Clowns-Bataillon in Aktion tritt, wälzt sich das gesamte Publikum am Erdboden in fürchterlichen Lachkrämpfen.
Es scheint allen Zuschauern so klar, daß gegen die „komischen" Soldaten kein Feind ankommen kann, da selbst vergrämte Indianer in Lachkrämpfe verfallen müssen — und in dem Zustande ohne jede Schwierigkeit wie Seehunde mit Knüppeln totzuschlagen sind.
Keiner sagt Baxen, das seien Faxen — dazu ist der Luftgeneral viel zu berühmt.
Alle Welt ruft:
„Bax! Hurra! Bax!"
Der aber sagt nur:
„Das ist der längst entbehrte Humor im Militarismus."
Leider hat der General in der auf den Paradetag folgenden Nacht sehr bald zuviel Champagner getrunken und sagt daher schließlich, während ihm sein Diener Luft zufächeln muß, nichts weiter als:
„Luft! Luft!"

HARRY HARRISON

Der Endkampf

Wenn abends nach dem Essen alles aufgeräumt ist, sitzen wir Kinder am liebsten um das Feuer und lassen uns von Vater eine Geschichte erzählen.
Das mag vielleicht albern oder altmodisch klingen, da es ja viel modernere Arten der Unterhaltung gibt, aber wenn ich so etwas höre, kann ich nur nachsichtig lächeln.
Ich bin achtzehn und habe die meisten anderen kindlichen Angewohnheiten längst abgelegt. Aber Vater ist ein guter Erzähler und kann einen mit seiner Stimme regelrecht in seinen Bann ziehen. Mir gefällt das. Wir haben zwar den Krieg gewonnen, aber dabei doch viel verloren. Die Welt draußen ist hart und grausam. Deshalb möchte ich lieber so lange wie möglich jung bleiben.
„Erzähl uns vom Endkampf", betteln wir Kinder meistens, und diese Geschichte erzählt er auch am häufigsten. Es ist eine furchtbare Geschichte, obgleich wir alle wissen, daß das nun vorüber ist; vor dem Schlafengehen gibt es nichts Schöneres, als wenn einem eine Gänsehaut über den Rücken läuft.
Vater greift dann nach seinem Bier, trinkt einen kleinen Schluck und wischt sich den Schaum aus dem Schnurrbart: das Zeichen dafür, daß er gleich anfangen wird.
„Der Krieg ist die Hölle, das dürft ihr nie vergessen", sagt er. Die beiden Jüngsten fangen dann zu zittern an, weil sie dieses Wort auf keinen Fall sagen dürfen.
„Der Krieg ist die Hölle und war es immer schon, und ich erzähle euch diese Geschichte auch nur, damit ihr das nie vergeßt. Wir haben im letzten Krieg den Sieg errungen, und viele gute Männer sind in der Schlacht gefallen. Auch daran müßt ihr denken, wo es jetzt vorüber ist. Wenn ihr Tod wirklich einen Sinn haben soll, dann vielleicht den, daß ihr am Leben bleiben könnt. Und daß ihr nie wieder einen Krieg führen müßt.
Zunächst dürft ihr nicht glauben, daß ein Kampf irgend etwas Edles oder Großartiges an sich hat, das stimmt nicht. Dieses Märchen ist schon lange tot und stammt wahrscheinlich noch aus der vorgeschichtlichen Zeit, als Mann gegen Mann kämpfte und jeder den Eingang zu seiner Höhle gegen Fremde verteidigte. Diese Tage sind längst vorbei, und was für den Einzelnen gut war, kann für eine zivilisierte

Gesellschaft den Tod bedeuten. Für die anderen war es ja der Tod, nicht wahr?"
Vaters große, ernste Augen sahen von einem zum anderen, aber wir wichen ihrem Blick aus. Irgendwie fühlen wir uns mitschuldig, obgleich die meisten von uns erst nach dem Krieg auf die Welt gekommen sind.
„Wir haben zwar den Krieg gewonnen, aber es ist kein echter Sieg, wenn wir nicht eine Lehre daraus ziehen. Es hätte ja sein können, daß die andere Seite die Superwaffe zuerst entdeckte — dann wären wir jetzt tot und ausgelöscht, auch das dürft ihr nie vergessen. Eine Laune der Geschichte hat unsere Kultur gerettet und die ihre zerstört. Wenn dieser Zufall uns etwas bedeutet, dann vielleicht dies, daß wir Bescheidenheit lernen. Wir sind keine Götter, und wir sind nicht vollkommen. Der Krieg als Mittel zur Beilegung von Streitigkeiten muß abgeschafft werden. Ich war dabei, ich habe auch getötet, und ich weiß, wie das ist."
An dieser Stelle halten wir Kinder immer gespannt den Atem an.
„Hier ist sie", sagt Vater, steht auf und greift hinauf an die Wand. „Da ist sie, die tödliche Superwaffe, die aus der Entfernung den Tod bringt."
Vater hebt dann den Bogen hoch über seinen Kopf und steht eindrucksvoll vor dem Feuer, das seinen Schatten an die Wand der Höhle wirft. Selbst das kleinste Baby hört dann auf, sich die Flohbisse unter dem Fell zu kratzen, und starrt ihn mit offenem Mund an.
„Dem Bogen kann ein Mann mit Keule, Steinmesser oder Speer nicht widerstehen. Wir haben unseren Krieg gewonnen und dürfen diese Waffe nur noch für friedliche Zwecke einsetzen: zur Jagd auf den Elch und das Mammut, da liegt unsere Zukunft."
Lächelnd hängt er den Bogen wieder zurück an den Holzpflock.
„Der Krieg ist zu schrecklich geworden. Eine Ära ewigen Friedens hat begonnen."

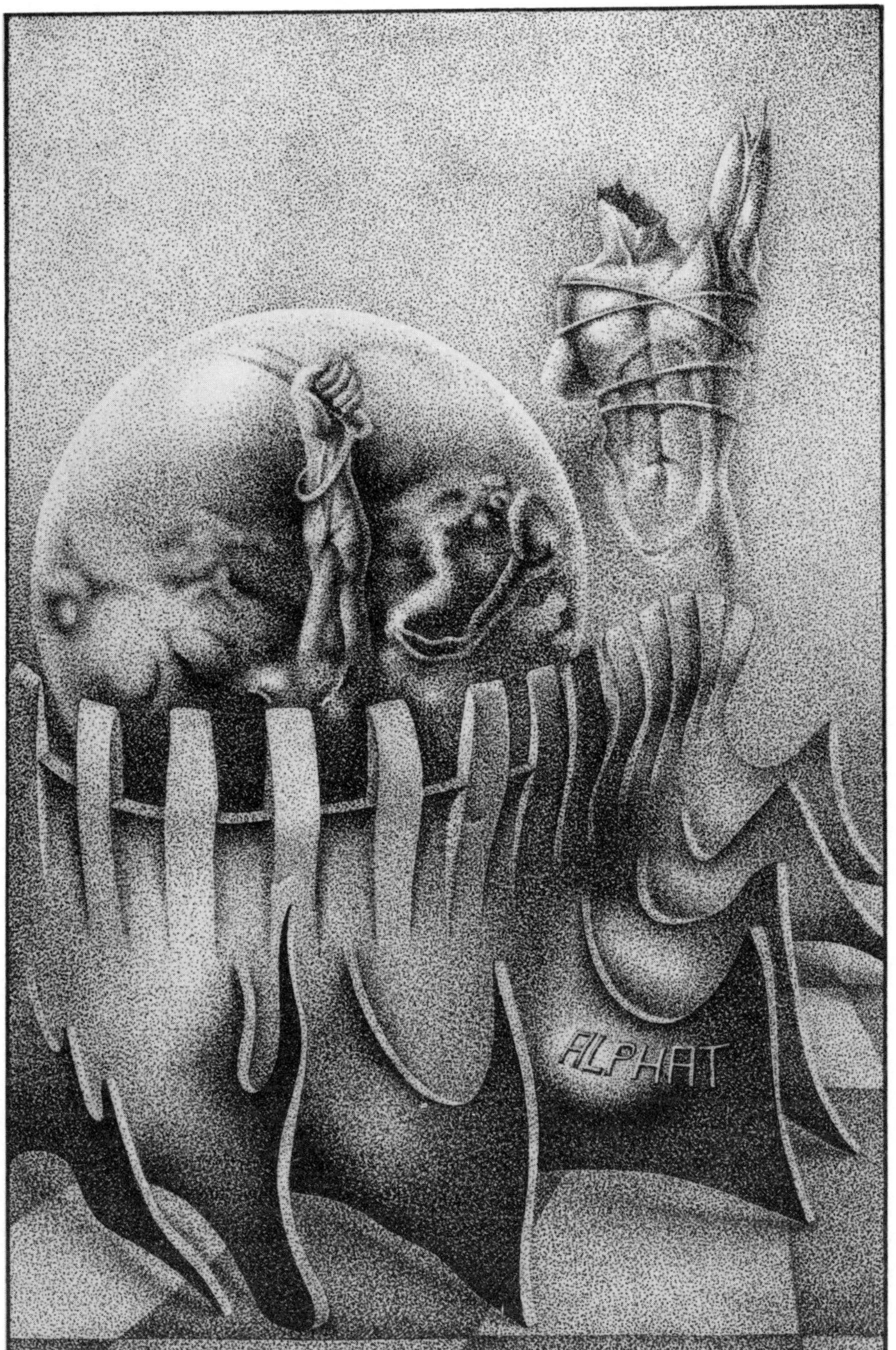
ALPHAT

GÖRAN HÄGG

Im goldenen Dreieck

Der Kampfflieger Roger Pachmann stieg aus dem silberglänzenden Jagdbomber und wurde lebhaft begrüßt von herbeieilenden Mechanikern in Overalls mit verschlissenem Hosenboden. Am kobaltblauen Himmel brannte einsam die Sonne. Beinahe kalt. Kalt wie die Blitze und Lichtkaskaden, die vom Metall zurückgeworfen wurden. Reines Licht, ja, alles Licht dieser Art mit Ausnahme des Feuerscheins, ist kühl. Vielleicht beruht das auf dem klimatischen Verhalten, das dem Lichtempfänger schon während der Kindheit einprogrammiert wird. Im Norden sind ja die Wintertage auch die lichtstärksten. Ebenso wie die intensivste Dunkelheit wohnt auch die intensivste Helle in der Kälte. Die Sonne brannte und sprühte vom Himmel nieder auf das kalte Metall. Unter ihm glühte der Asphalt der Startpiste, und am Horizont dampfte der tropische Dschungel.

Er ging auf den Jeep zu, der ihn zur Basis bringen sollte. Die Sonne stand im Zenit. Einzig unter dem Hangardach krochen hier und dort kleine Schattenflecken über den Asphalt. Die Silhouette eines Aufklärungsflugzeugs wurde in großer Höhe sichtbar, sonst aber gähnte des Himmels Kälte ungestört über der von einer bebenden Lufthülle umgebenen Maschine auf der Landebahn.

Bei einem der Betongebäude angelangt, stieg er aus dem Jeep und glitt eine Treppe hinauf, um sich umzukleiden, eine Kontrolle zu durchlaufen und zu berichten. Der Ventilator surrte schwach.

Alles war überstanden. Über weiße Kacheln bewegte er sich zur Dusche. Er ließ das Wasser über seinen behaarten, braungebrannten Körper rieseln, trocknete sich dann mit einem Frottiertuch der Luftwaffe ab — dies war ein Land aus weißem Frottee und grünem Kunststoff —, rieb sich mit Rasierwasser ein und begab sich in den Umkleideraum. Während er das weiße Frotteehemd zurechtzog, besah er sich im Spiegel. Kleine Fältchen um den Mundwinkel verliehen dem braungebrannten Gesicht über dem weißen Hemd einen sarkastischen Ausdruck. Die Stirn war glattes Mahagoni unter dem kurzen schwarzen, vom Duschen noch feuchten Haar. Doch, er schaffte es noch, vor dem Kontrolldurchgang einen Drink in der Bar zu nehmen. Seinen Lieblingsdrink: zu gleichen Teilen Kognak, süßen Sherry und Orangensaft. Er zündete sich eine Zigarette an und schaute auf seine Schweizer Armbanduhr. Noch viel Zeit. Er ließ den Blick

über die Bar schweifen. Dort, neben dem des Kommandanten, hing sein eigenes Porträt mit Auszeichnungen und allem.
Er rief sich das Spiegelbild ins Gedächtnis und die Bilder, die er kürzlich von sich in der Zeitung und im Lokalfernsehen gesehen hatte. Kein Unterschied. Obwohl das Porträt fast zwei Jahre alt war. Bis auf die beiden Fältchen um die Mundwinkel. Die Zeit hier pflegte sonst den Männern anders mitzuspielen, sowohl das Klima wie die Flüge. Die Spannung, die Angst und zwischendurch die relative Tristesse. Trotz freien Zugangs zu Frauen und Schnaps — zwischen den Kampfphasen. Er hatte nie Angst gehabt. Die Menschen fürchteten das Unbekannte. Er nicht. Er war froh und stolz. Mehrmals ausgezeichnet. Mehrfach im Fernsehen. Sowohl in lokalen Sendungen wie in Reportagen für die Meinungsbildung daheim. Männer wie er wurden gebraucht, gerade jetzt, wo der Krieg auswich, zurückflutete und sich in diese abgelegenen Gebiete verzog. Man brauchte sie, weil sie den Willen des Volkes stärken sollten, die Kosten für die notwendigen Anstrengungen zu tragen, und weil sie die Versorgungsverbindungen des Gegners abschneiden sollten. Er war so etwas wie ein Nationalheld. Das störte ihn nicht. Er war unerschrocken und wußte das. Er nahm sich gut aus im Fernsehen und auf Fotos und wußte das. Vor allem aber machte er seinen Job und wußte das. Das war alles. Er schaute wieder auf die Uhr. Zeit zu gehen. Er setzte seine randlose Sonnenbrille auf und begab sich durch die Sonnenflut draußen zum Kommandosaal.
Im Saal war es dunkel. Nur vom Katheder auf dem Podium leuchtete eine schwache Lampe. Oberst Ulsen zog eine weiße Filmleinwand herunter. Zuerst ein paar Flugfotos. Dann Karten und Diagramme. Es war ein totaler Erfolg gewesen.
Der Jeep holperte mit ihm die lehmige Dorfstraße hinunter, wo aufgescheuchte Hühner gackernd zwischen Bambus- und Blechschuppen die Flucht ergriffen; heim zu seinem Bungalow am Rande des Basengeländes. Der einheimische Wachtposten präsentierte am Zaunpfeiler aus Zementrohr das Gewehr. Als Volksheld mußte er ja vor allzu großer Aufmerksamkeit der Presse geschützt werden. Die Presseabteilung der Luftwaffe regelte die Interviews und achtete darauf, daß sie bei passender Gelegenheit erschienen. Von der Presseabteilung der Luftwaffe und dem Honorar für sein Buch „Flügel aus Feuer“ stammte das Geld für den Bungalow. Auch andere auf Zeit stationierte Flieger besaßen einen, seiner aber war Sonderklasse.

Obwohl er ein Nationalheld war (zu Hause, weit fort), mußte er nach einem Auftrag wie diesem anerkennen, daß die Flüge jetzt leichter waren. Elektronisch gesteuerte Zielaufklärung, Autopilot, Roboterwaffen, Infralicht, Laser und elektronisch gesteuerte Gefechtslenkung. Trotzdem gab es Raum für solche wie ihn.
Glücklich im Bungalow angelangt, bereitete er sich in Erwartung des Essens einen neuen Drink. Vor Sonntag kein Flug mehr. Seine einheimische Haushälterin kam herein. Phantastisches Mädchen. Sie kochte auch das Essen für ihn. Er liebte orientalische Speisen. Sicherlich hatte er davon gehört, daß es zu Hause während des Krieges bei gewissen radikalen Kreisen in Mode gekommen war, unpolierten Reis zu essen, den man aus Gebieten auf der anderen Seite importierte, in Solidarität mit dem Feind. Na ja, er mochte das jedenfalls. Derartige Proteste beunruhigten ihn nicht. Keine Art von Protesten übrigens. Wie dem auch sei, man hörte im Augenblick selten von so etwas. Er war eine von den Gestalten, die der Nation behilflich waren, sich selbst wiederzufinden. Auch um solche Phrasen kümmerte er sich eigentlich nicht, auch wenn es ihm gefiel, im Rampenlicht zu stehen — das wollte er gar nicht leugnen. Rasant hübsches Mädchen jedenfalls. Er nahm seine Sonnenbrille ab. Mit Rock und dünner Bluse bekleidet, trug sie das Essen für ihn auf. Bis jetzt sprach sie nur ein paar Wörter in seiner Sprache. Doch das war beinahe ein Vorzug. Sie aßen schweigend. Sie räumte den Tisch ab und setzte sich dann zu ihm auf den Diwan. Er nahm ein paar kräftige Züge aus seiner Rothman's King Size, drückte die Zigarette in dem Aschenbecher mit der Aufschrift NOILLY PRAT — DRY SWEET aus und suchte ihre Lippen, frisch und rot wie eine offene Wunde. Der Ventilator surrte.
Er knöpfte ihre Bluse auf und zog ihr den Rock aus. Wegen der Hitze war sie unter den Kleidern nackt. Ihre Brüste waren klein und fest, die Warzen wie blasse Kirschen auf der olivbraunen Haut. Ihr Körper war kindlich dünn und zart. Er zog seine Sachen aus, und sie drehte sich wimmernd auf den Rücken, um ihn zu empfangen. Er legte sich hin, tastete sich vor und drehte sie sitzend über sich, so daß er den Anblick ihres wohlproportionierten gelbbraunen Körpers genießen konnte, während er methodisch verzögernd und mit derselben Präzision wie einen Kampfauftrag den Akt ausführte.
Er zog seinen Morgenrock aus weißem Frottee über, mischte sich einen neuen Drink und ließ sich vor dem Fernseher in einen Korbstuhl fallen. Das Mädchen trat ein, inzwischen gekämmt und angekleidet, küßte ihn auf die Stirn, stellte eine Kaffeetasse hin und verschwand im

Schlafzimmer. Er schaltete den Fernseher per Fernbedienung ein. Das Lokalprogramm für die Militäreinheiten im Gebiet. Bevor das Bild erschien, sah er im Schirm sein Spiegelbild. Gab es da nicht eine winzige neue Falte im linken Mundwinkel? War er wirklich gealtert? Er kam nicht dazu, weiter darüber nachzudenken. Jetzt gab es Nachrichten. Von den Flugeinsätzen des Tages.
Sieh einer an, dort war er selber. Wie er aus der Maschine kletterte. Er erinnerte sich gar nicht daran, daß irgendwelche Kameras auf der Piste gewesen wären. Aber sie hatten ihn wohl mit Hilfe eines Teleobjektivs gefilmt. Heutzutage schleusten sie die Burschen von den Medien ja überall hinein. Es war alles anders jetzt. Kein „Pst, Pst" mehr. Die Elektronik ließ sowieso alles kompliziert und unbegreiflich erscheinen. So konnte man, statt zu verbergen, zeigen. Männer wie ihn. Alles war offener. Kein Wunder, daß die öffentliche Meinung Verständnis zeigte. Heutzutage. Nicht einmal die Flugzeuge brauchte man mit Tarnfarbe anzustreichen.
Dort war er. Er sah den Jeep vorfahren und sich selber aus der alten CF-25:32 klettern. Die Kamera schwenkte über die Landebahn, bis das Blickfeld wieder das glänzende Metall des Flugzeugs einfing. Auf dem Flügel las er CF-25:21. Er sah sich selbst ins Bild schreiten, der Kamera zuwinken und in den Jeep steigen. Eine Sprecherstimme unterbrach und gab die Zahlen des Tages auf einer Tafel an.
Irgend etwas stimmte nicht. Eigentlich hätte er mit der CF-25:21 fliegen sollen, später wurde er aber auf die CF-25:32 beordert. Einer Kamera hatte er überhaupt nicht zugewinkt. Den Mechanikern? Nein. Der Film mußte alt sein. Es gelang ihm nicht, weiter darüber nachzudenken. Er fühlte sich plötzlich sehr müde. Er ging zu Bett, ohne sich um das Mädchen zu kümmern. Nur noch ein paar schläfrige Gedanken an das Rundfunkinterview des morgigen Tages. Binnen fünf Minuten schlief er. Über ihm der surrende Ventilator.
Um acht Uhr morgens stand er auf. Im Rasierspiegel nahm er nun deutlich die neue Falte am linken Mundwinkel wahr. Immer noch schlaftrunken, wärmte er sich den Kaffee auf — das Mädchen war schon zeitig auf den Markt, um einzukaufen — und schaltete das Radio ein. Die dem Transistor entströmende Musik wurde von einer Sprecherstimme unterbrochen: „. . . Wir senden nun, früher als wir in der gestrigen Nachrichtensendung zu versprechen wagten, ein Interview mit dem Helden des gestrigen Fernangriffs, Roger Pachmann . . ." Der Sprecher leierte seine Ansage herunter, dann aber kam eine abscheulich wohlbekannte Stimme: seine eigene. Die Stimme war

bekannt. Die Worte waren bekannt, sie besagten, was zu sagen er beabsichtigt hatte. Nur, daß er das Interview noch gar nicht gegeben hatte! Er bemerkte, wie seine Hand dermaßen zitterte, daß er Kaffee über seine weiße Tropenhose verschüttete.
Die Sprecherstimme leierte atemlos weiter: „. . . ein Extrainterview im Fernsehen nach den Neun-Uhr-Nachrichten in fünf Minuten . . . Carry on, music lovers." Pachmann stürzte zum Fernsehapparat. Ein Tanzprogramm mit lächelnden einheimischen Tänzern. Dann unterbrach man für die Nachrichten. Landkarten, Kommentare, Bilder aus der Heimat. Andere Frontabschnitte. Und . . . dort war er. Er selbst. Sogar in Farbe. Er saß unter seinem Porträt in einem Studio der lokalen Presseabteilung auf der Basis. Ruhig, lächelnd, unverbraucht, lediglich eine kleine Falte in jedem Mundwinkel. Wie war das möglich? Was bedeutete das? Wie konnten sie es wagen? Wie kam man dazu . . .?
Er läutete nach dem Jeep, zog seine Uniformjacke über, ohne sie zuzuknöpfen, und binnen einer Viertelstunde ging er durch das Glasentree der Presseabteilung. Durch einen langen, linoleumbelegten Korridor erreichte er das Studiogebäude. Er bemerkte, wie der Pförtner ihn verwundert anschaute. Eine freundliche Chefperson führte ihn durch einen weiteren Korridor in ein Studio, wo eine Fernsehübertragung gerade beendet wurde. Mitten in einem Wald von Kameras saß ER. Er selbst. Er ging näher heran. Die Gleichheit war verblüffend. Nur, daß an seiner Kopie schwach, ganz schwach drei Schrauben hinter dem linken Ohr zu sehen waren. Ihn packte die Wut. Und er schrie. Wie konnte man! Wie zum Teufel! Was hatte das zu bedeuten! Dann sank er ermattet in einen Segeltuchstuhl und trocknete sich den Schweiß vom Kopf. Dabei fühlte er es. Fast unmerklich und von Haut und Haaren überwachsen saßen hinter dem linken Ohr drei Knöpfe, die bisher das Bedürfnis der Nation nach einem Helden befriedigt hatten.

RAY BRADBURY

Die letzte Nacht der Welt

„Was würdest du tun, wenn du wüßtest, daß heute die letzte Nacht der Welt anbricht?"
„Was ich tun würde? Meinst du das im Ernst?"
„Ja, absolut."
„Ich weiß nicht. Ich habe nie darüber nachgedacht."
Er goß Kaffee ein. Im Hintergrund spielten die beiden Mädchen im Licht der grünen Sturmlaternen mit Bauklötzen auf dem Teppich des Wohnzimmers. Der angenehme, reine Duft des frisch aufgebrühten Kaffees lag in der Abendluft.
„Es wäre gut, wenn du dir jetzt einmal darüber Gedanken machtest", sagte er.
„Das kannst du nicht ernst meinen!"
Er nickte.
„Ein Krieg?"
Er schüttelte den Kopf.
„Nicht die Wasserstoff- oder Atombombe?"
„Nein."
„Oder ein Krieg mit biologischen Waffen?"
„Nichts dergleichen", antwortete er, während er langsam seinen Kaffee umrührte. „Ich möchte es ganz einfach so formulieren: Ein Buch wird geschlossen."
„Ich glaube, das verstehe ich nicht."
„Auch ich verstehe es nicht ganz; es ist mehr ein Gefühl. Manchmal schreckt es mich, ein andermal wieder gar nicht, und der Gedanke läßt mich völlig ruhig." Er blickte zu den Mädchen hinein, deren blonde Haare im Lampenlicht schimmerten. „Ich habe dir bisher nichts gesagt. Zum ersten Mal kam er vor vier Nächten."
„Wer?"
„Der Traum. Ich träumte, daß alles zu Ende gehen würde, und eine Stimme bestätigte es; keine Stimme, an die ich mich erinnern kann, aber es war jedenfalls eine Stimme, und sie sagte, daß jegliches Leben hier auf der Erde enden würde. Am nächsten Tag dachte ich kaum noch daran, aber am Nachmittag sah ich im Büro, wie Stan Willis aus dem Fenster starrte, und ich sagte, ich gäb was drum, Stan, wenn ich wüßte, was du denkst, und er antwortete, er hätte letzte Nacht einen Traum gehabt, und noch bevor er mir seinen Traum erzählte, kannte ich ihn.

Genausogut hätte ich ihm seinen Traum erzählen können, aber er erzählte ihn mir, und ich hörte zu."
„Und es war derselbe Traum?"
„Derselbe. Ich sagte es Stan, und er schien davon nicht einmal überrascht zu sein. Im Gegenteil, er atmete sichtlich auf. Danach begannen wir, das ganze Büro durchzukämmen. Das war nicht etwa geplant. Wir hatten uns nicht dazu verabredet, wir gingen einfach los, jeder für sich, und überall hatten die Leute die Blicke auf ihre Hände oder Schreibtische gesenkt oder sahen aus dem Fenster. Ich sprach mit einigen. Stan ebenfalls."
„Und sie hatten alle geträumt?"
„Alle. Denselben Traum — ohne jeden Unterschied."
„Und du glaubst daran?"
„Ja. Ich bin mir nie einer Sache sicherer gewesen."
„Und wann wird sie enden? Die Welt, meine ich."
„Für uns irgendwann in dieser Nacht, und während die Nacht weiter um die Welt geht, wird alles andere mitgehen. Im ganzen wird es vierundzwanzig Stunden dauern, bis alles zu Ende ist."
Sie saßen eine Weile, ohne ihren Kaffee anzurühren. Dann hoben sie langsam die Tassen und tranken, sich dabei in die Augen sehend.
„Haben wir das verdient?" fragte sie.
„Darum dreht es sich ja gar nicht; die Dinge sind einfach nicht so gelaufen, wie sie hätten sollen. Übrigens stelle ich fest, daß du nicht einmal an dieser Sache zu zweifeln scheinst. Warum nicht?"
„Ich glaube, ich habe meine Gründe dafür", erwiderte sie.
„Dieselben wie alle in meinem Büro?"
Sie nickte langsam. „Ich wollte eigentlich nichts sagen. Ich träumte es letzte Nacht. Und die Frauen in unserem Häuserblock redeten heute untereinander darüber. Sie haben es auch geträumt." Sie nahm die Abendzeitung in die Hand. „In der Zeitung steht nichts davon."
„Warum auch, es weiß ja jeder."
Er lehnte sich in seinen Sessel zurück und sah sie an.
„Fürchtest du dich?"
„Nein. Früher habe ich das immer geglaubt, aber jetzt habe ich keine Angst."
„Wo bleibt dieser sogenannte Selbsterhaltungstrieb, über den so viel geredet wird?"
„Ich weiß nicht. Man regt sich nicht besonders auf, wenn man das Gefühl hat, daß die Dinge sich logisch entwickeln. Dies hier ist logisch. Nach dem Leben, das wir geführt haben, war nichts anderes zu erwarten."

„Sind wir denn so schlecht gewesen?"
„Nein, aber auch nicht besonders gut. Und ich glaube, darin liegt unser Fehler — wir haben uns zuviel mit uns selbst beschäftigt, während ein großer Teil der Welt nichts Besseres zu tun hatte, als lauter schreckliche Dinge anzurichten."
Im Wohnzimmer lachten die Mädchen.
„Ich habe immer gedacht, die Leute würden vor einem solchen Ereignis schreiend durch die Straßen rennen."
„Man schreit nicht, wenn man dem Unausweichlichen gegenübersteht."
„Weißt du, außer dir und den Kindern würde ich nie etwas vermissen. Meine Arbeit, die Stadt — nichts außer euch dreien habe ich je wirklich geliebt. Ich würde nichts anderes vermissen — außer vielleicht den Wechsel im Wetter und ein Glas kaltes Wasser, wenn es sehr heiß ist, und vielleicht den Schlaf. Wie können wir hier nur so ruhig sitzen und so darüber reden?"
„Weil es nichts anderes zu tun gibt."
„Du hast recht, natürlich; denn sonst würden wir es tun. Wahrscheinlich ist dies das erste Mal in der Geschichte der Welt, daß jedermann genau weiß, was er in der kommenden Nacht tun wird."
„Ich würde gern wissen, was all die anderen in den nächsten Stunden, heute abend, tun werden."
„Irgendeine Vorstellung besuchen, Radio hören, vor dem Fernsehgerät sitzen, Karten spielen, die Kinder zu Bett bringen, schlafen gehen — wie immer."
„In gewisser Weise ist das etwas, worauf man stolz sein kann: wie immer."
Sie schwiegen einen Augenblick, während er sich eine frische Tasse Kaffee eingoß. „Warum nimmst du an, daß es heute nacht geschehen wird?"
„Weil es so ist."
„Warum geschah es nicht in irgendeiner Nacht des vorigen Jahrhunderts oder vor fünf Jahrhunderten oder zehn?"
„Vielleicht, weil noch nie der neunzehnte Oktober neunzehnhundertneunundsechzig gewesen ist, noch nie in der Weltgeschichte, und heute ist er da; weil dieses Datum wichtiger ist als jedes andere Datum zuvor; weil in diesem Jahr die Dinge überall in der Welt so und nicht anders sind und weil darum das Ende kommen muß."
„Auch heute nacht fliegen strategische Bomberkommandos, die nie wieder landen werden, auf ihren vorgeschriebenen Routen in beiden Richtungen über den Ozean."

„Das ist einer der Gründe, warum."
„Also", sagte er und stand auf, „was wollen wir tun? Das Geschirr abwaschen?"
Sie wuschen das Geschirr ab und stellten es mit besonderer Sorgfalt in den Schrank. Um acht Uhr dreißig brachten sie die Kinder zu Bett, gaben ihnen den Gutenachtkuß, knipsten die kleinen Lampen an ihren Betten aus und ließen die Tür einen kleinen Spalt weit offen.
„Ich möchte gern wissen . . .", sagte er, als er aus dem Schlafzimmer der Kinder gekommen war, mit der Pfeife in der Hand stehenbleibend und zurückblickend.
„Was?"
„. . . ob sich die Tür völlig schließen wird oder ob sie einen kleinen Spalt weit offenbleibt, damit etwas Licht hereinfallen kann."
„Ich würde gern wissen, ob die Kinder etwas wissen."
„Nein, natürlich nicht."
Sie saßen und lasen Zeitungen und unterhielten sich und hörten Radiomusik; dann setzten sie sich an den Kamin und sahen in die Glut, während die Uhr halb elf, elf und halb zwölf schlug. Sie dachten an all die andern Leute auf der Erde, die auch diesen Abend verbrachten, jeder auf seine Weise.
„Alsdann", sagte er schließlich.
„Wir sind jedenfalls immer gut zueinander gewesen."
„Möchtest du weinen?" fragte er.
„Ich glaube nicht."
Sie gingen zusammen durch das Haus und drehten überall das Licht aus und traten in ihr Schlafzimmer; in der kühlen, dunklen Nachtluft zogen sie sich aus und deckten die Betten auf. „Die Laken sind so frisch und sauber."
„Ich bin müde."
„Wir sind alle müde."
Sie stiegen in die Betten und legten sich hin.
„Nur einen Augenblick", sagte sie.
Er hörte sie aus dem Bett steigen und in die Küche gehen. Einen Augenblick später war sie wieder da.
„Ich hatte vergessen, den Wasserhahn abzudrehen", sagte sie.
Er fand das so komisch, daß er lachen mußte.
Sie stimmte in sein Lachen ein, denn ihr wurde jetzt auch bewußt, wie komisch sie gehandelt hatte. Als sie endlich aufhörten zu lachen, lagen sie still nebeneinander, Hand in Hand, die Köpfe aneinandergelegt.
„Gute Nacht", sagte sie einen Augenblick später.
„Gute Nacht", erwiderte er.

BORIS ROMANOWSKI

Hände

„Glauben Sie mir, dieses Kind sollte nicht zur Welt kommen", sagte der Arzt, rieb seine altmodische Brille und sah mit kurzsichtigen Augen auf die polierte Tischplatte. „Ich sag es Ihnen noch mal. Es wird ohne Arme geboren werden. Im besten Falle ohne Hände. Die Genanalysen haben das eindeutig ergeben." Der Arzt war ein gutmütiger Mann, und es schmerzte ihn sehr, dieses Urteil auszusprechen.

„Aber weshalb?" fragte Aristoteles Jamamoto. „Weshalb?"

„Jeder Mensch", sagte der Arzt müde, setzte die Brille auf und hob endlich die Augen, „jeder Mensch verfügt über einen paarigen Mechanismus zur Ausformung jedes erblichen Merkmals. Der eine Satz der genetischen Instruktionen stammt von unseren Vätern, der andere von unseren Müttern. Nehmen wir als Beispiel die Farbe unserer Augen. Treffen zwei Gene aufeinander, die auf Blau programmiert sind, so werden die Augen blau. Ist jedoch das eine auf Braun programmiert, so werden die Augen braun. Die braune Farbe ist dominierend."

„Ja, aber . . ."

Der Arzt gebot durch eine Handbewegung Schweigen.

„Sie und ihre verehrte Gattin stammen aus Nagasaki", sagte er. „Die Gene Ihrer verehrungswürdigen Eltern wurden durch die Atombombe, durch die folgende Erprobung solcher Bomben auf den Atollen im Stillen Ozean und durch die mit radioaktiven Zerfallsprodukten verseuchte Erde unserer Stadt beeinflußt. Der Irrsinn jener Welt wirkt sich nun bei Ihnen und Ihren Kindern aus. Trotzdem, wären Sie früher zu mir gekommen, hätte ich noch etwas tun können. Die Genetiker können heute Gene reparieren oder gesunde Paare zusammenführen. Aber Sie sind zu spät zu mir gekommen. Zu spät! Deshalb!"

Aristoteles nickte.

„Ich bitte Sie sehr, Jamamoto, teilen Sie das Ihrer Frau selbst mit. Wenn ich so etwas Müttern oft sagen muß, verliere ich meine professionelle Gutmütigkeit gegenüber den Menschen und werde hart. Die nächste Überprüfungskommission verbietet mir dann womöglich, als Arzt zu arbeiten, wegen ‚Gefühllosigkeit des Charakters'. . ." Er lächelte traurig. „Sagen Sie O-Maru-San, daß das nächste Kind völlig gesund sein wird. Das verspreche ich ihr."

Aristoteles nickte wieder, blieb noch einen Augenblick stehen, dann verbeugte er sich und ging schweigend zur Tür.

Der alte Doktor, ihr früherer behandelnder Arzt, hatte ihnen die Wahrheit vorenthalten. Fünf Jahre lang hatte er ihre Psyche, ihre Körper und ihre Gene studiert. Hatte sie studieren sollen. Er war ein alter und sehr weichherziger Mann. Weichherzig bis zur Verantwortungslosigkeit. Als sie das drittemal mit der Frage zu ihm kamen, ob sie ein Kind haben könnten, betrachtete er ihre medizinischen Lochstreifen und sagte: „Ich sehe nichts Bedenkliches. Sie können." Es ist immer einfacher, einem Menschen zu sagen, was er hören will. Es ist leichter, ja zu sagen als nein. So erhielten sie die lang ersehnte Erlaubnis. Und sie waren glücklich.

Und nun sagte der neue Arzt nein. Jamamoto trug dieses Nein wie eine schwere Last, von der die Schultern schmerzten und das Atmen schwerfällt.

Heute wehte ein stürmischer Wind, und der Geruch des Meeres überlagerte alle anderen Gerüche des von der Sonne erhitzten Hafens. Jamamoto ging die Uferstraße entlang, atmete frische, feuchte Luft ein, und es fiel ihm schwer, sich auf das zu konzentrieren, was der Arzt gesagt hatte. Er dachte an das Meer, an Muscheln und an Schiffe. Ihm fiel ein, die Einwohner hatten zwar gegen den Lärm der Hafeneinrichtungen protestiert, aber von der Stadtverwaltung verlangt, die Signale der Schiffssirenen sollten erhalten bleiben.

In Gedanken versunken, ging er zum wilden Strand. Um diese Zeit traf er O-Maru meistens dort. Entweder im Wasser oder draußen, wo sie auf ihn wartete.

An diesem Strand waren sie sich zum erstenmal begegnet. Hier hatten sie sich kennengelernt. Seitdem waren sie diesem Platz treugeblieben.

O-Maru badete noch. Eine Welle rollte an den Strand und schurrte zurücklaufend mit den kleinen Steinen. O-Maru sah ihren Mann, winkte und verließ das Wasser.

Es gibt wohl kaum etwas Graziöseres als eine junge Frau, die aus dem bewegten Meer an Land kommt. Besonders wenn sie nicht Sand, sondern glitschige Steine und Kiesel unter den Füßen hat. Die feingliedrige Figur der Frau stemmt sich gegen die Wellen, balanciert, schwankt, und die Arme vollführen weiche, plastische Bewegungen und helfen dem Körper, das Gleichgewicht zu bewahren. Jamamoto genoß diesen zauberhaften Anblick und vergaß für kurze Zeit sogar seinen Kummer.

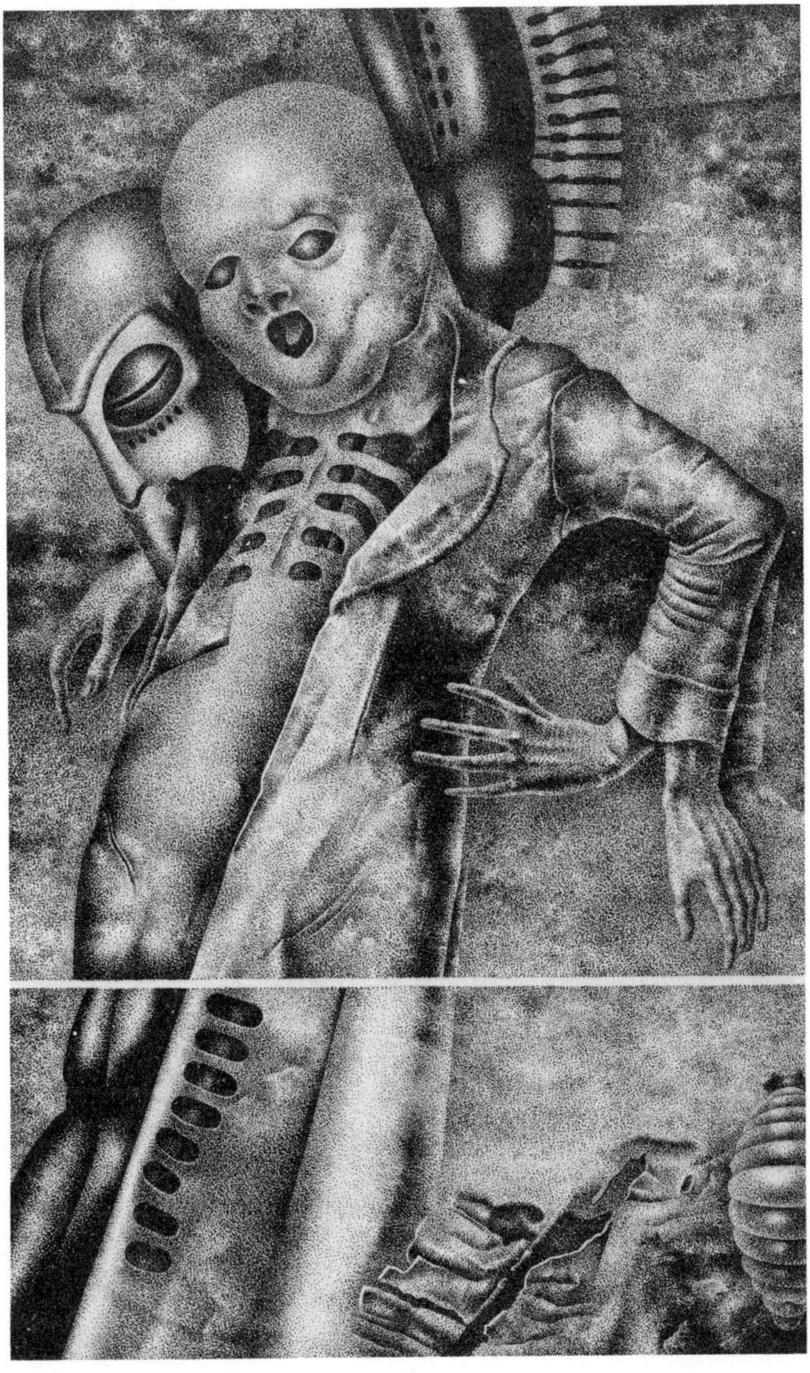

Seine Frau lächelte, sie lächelte immer, wenn sie ihn an der vertrauten Stelle sah.
Das Meer. Ihre Hochzeit war anders verlaufen als die anderer Leute. Sie hatten auf einem Schiff geheiratet, auf offener See, bei Sturm. Ohne alle Dokumente und Bescheinigungen. Nicht einmal ein einfaches Gesundheitszeugnis besaßen sie. Ihre Heiratsurkunde war ein kleines Kunstwerk — ein Aquarell, beglaubigt durch den Stempel des Kapitäns. Die ganze Schiffsbesatzung und alle Passagiere tranken auf die Gesundheit der Neuvermählten. Der Kapitän ließ sein leeres Glas auf dem Deck zerschellen. Tausend Geschenke erhielten sie damals. Alle waren glücklich — sie, der Kapitän, die Besatzung und die Passagiere.
Aristoteles seufzte tief bei dieser Erinnerung und bemühte sich, seinem Gesicht einen ruhigen, fast sorglosen Ausdruck zu geben. Sie wußte noch nichts und kam fröhlich und vom Baden erfrischt näher. Sie spielte noch ahnungslos mit einer Welle. Als sie neben ihrem Mann direkt auf den heißen Steinen saß, strich sie sich mit den Händen das Wasser aus dem Badeanzug. Dann fragte sie ernst: „Was hat der Doktor gesagt, Ari?"
Er schwieg, denn er wußte nicht, wie er beginnen sollte. Ihre Augen wurden hart und ganz dunkel. Sogar die braunen Pünktchen um die Pupillen verschwanden. Beunruhigt wiederholte sie ihre Frage: „Was hat der Doktor gesagt, Aristoteles?"
Er platzte damit heraus, fassungslos und voller Mitleid mit ihr und mit sich selbst. Es war, als geschehe es ganz außerhalb seines Willens.
„Der Doktor hat gesagt, das Kind sollte nicht geboren werden!"
Die Munterkeit, die noch auf ihrem Gesicht gelegen hatte, verschwand, als habe der scharfe Wind, der vom Meer wehte, sie fortgetragen. „Warum?" fragte O-Maru.
„Weil es möglicherweise ohne Arme geboren wird."
„Warum?" fragte sie hartnäckig weiter.
„Weil der genetische Code durch die Strahlung beschädigt ist. Das kommt alles von den Atomkriegen und Atomversuchen", erläuterte er wie entschuldigend.
Sie brach in Tränen aus. Plötzlich. Ohne den Satz zu Ende zu hören. Den Kopf auf die nackten Knie gelegt, weinte sie, und an ihrem Hals, fast an der Schulter, zuckte krampfhaft ein Muskel.
Er strich ihr über die Schulter. Sie ergriff seine Hand. Streichelte sie. „Und was meinst du?"

„Vielleicht sollte man es einfach zur Welt kommen lassen?" sagte Jamamoto unsicher.
„Ohne Arme?"
„Es gibt ja Prothesen!"
„Kinder haben nur provisorische Prothesen", widersprach O-Maru und streichelte weiter wie mechanisch seine Hand. „Die sind klein und zerbrechlich. Das Kind kann sie nicht richtig beherrschen. Mein Gott", sie schluchzte auf, „niemals wird eine Frau seinen Arm streicheln können. Er wird statt der Arme kybernetische Mechanismen haben. Ganz und gar einheitliche, am Fließband hergestellte Apparate . . ."
„Wenn er erwachsen ist, wird er Bioprothesen bekommen", wandte Aristoteles ein, „damit wird er nicht schlechter als andere Menschen arbeiten können."
„Ich will nicht!" schrie sie. „Die richtigen Arme sind bei den Menschen verschieden. Dein rechter Arm ist stärker und größer", sagte sie zärtlich, „und an der linken Hand hast du ein Paar Härchen auf den Fingern."
Sie stand auf.
„Ich muß ein bißchen allein herumlaufen. Komm mir nicht nach."
„Ich kann dich jetzt doch nicht allein lassen!" protestierte er.
„Mach dir keine Sorgen, es passiert schon nichts. Ich hab nicht vor, mir was anzutun. Ich möchte nur allein sein. Nachdenken. Sei mir nicht böse!"
„Gut."
O-Maru zog ihren Bademantel an, über den noch feuchten Badeanzug, und ging mit vorsichtigen Schritten barfuß auf dem Weg am Meer davon.
Jamamoto blickte der kleinen Gestalt seiner Frau in dem blauen kimonoartigen Bademantel nach. Als sie hinter den Bäumen verschwunden war, sah er nachdenklich auf seine Hände.
„Wie hat sie gemerkt, daß meine Prothesen unterschiedlich angewachsen sind?" flüsterte er.

FREDERIC BROWN

Die Waffe

Das Zimmer lag ruhig in der Dämmerung des frühen Abends da. Dr. James Graham, führender Wissenschaftler bei der Arbeit an einem sehr wichtigen Projekt, saß in seinem Lieblingsstuhl und dachte nach. Es war so still, daß er das Umwenden der Seiten aus dem angrenzenden Zimmer hörte, wo sein Sohn in einem Bilderbuch blätterte.

Graham leistete oft seine beste Arbeit, sein Denken war nie so schöpferisch wie unter diesen Umständen, wenn er nach der normalen Tagesarbeit allein in einem dunklen Zimmer seiner eigenen Wohnung saß. Heute abend indessen war sein Geist keiner konstruktiven Arbeit fähig. Zumeist dachte er an seinen zurückgebliebenen Sohn — seinen einzigen Sohn — im angrenzenden Zimmer. Mit Gedanken der Liebe und nicht mit der qualvollen Bitterkeit, die er vor Jahren empfunden hatte, als er zum erstenmal vom Zustand des Knaben in Kenntnis gesetzt worden war. Der Bub war glücklich; war das nicht die Hauptsache? Wie viele Väter haben schon ein Kind, das immer Kind bleiben und nicht heranwachsen und sie verlassen wird? Sicherlich hieß das Rationalisieren, aber war das so falsch, wenn ... Er hörte die Türklingel.

Graham erhob sich und drehte das Licht in dem fast dunklen Raum an, bevor er durchs Vorzimmer an die Tür ging. Er war nicht ärgerlich; heute abend, in diesem Augenblick, war ihm fast jede Unterbrechung seines Gedankenganges willkommen.

Er machte auf. Ein Fremder stand vor ihm: „Dr. Graham? Mein Name ist Niemand. Ich hätte Sie gerne gesprochen. Kann ich einen Augenblick hereinkommen?"

Graham betrachtete ihn. Es war ein kleiner, unauffälliger Mann, offensichtlich harmlos — möglicherweise ein Reporter oder ein Versicherungsagent.

Aber es spielte keine Rolle, was er war. Graham hörte sich sagen: „Natürlich. Treten Sie ein, Mr. Niemand." Ein paar Minuten Konversation, rechtfertigte er sich vor sich selbst in Gedanken, würden ihn ablenken und ihm den Kopf frei machen.

„Setzen Sie sich", sagte er im Wohnzimmer. „Wollen Sie etwas trinken?"

Niemand sagte: „Nein, danke Ihnen." Er setzte sich auf den Stuhl. Graham setzte sich aufs Sofa.

Der kleine Mann verschränkte die Finger. Er beugte sich etwas vor. „Dr. Graham, Sie sind der Mann, dessen wissenschaftliche Arbeit mit größerer Wahrscheinlichkeit als die jedes anderen der Aussicht der Menschheit auf ein Überleben ein Ende setzen wird."
‚Ein Narr', dachte Graham. Zu spät wurde ihm nun klar, daß er den Mann hätte fragen sollen, was er wollte, bevor er ihn einließ. Es würde ein peinliches Interview werden; er war nicht gerne grob, aber nur Grobheit würde hier wirken.
„Dr. Graham, die Waffe, an der Sie arbeiten —" Der Besucher hielt inne und wandte den Kopf zur Tür, die zu einem Schlafzimmer führte, und die jetzt von einem fünfzehnjährigen Buben geöffnet wurde, der hereinkam. Der Junge bemerkte Niemand nicht; er lief zu Graham.
„Daddy, wirst du mir jetzt vorlesen?" Der Fünfzehnjährige lachte das süße Lachen eines vierjährigen Kindes.
Graham legte den Arm um ihn. Er sah auf den Besucher und fragte sich, ob der von dem Buben gewußt hatte. Aus dem Mangel an Überraschung auf Niemands Gesicht schloß Graham mit Sicherheit, daß er es gewußt hatte.
„Harry —", Grahams Stimme hatte den warmen Ton der Zuneigung: „Daddy ist beschäftigt. Nur ein Weilchen. Geh zurück in dein Zimmer; ich komm' gleich und lese dir was vor."
„‚Hühnchen klein'? Liest du mir ‚Hühnchen klein'?"
„Wenn du willst. Und jetzt lauf. Wart. Harry, das ist Mr. Niemand."
Der Bub lächelte den Besucher scheu an. Niemand sagte: „Hei, Harry", lächelte auch und hielt ihm seine Hand entgegen. Graham, der beobachtete, war jetzt überzeugt, daß Niemand alles gewußt hatte; das Lächeln und die Geste waren für das geistige Alter des Buben bestimmt und nicht für das körperliche.
Der Bub ergriff Niemands Hand. Einen Augenblick schien es, als würde er Niemand auf den Schoß klettern, und Graham zog ihn sanft zurück. Er sagte: „Geh jetzt in dein Zimmer, Harry."
Der Bub schlüpfte in sein Schlafzimmer zurück und ließ die Tür offen.
Niemand sah Graham in die Augen und sagte offensichtlich ehrlich: „Ein liebes Kind." Er fügte hinzu: „Ich hoffe, daß das, was Sie ihm vorlesen, immer wahr sein wird."
Graham verstand nicht. Niemand sagte: „‚Hühnchen klein', meine ich. Es ist eine sehr gute Geschichte — aber möge das kleine Hühnchen immer unrecht haben in bezug auf den Himmel, der herunterkommt."
Graham hatte Niemand plötzlich gemocht, als dieser Sympathie für den Buben gezeigt hatte. Nun fiel ihm wieder ein, daß er das Interview

schnell beenden mußte. Er erhob sich, um seinen Besucher zu entlassen. Er sagte: „Ich fürchte, Sie vergeuden Ihre und meine Zeit, Mr. Niemand. Ich kenne alle Argumente, jedes Wort, das Sie sagen können, habe ich tausendmal gehört. Möglicherweise liegt Wahrheit in dem, was Sie glauben, aber das geht mich nichts an. Ich bin Wissenschaftler und nur Wissenschaftler. Ja, es ist allgemein bekannt, daß ich an einer Waffe arbeite, an einer ziemlich endgültigen. Aber für mich persönlich ist das nur ein Nebenprodukt der Tatsache, daß ich die Wissenschaft fördere. Ich habe es durchgedacht und habe gefunden, daß das das einzige ist, was mich berührt."

„Aber Dr. Graham, ist die Menschheit *reif* für eine endgültige Waffe?"

Graham runzelte die Stirn. „Ich habe Ihnen meine Ansicht mitgeteilt, Mr. Niemand."

Niemand erhob sich langsam vom Stuhl. Er sagte: „Bitte sehr, wenn Sie nicht darüber sprechen wollen, sage ich kein Wort mehr." Er fuhr sich mit der Hand über die Stirn. „Ich gehe also, Dr. Graham. Übrigens ... Dürfte ich meine Ansicht über den Drink ändern, den Sie mir angeboten haben?"

Grahams Beunruhigung wich. Er sagte: „Gewiß. Ist Ihnen Whisky mit Wasser recht?"

„Wunderbar."

Graham entschuldigte sich und ging in die Küche. Er holte die Whiskyflasche, Wasser, Eiswürfel und Gläser.

Als er ins Wohnzimmer zurückkehrte, kam Niemand gerade aus dem Schlafzimmer des Buben. Er hörte Niemand ‚Gute Nacht, Harry' und Harry glücklich ‚Nacht, Mr. Niemand' sagen.

Graham mixte die Drinks. Ein wenig später lehnte Niemand einen zweiten Drink ab und wandte sich zum Gehen.

Niemand sagte: „Ich nahm mir die Freiheit, Doktor, Ihrem Sohn ein kleines Geschenk zu bringen. Ich gab es ihm, während Sie uns die Drinks holten. Ich hoffe, Sie werden mir verzeihen."

„Natürlich. Ich danke Ihnen. Gute Nacht."

Graham schloß die Tür. Er ging durchs Wohnzimmer in Harrys Zimmer und sagte: „All right, Harry. Jetzt werde ich dir ..."

Plötzlich brach ihm der Schweiß auf der Stirn aus, aber er zwang seine Stimme zur Ruhe, als er ans Bett trat. „Kann ich das sehen, Harry?"

Als er es fest in Händen hatte, zitterten seine Hände ein wenig, als er es untersuchte.

‚Nur ein Wahnsinniger', dachte er, *‚kann einem Schwachsinnigen einen geladenen Revolver in die Hand geben.'*

WLADIMIR SAWTSCHENKO

Erwachen im 20. Jahrtausend

Im Jahre 1952, als die Welt von der größten Torheit des 20. Jahrhunderts, dem sogenannten „Kalten Krieg", heimgesucht wurde, zitierte Professor Bern vor einem großen Zuhörerkreis die sarkastische Bemerkung des großen Einstein: „Falls die Menschheit im dritten Weltkrieg auf die Idee kommen sollte, Atomwaffen einzusetzen, wird sie im vierten Weltkrieg wieder mit Knüppeln kämpfen ..."

Aus dem Munde Berns, den man den „universalsten Wissenschaftler des 20. Jahrhunderts" nannte, klang das eindrucksvoller als ein gewöhnlicher Aphorismus. Bern erhielt viele Zuschriften, konnte sie jedoch nicht mehr beantworten. Im Herbst desselben Jahres 1952 fand der Gelehrte auf seiner zweiten geophysikalischen Expedition nach Zentralasien den Tod.

Ingenieur Nimaier, der andere Teilnehmer dieser kleinen Expedition, der gesund zurückgekehrt war, berichtete später:

„Wir waren dabei, unser Basislager mit dem Hubschrauber ins Innere der Wüste Gobi zu verlegen. Der Professor führte den ersten Flug durch, bei dem er Instrumente und Sprengstoff für seismologische Untersuchungen an Bord hatte. Ich blieb zurück, um den Rest der Ausrüstung zu bewachen. Gleich nach dem Start hatte der Motor einen Defekt und funktionierte unregelmäßig. Dann setzte er völlig aus. Der Hubschrauber hatte noch nicht sehr viel Geschwindigkeit aufgenommen und ging daher sehr schnell aus hundert Meter Höhe senkrecht zu Boden. Als die Maschine den Boden berührte, gab es eine heftige, zweimalige Detonation. Wahrscheinlich war der Sturz so plötzlich erfolgt, daß das Dynamit vom starken Aufprall explodierte. Der Hubschrauber, dazu seine gesamte Fracht und auch Professor Bern wurden buchstäblich pulverisiert ..."

Diesen Bericht wiederholte Nimaier Wort für Wort vor allen ihn umlagernden Journalisten, ohne etwas hinzuzufügen oder fortzulassen. Die Sachverständigen hielten ihn für überzeugend. In der Tat mußte der Absturz eines vollbeladenen Helikopters in der erhitzten und dünnen Luft einer Hochgebirgswüste mit ungewöhnlicher Schnelligkeit erfolgt sein. Der Aufprall auf dem Boden konnte durchaus so tragische Folgen gehabt haben. Eine Kommission, die zum Katastrophenort geflogen war, bestätigte diese Vermutungen.

Einzig und allein Nimaier wußte, daß sich in Wahrheit alles ganz anders verhalten hatte. Aber selbst auf seinem Totenbett gab er Professor Berns Geheimnis nicht preis.
Die Stelle in der Wüste Gobi, bis zu der Berns Expedition vorgestoßen war, unterschied sich in keiner Weise von ihrer Umgebung. Die gleichen erstarrten Wellen der Wanderdünen, die noch die Richtung des letzten Windes anzeigten, der sie vor sich hergetrieben hatte; der gleiche grau-gelbe Sand, der trocken unter den Füßen und zwischen den Zähnen knirschte, dieselbe Sonne, blendend weiß am Tag und purpurfarben gegen Abend, die im Lauf des Tages einen fast senkrechten Bogen am Himmel beschrieb. Kein Baum, kein Vogel, keine Wolke, nicht einmal ein kleiner Stein im Sand.
Das Notizblatt, auf dem die Koordinaten dieses Punktes verzeichnet waren, hatte Bern verbrannt, sobald sie ihn erreicht und den Schacht gefunden hatten, der bei der letzten Expedition ausgehoben worden war. So unterschied sich dieser Fleck in der Wüste jetzt nur dadurch von allen andern, daß sich zwei Menschen hier befanden — Bern und Nimaier. Sie saßen auf zusammenklappbaren Feldstühlen vor dem Zelt. Unweit von ihnen blitzten der silbrige Rumpf und die Luftschrauben des Helikopters, der einer riesigen Libelle gleichsah, die sich zum Ausruhen in den Wüstensand niedergelassen hatte. Die Sonne sandte ihre letzten Strahlen beinahe waagerecht aus, und von Zelt und Hubschrauber erstreckten sich lange bizarre Schatten bis weit über die Wanderdünen. Bern sagte zu Nimaier:
„Vor langer Zeit, im Mittelalter, hat ein Arzt eine sehr einfache Methode zur unbegrenzten Verlängerung des Lebens gefunden. Er meinte, man brauche sich lediglich selbst einzufrieren und in diesem Zustand in einem Gewölbe an die neunzig Jahre zu verharren. Dann müsse man sich erwärmen und wiederbeleben. So könne man vielleicht zehn Jahre in einem Jahrhundert leben, um sich dann wieder einzufrieren, bis bessere Zeiten angebrochen seien ... Dieser Arzt selbst hatte zwar, Gott weiß warum, nicht den Wunsch, tausend Jahre länger zu leben, und starb im sechsten Jahrzehnt seines Lebens eines natürlichen Todes.“ Bern kniff vergnügt die Augen zusammen, putzte seine Zigarettenspitze und steckte eine neue Zigarette hinein. „Tja, ja, das Mittelalter ... Unser unwahrscheinliches zwanzigstes Jahrhundert befaßt sich mit der Realisierung der aberwitzigsten Ideen des Mittelalters. Das Radium ist zum Stein der Weisen geworden, der Quecksilber oder Blei in Gold verwandeln kann. Das *perpetuum mobile* haben wir zwar nicht erfunden — weil es den Naturgesetzen widerspricht,

aber wir haben die ewigen und sich selbst erneuernden Quellen der Kernenergie entdeckt. Oder nehmen wir eine andere Idee: Im Jahre 1666 wartete fast ganz Europa auf das Ende der Welt. Während damals jedoch die Ursache dafür nur im kabbalistischen Geheimsinn der Zahl 666 und im blinden Glauben an die Apokalypse zu suchen war, so hat heute der Glaube an das ‚Weltende' in Gestalt der Atom- und Wasserstoffbomben eine solide Basis erhalten ... Ach ja, ich sprach vom Einfrieren ... Dieser naive Einfall des mittelalterlichen Arztes hat heute ebenfalls wissenschaftliche Bedeutung erlangt. Wissen Sie etwas über die Anabiose, Nimaier? Sie ist von Leeuwenhoek im Jahre 1701 entdeckt worden. Es handelt sich dabei um ein Abbremsen der Lebensprozesse mit Hilfe von Kälte oder in andern Fällen auch von Trockenheit. Wie Sie wissen, vermindern Kälte und das Fehlen von Feuchtigkeit die Schnelligkeit aller chemischen und biologischen Reaktionen ganz beträchtlich. Die Wissenschaftler haben längst eine solche Anabiose bei Fischen und Fledermäusen durchgeführt: Die Kälte tötet sie nicht, sondern konserviert sie. Eine gemäßigte Kälte, versteht sich ... Es gibt noch einen anderen Zustand — den klinischen Tod. Ein Tier oder ein Mensch stirbt nämlich keinesfalls unmittelbar nachdem sein Herz zu schlagen aufgehört hat. Der letzte Krieg hat den Ärzten die Möglichkeit gegeben, das Phänomen des klinischen Todes eingehend zu studieren. Es ist gelungen, Schwerverwundete noch Minuten nach dem Stillstand ihres Herzens wieder ins Leben zurückzurufen, und zwar tödlich Verletzte, vergessen Sie das nicht! Sie sind Physiker und wissen vielleicht nicht ..."

„Ich habe davon gehört", nickte Nimaier.

„Nicht wahr, das Wort ‚Tod' verliert seinen schrecklichen Beigeschmack, wenn das medizinische Epitheton hinzugesetzt wird? Und wirklich gibt es mehrere Zwischenstadien zwischen Leben und Tod: Schlaf, Lethargie, Anabiose. In diesen Stadien laufen die Funktionen des menschlichen Organismus langsamer ab als im wachen Zustand. Mit diesem Problem habe ich mich in den letzten Jahren beschäftigt. Um die Lebenstätigkeit des Organismus maximal zu verlangsamen, mußte ich die Anabiose bis zur äußersten Grenze führen — bis zum Stadium des klinischen Todes. Das ist mir gelungen. Zuerst mußten Frösche, Kaninchen, Meerschweinchen ihr Leben dafür lassen. Dann aber, als mir die Gesetzmäßigkeiten und das System der Unterkühlung klargeworden waren, konnte ich riskieren, meinen Affen, die Schimpansin *Mimi*, für einige Zeit zu töten."

„Aber ich habe sie doch gesehen!" rief Nimaier. „Sie ist quicklebendig, springt auf Stühle und bettelt um Zucker . . ."
„Sehr richtig!" fiel ihm Bern triumphierend ins Wort. „Und doch hat Mimi vier Monate lang in einem kleinen Spezialsarg gelegen, umgeben von Kontrollgeräten und unterkühlt bis auf fast null Grad."
Bern griff nervös zu einer neuen Zigarette und fuhr fort: „Zuletzt wurde das wichtigste und unerläßlichste Experiment durchgeführt: Ich selbst unterzog mich der äußersten Form der Anabiose. Das war im vergangenen Jahr — wissen Sie noch, als es damals hieß, Professor Bern sei schwer erkrankt. Ich war mehr als krank, ich war ‚tot', ganze sechs Monate lang. Und wissen Sie, Nimaier, das ist ein sehr eigentümliches Gefühl, wenn man die absolute Empfindungslosigkeit überhaupt so bezeichnen kann. Im gewöhnlichen Schlaf nehmen wir, wenn auch verlangsamt, den Rhythmus der Zeit wahr — hier war das nicht der Fall. Ich spürte eine Art leichter Ohnmacht nach der Narkose. Darauf Stille und Finsternis. Dann die Rückkehr ins Leben. Auf der anderen Seite war nichts . . ."
Bern saß da, die Beine bequem ausgestreckt, die hageren, sonnverbrannten Hände im Nacken verschränkt. Seine Augen hinter den Brillengläsern blickten nachdenklich.
„Die Sonne . . . Eine kleine strahlende Kugel, ein schwach leuchtender Punkt inmitten des endlosen schwarzen Weltenraums. Um sie herum andere, noch kleinere und kältere Kugeln. Alles Leben ist allein von der Sonne abhängig. Und da entsteht auf einer dieser Kugeln die Menschheit — ein Geschlecht denkender Tiere. Wie ist sie entstanden? Darüber haben sich unzählige Legenden und Hypothesen gebildet.
Eines aber steht unzweifelhaft fest: Zur Entstehung der Menschheit bedurfte es eines gewaltigen Kataklysmus — einer geologischen Erschütterung auf unserem Planeten, welche die Lebensbedingungen der höchstentwickelten Tiere, der Affen, grundlegend gewandelt hat. Alles deutet darauf hin, daß die Eiszeit ein solcher Kataklysmus gewesen ist. Das schnelle Erkalten der nördlichen Halbkugel, die Verknappung pflanzlicher Nahrung zwang die Affen, Stein und Knüppel zur Hand zu nehmen, um sich Fleisch zu beschaffen, zwang sie, sich an Arbeit zu gewöhnen und das Feuer schätzenzulernen."
„Das ist richtig", pflichtete Nimaier ihm bei.
„Wieso hat es Gletscher gegeben? Warum waren in grauer Vorzeit diese Wüste hier und sogar die Sahara keine Wüsten, sondern Stätten, an denen sich üppiges pflanzliches und tierisches Leben entwickelt hatte? Es gibt dafür nur eine einzige logische Hypothese — sie bringt

die Perioden der Vergletscherung in Zusammenhang mit der Präzession der Erdachse. Wie bei jedem anderen Kreisel kann die Erdachse präzessieren, das heißt, sie beschreibt langsame Kreise, sehr langsame: eine Umdrehung innerhalb von 26 000 Jahren. Hier, sehen Sie", der Professor zeichnete mit dem Streichholz eine Ellipse in den Sand, eine kleine Sonne in ihren Brennpunkt und eine Kugel mit geneigter Achse, die Erde. „Die Neigung der Erdachse zur Achse der Sonnenbahn beträgt, wie Sie wissen, dreiundzwanzigeinhalb Grad. Und so beschreibt die Erdachse im Weltenraum einen Konus mit diesem zentralen Winkel . . . Entschuldigen Sie, Nimaier, daß ich Ihnen hier längst Bekanntes vorerzähle, aber es liegt mir nun mal am Herzen. Im Grunde geht es natürlich nicht um die Achse, denn die Erde hat keine Achse. Aber im Lauf von vielen tausend Jahren verändert sich die Lage der Erde unter der Sonne — und darauf kommt es an!

Vor vierzigtausend Jahren war die Sonne der südlichen Halbkugel zugewandt, während bei uns im Norden das Land vom Eis überzogen wurde. An verschiedenen Orten, aller Wahrscheinlichkeit nach in Zentralasien, entstanden Horden von Menschenaffen, die sich, durch die harte geophysikalische Notwendigkeit gezwungen, in einem Kollektiv zusammenschlossen. Im Verlauf dieses Präzessionszyklus kamen die ersten Kulturen auf. Als dann dreizehntausend Jahre später die nördliche und die südliche Halbkugel ihre Standorte unter der Sonne vertauschten, sind auch auf der südlichen Halbkugel einzelne Horden aufgetaucht . . .

Die nächste Vergletscherung der nördlichen Halbkugel setzt in etwa zwölf- bis dreizehntausend Jahren ein. Die Menschheit ist jetzt unvergleichlich viel stärker, sie könnte mit dieser Gefahr fertigwerden, wenn . . . wenn sie zu diesem Zeitpunkt überhaupt noch existiert. Ich aber bin überzeugt, daß es dann keine Menschen mehr geben wird. Wir steuern so rasch auf unseren eigenen Untergang zu, wie es die Entwicklung der modernen Wissenschaft nur gestattet. Ich habe zwei Weltkriege miterlebt, den ersten als Soldat, den zweiten in Maidanek. Ich habe Experimenten mit Atom- und Wasserstoffbomben beigewohnt und kann mir trotzdem nicht vorstellen, wie der dritte Weltkrieg aussehen wird. Es ist entsetzlich! . . . Aber noch entsetzlicher sind Menschen, die mit wissenschaftlicher Exaktheit erklären: Der Krieg beginnt in soundsoviel Monaten. Massiver Atomschlag gegen die Großindustrien des Gegners. Unendliche radioaktive Wüsten. Das sagen Wissenschaftler! Ja, damit nicht genug, sie berechnen sogar, wie sie eine möglichst effektvolle radioaktive

Verseuchung des Bodens, des Wassers und der Luft garantieren können. Vor kurzem erst habe ich eine amerikanische wissenschaftliche Arbeit gelesen, in der nachgewiesen wurde, daß ein Atomgeschoß mindestens fünfzig Fuß tief in die Erde eindringen müsse, um den maximalen Auswurf radioaktiven Bodens zu gewährleisten. Ein wissenschaftlicher Alptraum!“ Bern griff sich an den Kopf und sprang auf die Füße.

Die Sonne war untergegangen, die schwüle Nacht brach herein. Nur wenige trübe Sterne hingen im tiefblauen, rasch dunkelnden Raum. Auch die Wüste war schwarz und nur dadurch vom Himmel zu unterscheiden, daß keine Sterne auf ihr zu sehen waren.

Der Professor hatte sich wieder beruhigt und redete jetzt nachdenklich, fast ohne die Stimme zu heben. Aber wenn er auch gelassen sprach, lief es Nimaier doch, trotz der Hitze, eiskalt über den Rücken bei seinen Worten.

„. . . Vielleicht werden die Kernwaffen unseren Planeten nicht gänzlich in Schutt und Asche legen. Aber das ist auch gar nicht erforderlich. Sie wissen ja, wie sich Radioaktivität auf die Nachkommenschaft auswirkt. Die verschont gebliebenen Überreste der Menschheit werden innerhalb weniger Generationen zu degenerierten Wesen herabgesunken sein, die unfähig sein werden, die unvorstellbar schwierig gewordenen Lebensbedingungen zu meistern. Vielleicht werden die Menschen noch perfektioniertere Massenvernichtungsmittel erfinden. Je später ein dritter und allgemeiner Krieg beginnt, desto grauenvoller wird er sein. Aber ich habe mein Lebtag noch nicht gesehen, daß die Menschen sich eine Gelegenheit zum Streit hätten entgehen lassen. Und so wird es am Ende des augenblicklichen Zyklus auf unserer kosmischen Kugel keine denkenden Wesen mehr geben.“

Der Professor breitete die Arme der toten Sandwüste entgegen.

„Lange noch wird sich dieser Planet unter der Sonne drehen, und es wird öde und still darauf sein, wie in dieser Wüste hier. Korrosion wird das Eisen zerstören, die Bauwerke werden verfallen. Dann wird ein neuer Gletscher heranrücken, und dicke Eisschichten werden wie ein Schwamm die leblosen Spuren unserer erfolglosen Zivilisation vom Angesicht des Planeten tilgen . . . Aus! Die Erde ist gereinigt und bereit, eine neue Menschheit aufzunehmen. Zur Zeit wird die Entwicklung aller Tierarten von uns, den Menschen, empfindlich gehemmt: Wir treiben sie in die Enge, rotten sie aus, vernichten seltene Arten. Sobald die Menschheit verschwunden ist, wird die befreite Tierwelt sich sowohl quantitativ als auch qualitativ stürmisch vorwärtsentwickeln.

Bis zur neuen Eiszeit werden die höchsten Affen genügend vorbereitet sein, um denken zu lernen. Auf diesem Wege muß die neue Menschheit entstehen — vielleicht wird sie erfolgreicher sein als wir."

„Entschuldigen Sie, Professor", widersprach Nimaier. „Es gibt auf der Erde doch nicht nur Wahnsinnige und Selbstmörder!"

„Sie haben recht!" Bern lachte bitter. „Aber selbst ein einziger Wahnsinniger kann so viel Unheil anrichten, daß tausend Weise uns nicht davor zu retten vermögen. Und ich will herausfinden, ob es eine neue Menschheit geben wird oder nicht. Das Zeitrelais in meiner Ausrüstung", Bern deutete mit dem Kopf zum Schacht hinüber, „enthält ein radioaktives Isotop des Kohlenstoffs mit einer Halbwertzeit von zirka achttausend Jahren. Das Relais ist für eine Abnutzung nach achtzehntausend Jahren berechnet. Bis zu diesem Zeitpunkt wird sich die Radioaktivität des Isotops so weit verringert haben, daß die Lamellen des Elektroskops aufeinandertreffen und den Kreis schließen. Dann wird sich diese tote Wüste wieder in eine blühende subtropische Zone verwandelt haben, und hier wird es die günstigsten Lebensbedingungen für neue Arten von Menschenaffen geben."

Nimaier sprang auf und sagte erregt:

„Die Kriegsbrandstifter sind Wahnsinnige, einverstanden. Aber Sie? Ihr Entschluß? Sie wollen sich achtzehntausend Jahre lang einfrieren!"

„Doch nicht einfach ‚einfrieren'", entgegnete Bern ruhig. „Es handelt sich hier um den ganzen Komplex eines wieder aufhebbaren Todes: Unterkühlung, Narkose, Antibiotika . . ."

„Das ist ja Selbstmord!" rief Nimaier. „Sie werden mich nicht überzeugen. Noch ist es nicht zu spät . . ."

„Nein. Das Risiko ist nicht größer als bei jedem anderen komplizierten Experiment. Sie wissen doch, daß man vor vierzig Jahren etwa aus den Schichten des ewigen Frostbodens in der sibirischen Tundra den Kadaver eines Mammuts geborgen hat. Sein Fleisch war so gut erhalten, daß Hunde es bereitwillig fraßen. Wenn der Kadaver eines Mammuts sich seine Frische unter natürlichen Bedingungen Zehntausende von Jahren erhalten hat, warum sollte ich mich dann nicht unter wissenschaftlich berechneten und erprobten Bedingungen am Leben erhalten können? Und das letzte Modell Ihrer Halbleiter-Thermoelemente kann doch Wärme in elektrischen Strom verwandeln und zugleich die Unterkühlung bewirken. Ich nehme an, daß sie mich auch während dieser achtzehntausend Jahre nicht im Stich lassen werden."

Nimaier zuckte die Achseln.

„Die Thermoelemente werden Sie natürlich nicht im Stich lassen. Es sind ganz unkomplizierte Instrumente; überdies sind die Bedingungen im Schacht für sie besonders günstig: wenig Temperaturschwankungen, keine Feuchtigkeit . . . Ich kann mich dafür verbürgen, daß sie einen so großen Zeitraum nicht schlechter überstehen als ein Mammut. Aber die übrigen Instrumente? Wenn im Lauf von achtzehntausend Jahren nur ein einziges außer Funktion träte . . ."
Bern streckte sich und richtete sich gerade auf.
„Die übrigen Instrumente brauchen diese gewaltige Zeitspanne ja gar nicht durchzuhalten. Sie werden nur zweimal in Funktion treten: morgen früh und nach achtzehntausend Jahren, zu Beginn des nächsten Lebenszyklus auf unserm Planeten. Die übrige Zeit werden sie genau wie ich in der Kammer konserviert sein."
„Sagen Sie, Professor, Sie . . . glauben nach wie vor fest an das Ende unserer Menschheit?"
„Es ist furchtbar, daran zu glauben", erwiderte Bern nachdenklich. „Aber ich bin nicht nur Wissenschaftler, ich bin darüber hinaus auch Mensch. Darum möchte ich mich selbst überzeugen . . . Nun, lassen Sie uns schlafen gehen, morgen gibt es noch eine Menge zu tun."
Trotz seiner Müdigkeit schlief Nimaier schlecht in dieser Nacht. Sein Gehirn war erregt, ob von der Hitze oder unter dem Eindruck der Worte des Professors, wußte er nicht zu sagen; und der Schlaf wollte sich nicht einstellen. Als die ersten Sonnenstrahlen auf das Zelt fielen, stand er erleichtert auf. Bern, der neben ihm lag, schlug sofort die Augen auf.
„Fangen wir an?"
Aus der kühlen Tiefe des Schachtes sahen sie ein winziges Zipfelchen des ungewöhnlich blauen Himmels. Nach unten hin verbreiterte sich der enge Stollen. Dort stand in einer Nische die Anlage, die Bern und Nimaier in den letzten Tagen montiert hatten. Aus den Sandmauern des Schachtes liefen hier die dicken Kabel der Thermoelemente zusammen.
Zum letzten Mal kontrollierte Bern das Funktionieren aller Instrumente in der Kammer. Nimaier hob auf seine Anweisung oberhalb des Schachtes eine kleine Vertiefung aus, legte eine Sprengladung hinein und leitete die Zündschnur in die Kammer. Alle Vorbereitungen waren getroffen, und sie stiegen wieder ans Tageslicht. Der Professor zündete sich eine Zigarette an und sah sich um.
„Wie prachtvoll die Wüste heute aussieht, nicht wahr? Ich glaube, das ist alles, mein lieber Assistent. In ein paar Stunden werde ich mein

Leben zum Stillstand bringen — es ist das, was Sie gestern unüberlegterweise als Selbstmord bezeichnet haben. Sehen Sie die Dinge doch einfach an. Das Leben ist ein rätselhaftes Ding, nach dessen Sinn wir unablässig forschen — nichts als ein kurzer Strich im endlosen Band der Zeit. So möge denn mein Leben aus zwei ‚Strichen' bestehen ... Nun, sagen Sie mir doch irgend etwas zum Lebewohl — wir beide haben uns selten genug ‚bloß so' unterhalten."
Nimaier biß sich auf die Lippen und schwieg.
„Ich weiß wirklich nicht ... Ich kann immer noch nicht glauben, daß es Ihnen ernst ist mit Ihrem Entschluß. Ich habe Angst, es zu glauben."
„Hm. Nun haben Sie es doch wirklich fertiggebracht, meine Erregung zu verringern", sagte Bern lächelnd. „Wenn man weiß, daß ein anderer Mensch sich um einen ängstigt, ist es nicht mehr so furchtbar. Wir wollen uns nicht durch langes Abschiednehmen das Herz schwer machen. Wenn Sie zurückkehren, inszenieren Sie wie verabredet den Absturz mit dem Hubschrauber. Sie begreifen ja selbst: Absolute Geheimhaltung ist die unerläßliche Voraussetzung für dieses Experiment. In vierzehn Tagen beginnen die Herbststürme ... Leben Sie wohl! Und sehen Sie mich nicht so an: Ich lebe länger als ihr alle!"
Der Professor streckte Nimaier die Hand entgegen.
„Ist die Kammer nur für eine Person berechnet?" fragte Nimaier unvermittelt.
„Ja, nur für eine einzige ..." Auf Berns Gesicht trat ein warmer Schimmer. „Ich glaube fast, es tut mir noch leid, daß ich Sie nicht eher überzeugt habe." Der Professor trat mit einem Fuß auf die Leiter. „Entfernen Sie sich in etwa fünf Minuten vom Schacht!" Dann verschwand sein grauer Kopf in der Tiefe des Stollens.
Bern schraubte die Tür hinter sich zu, zog einen Spezialanzug mit einer Unzahl von Röhren an und legte sich auf ein Kunststofflager am Fußboden der Kammer, das genau nach seinen Körpermaßen gepreßt war. Er drehte sich zur Probe hin und her — es drückte nirgends. Vor seinem Gesicht leuchteten am Schaltpult ruhig die Signallampen, meldeten die Bereitschaft der Instrumente.
Der Professor tastete nach dem Zündknopf und drückte ihn nach kurzem Zögern. Eine leichte Erschütterung, kein Laut war in die Kammer gedrungen. Der Schacht war verschüttet. Mit einer letzten Bewegung schaltete Bern die Pumpen für die Unterkühlung und die Narkose ein, legte die Arme in die dafür vorgesehene Höhlung des Lagers, richtete den Blick auf eine leuchtende Kugel an der Decke der Kammer und fing an, die Sekunden zu zählen ...

Nimaier sah, wie nach dem dumpfen Schlag eine kleine Sand- und Staubsäule aus dem Schacht heraufgewirbelt wurde. Berns Kammer war jetzt unter einer fünfzehn Meter dicken Erdschicht begraben . . .
Nimaier blickte sich um, ihm war es unheimlich und seltsam mitten in dieser so jäh verstummten Wüste. Er blieb noch eine Weile stehen und ging dann langsam zum Hubschrauber hinüber.
Fünf Tage später traf er, nachdem er den Helikopter gewissenhaft in die Luft gesprengt hatte, in einer kleinen mongolischen Stadt ein.
Wieder eine Woche später setzten die Herbststürme ein. Sie jagten die Sanddünen hin und her, verwischten alle Spuren und Vertiefungen. Und Sand, unzählbar wie die Zeit, ebnete den Ort des letzten Lagerplatzes von Professor Berns Expedition . . .

Langsam tauchte aus der Finsternis ein zitterndes und verschwommenes grünes Lämpchen. Als es zu zittern aufhörte, begriff Bern, daß es die Signallampe des radioaktiven Relais war. Das Relais hatte also richtig funktioniert.
Allmählich kehrte das Bewußtsein wieder. Linker Hand sah Bern die geneigten Lamellen des Elektroskops der Jahrhundertuhr — sie stand zwischen den Zahlen 19 und 20. „Mitte des zwanzigsten Jahrtausends" — das Gehirn arbeitete exakt, und Bern spürte eine verhaltene Erregung.
„Körperkontrolle". Behutsam bewegte er Arme, Beine, Hals, machte den Mund auf und zu. Der Körper gehorchte, nur das rechte Bein war noch etwas steif. Vielleicht hatte es ungünstig gelegen, oder die Temperatur war schnell gestiegen. Bern machte noch ein paar energische Bewegungen, um wieder elastisch zu werden, dann stand er auf. Er kontrollierte die Instrumente. Die Zeiger des Voltmeters waren gefallen: Offensichtlich hatten sich die Akkumulatoren beim Auftauen etwas abgenutzt. Bern schaltete alle Thermobatterien zum Aufladen um — die Zeiger zitterten und schnellten sogleich nach oben.
Da fiel ihm Nimaier ein: Die Thermobatterien hatten ihn im Stich gelassen. In seinen Gedanken rief diese Erinnerung ein schmerzlich-zwiespältiges Gefühl hervor: „Nimaier lebt schon lange nicht mehr, niemand ist mehr am Leben . . ."
Sein Blick fiel auf die kleine Metallkugel an der Decke; sie war dunkel und leuchtete nicht mehr. Allmählich wurde Bern von Ungeduld gepackt. Noch einmal überprüfte er die Voltmeter: Die Akkumulatoren waren noch nicht fertig geladen, aber wenn er sie mit den Thermobatterien zusammen anschloß, müßte die Energie für den

Aufstieg an die Oberfläche reichen. Bern zog sich um und stieg durch eine Luke an der Decke der Kammer in die sich automatisch abschraubende Verschlußhaube. Er drückte den Hebelschalter herunter — die Elektromotoren heulten auf, kamen auf Touren. Die Deckelschraube bohrte sich ins Erdreich. Der Boden der Kabine wurde leicht erschüttert, und Bern spürte mit Erleichterung, daß die Verschlußhaube sich langsam aufwärts bewegte . . .

Endlich hörte das trockene Schaben von Steinen gegen das Metall auf: Die Verschlußhaube war an die Oberfläche gelangt. Bern machte sich daran, mit einem Schraubenschlüssel die Muttern an der Tür abzuschrauben; sie wollten nicht nachgeben, und er zerkratzte sich die Finger. Dann drang bläuliches Dämmerlicht durch die Spalte. Nur wenig Mühe noch — und der Professor trat ins Freie.

Ringsum stand in der kühlen Abenddämmerung ein dunkler, schweigender Wald. Der Kegel der Verschlußhaube hatte das Erdreich unmittelbar neben den Wurzeln eines Baumes aufgerissen; sein mächtiger Stamm trug die dichte Laubkrone hoch hinauf in den dunklen Himmel. Bern wurde unbehaglich bei dem Gedanken: „Wenn es nun diesem Baum eingefallen wäre, einen halben Meter weiter links zu wachsen!“ Er trat an den Baum und betastete ihn — die feinporige Rinde benetzte seine Hände mit Feuchtigkeit. „Was ist das für eine Art? Ich muß bis zum Morgen warten.“

Der Professor kehrte in seine Verschlußhaube zurück, überprüfte seine Vorräte: Konservendosen mit Lebensmitteln und Wasser, ein Kompaß, eine Pistole, dann zündete er sich eine Zigarette an. „Bis jetzt habe ich recht behalten.“ Triumphierend brannte dieser Gedanke in ihm. „Die Wüste ist von Wald bedeckt. Ich muß nachprüfen, ob die radioaktive Uhr keine falschen Angaben gemacht hat. Aber wie soll ich das anstellen?“

Die Bäume standen ziemlich weit auseinander, dazwischen funkelten die Sterne. Bern schaute nach oben, und zugleich schoß ihm der Gedanke durch den Kopf: „Jetzt müßte doch die Wega der ‚Polarstern‘ sein!“

Er steckte den Kompaß zu sich, suchte in der Dunkelheit einen Baum mit niedrighängenden Zweigen und kletterte mühsam hinauf. Zweige zerkratzten ihm das Gesicht. Ihr Rauschen schreckte einen Vogel auf, der mit schrillem, mißtönendem Schrei hastig von einem Ast hochflog, wobei er Bern unsanft an die Wange stieß. Sein seltsamer Schrei tönte noch lange durch den Wald. Keuchend ließ sich der Professor auf dem obersten Zweig nieder und hob den Kopf.

Inzwischen war es völlig dunkel geworden. Über ihm breitete sich der von hellen Sternen übersäte, aber völlig unbekannte Himmel. Der Professor suchte mit den Augen die vertrauten Sternbilder: Wo waren der Große Bär, die Kassiopeia? Sie waren nicht da, konnten auch nicht da sein; im Lauf von so vielen Tausenden von Jahren waren die Sterne gewandert, und alle Sternkarten stimmten nicht mehr. Nur die Milchstraße durchschnitt den Himmel wie eh und je mit ihrem verschwommenen Band leuchtender Staubkörner. Bern hob den Kompaß dicht an die Augen und spähte auf die in der Dunkelheit schwach schimmernde Nadel, die nach Norden zeigte. Dann richtete er den Blick nach Norden. Ganz niedrig über dem Horizont, dort, wo der Sternenhimmel endete — die Wega! Neben ihr funkelten kleinere Sterne — das entstellte Sternbild der Leier.

Es gab keinen Zweifel mehr: Er, Bern, befand sich im Beginn eines neuen Präzessionszyklus — im 20. Jahrtausend . . .

Die Nacht ging in tiefen Gedanken dahin. Bern fand keinen Schlaf und konnte kaum erwarten, daß der Morgen dämmerte. Endlich wurden die Sterne fahl und schwanden, zwischen den Bäumen bemerkte er allmählich einen grauen, durchsichtigen Nebel.

Der Professor betrachtete jetzt genauer das dichte, hohe Gras zu seinen Füßen — das war ja Moos, aber was für eine riesenhafte Art! Das hieß, seine Hypothese bestätigte sich; nach der Vergletscherung hatten sich zuerst die Farne entwickelt, die primitivsten und widerstandsfähigsten Gewächse.

Bern geriet immer mehr in Eifer und schritt weiter in den Wald hinein. Seine Füße verstrickten sich in den langen biegsamen Stengeln des Mooses, die Schuhe waren bald vom Tau durchnäßt. Offenbar war es bereits Herbst. Die Blätter an den Bäumen leuchteten in den buntesten Farben: grüne wechselten mit roten, orangefarbene mit gelben. Berns Aufmerksamkeit wurde durch schlanke Bäume mit kupferroter Rinde angezogen. Ihre Blätter zeichneten sich vor den andern durch eine frische, dunkelgrüne Färbung aus. Er trat näher: Die Bäume erinnerten an Kiefern, nur hingen anstelle der Nadeln harte kleine Blätter daran, spitz wie Riedgras, die nach Harz dufteten.

Allmählich wurde der Wald lebendig. Ein raschelnder, leichter Wind hatte sich aufgemacht und vertrieb die Nebelfetzen. Über den Baumwipfeln ging die Sonne auf, das vertraute, in seinem blendenden Glanz nie alternde Gestirn. Sie hatte sich im Lauf von achtzehntausend Jahren nicht im geringsten verändert.

Der Professor ging weiter, wobei er immer wieder gegen Wurzeln stieß und alle Augenblicke seine bei der Erschütterung von der Nase gerutschte Brille wieder zurechtrücken mußte. Plötzlich hörte er das Krachen von Zweigen und ein Geräusch, das wie ein Grunzen klang. Zwischen den Bäumen tauchte der braune Rumpf eines Tieres mit kegelförmigem Kopf auf. „Ein Wildschwein“, konstatierte Bern, „aber anders als früher — dieses hier hat ein spitzes Horn auf dem Rüssel.“ Das Wildschwein hatte Bern bemerkt, blieb eine Sekunde sichernd stehen und brach dann mit einem Schreckensgeheul durch die Bäume davon. „Oho! Es hat Angst vor Menschen!“ Der Professor sah ihm verwundert nach. Und da setzte sein Herzschlag aus: Auf dem vom Tau noch grauen Moos hoben sich deutlich feuchte dunkle Spuren ab, die eine Lichtung überquerten. Es waren die Abdrücke eines nackten menschlichen Fußes!

Der Professor beugte sich über die Spur. Sie war flach, der große Zeh von den übrigen Zehen abgespreizt. Sollte er wirklich so recht behalten haben? Hier war erst vor kurzem ein Mensch vorübergegangen! Bern vergaß alles um sich her und folgte den Spuren, dicht über den Boden geneigt, um besser sehen zu können. „Hier gibt es Menschen, und wenn man bedenkt, daß die Wildschweine Angst vor ihnen haben, müssen es starke und gewandte Menschen sein.“

Die Begegnung erfolgte unverhofft. Die Spuren führten auf eine kleine Lichtung, von der zunächst scharfe Kehllaute zu Bern herüberdrangen, dann erblickte er mehrere von grau-gelblichem Fell bedeckte Gestalten. Diese Wesen standen gebückt neben den Bäumen und hielten sich mit den Händen an den Zweigen fest. Sie sahen dem Professor entgegen. Bern blieb stehen und starrte, alle Vorsicht vergessend, diese zweibeinigen Geschöpfe begierig an. Zweifellos waren es Affen im Stadium der Vermenschlichung: fünffingrige Hände, über den steilen Bogen der Augenbrauen flache, fliehende Stirnen, unter der kleinen Nase hervortretende Kiefer. Auf den Schultern von zweien dieser Tiere bemerkte er eine Art Fellüberwurf. Also war es Wirklichkeit geworden. Auf einmal empfand Bern ein bitteres, sehnsüchtiges Gefühl der Einsamkeit. „Der Kreis hat sich geschlossen: Was vor vielen Zehntausenden von Jahren geschehen ist, hat sich nun nach Jahrtausenden noch einmal wiederholt . . .“

In diesem Augenblick bewegte sich einer der Menschenaffen auf Bern zu und schrie etwas; sein Ruf klang herrisch. Der Professor bemerkte eine schwere, knorrige Keule in seiner Hand. Dies war augenscheinlich der Anführer — alle anderen folgten ihm. Erst jetzt wurde sich

Bern der Gefahr bewußt. Die menschenähnlichen Wesen näherten sich schwerfällig, aber doch rasch genug auf ihren krummen Beinen. Der Professor feuerte die ganze Ladung seiner Pistole in die Luft und rannte in den Wald hinein.

Das war sein Fehler. Wäre er über die Lichtung gelaufen, so hätten ihn die Menschenaffen mit ihren zum Aufrechtgehen noch ungeeigneten Beinen kaum einholen können. Im Walde aber waren sie im Vorteil. Mit schrillem Siegesgeheul schwangen sie sich von Baum zu Baum, wobei sie sich mit den Armen an den Ästen festhielten und wieder abstießen. Einige schaukelten erst ein paarmal auf einem Zweig hin und her und vollführten dann gewaltige Sprünge. Allen andern voran eilte der „Häuptling" mit der Keule.

Schon hörte der Professor hinter sich triumphierende und wütende Laute — die menschenähnlichen Geschöpfe waren ihm dicht auf den Fersen. „Der reine Lynchmord", schoß es ihm durch den Sinn, „ich hätte nicht fortlaufen sollen, wer flieht, bekommt Schläge . . ." Sein Herz hämmerte, Schweiß überströmte sein Gesicht, die Beine waren wie Watte. Doch plötzlich wich die Angst, wurde verdrängt von den schonungslos klaren Gedanken: „Warum davonlaufen? Wovor sich retten? Das Experiment ist abgeschlossen . . ." Er blieb stehen, umklammerte mit den Armen den Stamm eines Baumes und wandte sein Gesicht den Verfolgern zu.

Als erster stürmte mit nach außen gekehrten Fersen der „Häuptling" heran. Er schwang die Keule über dem Kopf, der Professor konnte seine kleinen wilden Zähne sehen. Sein Fell war an der linken Schulter versengt. „Also ist ihnen das Feuer nicht mehr unbekannt", konstatierte Bern hastig. Als der „Häuptling" ihn eingeholt hatte, stieß er einen Schrei aus und ließ seine Keule mit voller Wucht auf den Kopf des Professors niedersausen. Der furchtbare Schlag schmetterte den Gelehrten zu Boden, Blut quoll über sein Gesicht. Sein Bewußtsein schwand für einen Augenblick, dann sah Bern die heraneilenden Menschenaffen, den „Häuptling", der mit der Keule zum letzten Schlag ausholte, und etwas silbern Blitzendes im blauen Himmel.

„Und dennoch wird die Menschheit neu erstehen", dachte er noch, ehe die auf seinen Schädel krachende Keule ihn der Möglichkeit zu denken beraubte . . .

Ein paar Tage später veröffentlichten die *Nachrichten der Union der Länder Freier Arbeit* folgende Mitteilung:

„Vor wenigen Tagen, am 12. September, wurde im asiatischen Naturschutzgebiet auf dem Territorium der ehemaligen Wüste Gobi

aus einer großen Herde Menschenaffen der Körper eines Menschen geborgen. Der Mensch wurde im Ionen-Schnellflugzeug zum Haus der Gesundheit der nächstgelegenen bewohnten Zone transportiert. Dem Schädelbau und auch den erhaltenen Kleidungsresten dieses Menschen nach zu schließen, stammt er aus den ersten Jahrhunderten der Ära des Sieges der Arbeit. Zur Stunde befindet sich der geheimnisvolle Mensch bereits außer Lebensgefahr. Als er zu sich kam, schlug er die Augen auf und rief erfreut etwas Unverständliches. Mit Hilfe einer linguistischen Universalmaschine gelang es, seine Worte zu deuten. Er rief in altdeutscher Sprache: ‚Ich habe mich geirrt! Wie gut, daß ich mich geirrt habe! . . .‘, dann sank er wieder in die Bewußtlosigkeit zurück.
Wie vermochte ein Mensch aus so grauer Vorzeit sein Leben mehr als achtzehntausend Jahre lang zu erhalten? Wahrscheinlich hat er sich einer auch unserer Wissenschaft bekannten Methode bedient. Zur Zeit führen Spezialexpeditionen der Akademie der Wissenschaften mit allem Nachdruck Sucharbeiten und Forschungen durch.
Die paläontologische Sektion wurde angewiesen, die Beobachtung der Naturschutzgebiete hinfort zu intensivieren. Besonderes Augenmerk ist darauf zu richten, daß die Menschenaffen ihre Arbeitswerkzeuge nicht als Mordwaffen benutzen. Das könnte negative Folgen für die Ausbildung des Denkvermögens im Prozeß ihrer Evolution haben.

Das Präsidium der Weltakademie.“

ALVARO MENÉN DESLEAL

Ein Seil aus Nylon und Gold

Damals gab es einen Präsidenten, der Johnson hieß, und meine Frau schlief mit Sam Wilson.
Es war während der sechsundzwanzigsten Erdumkreisung. Und alles dauerte kaum ein paar Sekunden.
„Henry! Henry!“ flehte mein Gefährte aus dem Innern der Kapsel. „Weißt du überhaupt, was du tust?“
„Es ist zwecklos, McDivitt“, sagte ich zu ihm. „Ich habe mich schon entschieden.“
McDivitt fuhr mit seinen Bitten fort. Ich hatte die Funkverbindung zur Bodenstation zerstört, so daß seine Worte die Erde nicht erreichten. Andernfalls wäre jetzt schon die Stimme des Kommandanten Grissom, unter dessen Verantwortung das Projekt stand, nicht weniger verzweifelt ertönt.
Oder würde Grissom dort unten auf der Erde stumm vor Entsetzen sein?
Ich weiß es nicht. Ich schwebte im Weltraum in einer Höhe von 600 km über der Erde, eingehüllt in meinen Raumanzug. Ich hatte mich meiner Thermalhandschuhe entledigt, damit ich die Raumpistole besser handhaben konnte, mit der ich die Richtung meiner Bewegungen ganz nach meinem Willen kontrollierte. Der Hilfstank auf meinem Rücken zeigte Sauerstoff für 110 Minuten an, und wenn alles nach meinen Berechnungen ging, war dies die längste Zeit, die ich noch *lebend* im Weltraum verbringen würde.
„Henry! Henry! Was wird der Präsident dazu sagen?“
Acht Meter von meinem Körper entfernt, anscheinend an einem Punkt des Weltraums hängend, unbeweglich und herrlich, umkreiste die Zwei-Mann-Kapsel alle 91 Minuten die Erde. Die Luke stand offen, und das bedeutete, daß auch McDivitt von seinem tragbaren Sauerstoffvorrat abhängig war. Ich mußte mich also auch deshalb beeilen, denn ich wollte nicht, daß ihm mein Entschluß schadete.
„Henry, was soll aus deinen Kindern werden?“
Auf meine Kinder anzuspielen war ebenfalls nutzlos. Ich zog die Zange heraus, die ich sorgfältig versteckt hatte, als ich in Kap Kennedy an Bord des Raumschiffes ging, und ergriff mit ihren scharfen Kiefern das Seil aus Nylon und Gold, das mich wie eine Nabelschnur mit der

Kapsel verband. Bevor ich es zerschnitt, verabschiedete ich mich von meinem Gefährten:
„Wiedersehen, McDivitt!" rief ich ihm ein wenig spöttisch zu. „Ich lasse dich jetzt mit deiner wunderbaren Welt allein. Sei ein guter Junge und geh hübsch nach Hause zurück."
Dann trennte ich mit einem einzigen Schnitt das Seil durch und schoß meine Raumpistole leer, um mich so weit wie möglich von der Kapsel zu entfernen. Ich konnte noch sehen, wie das Seil aus Nylon und Gold zurückgezogen wurde, und zuletzt, wie sich die Luke schloß.
Und jetzt fühlte ich mich vollständig frei. Frei in einem schwarzen Himmel voller Sterne, die nicht flimmern, frei im Weltraum schwebend bei einer Geschwindigkeit von 28 500 Kilometern pro Stunde, frei bei 600 Kilometer Entfernung von einem Planeten, dessen ich überdrüssig war ...
Das war im August 1965. Zwei Monate zuvor hatten McDivitt und White eine Mission erfüllt, die wir mit diesem Flug fast genau nachahmten. White hatte 23 Minuten außerhalb des Raumschiffes verbracht. Er war nach dem Russen Leonov der zweite Mensch gewesen, der das getan hatte. Das Wettrennen im Weltraum — bei dem jeder Astronaut erwartet, entweder zu verschmoren oder einen Blumenkranz um den Hals gehängt zu bekommen wie das Siegerpferd beim Derby — nahm mit jedem Mal ein dramatischer und eitler werdendes Profil an: Wenn Leonov 20 Minuten lang im Weltraum geblieben war, so blieb White 23 Minuten und ...
Ich war der dritte Mensch, der dazu ausgewählt worden war, ein Raumschiff zu verlassen. Ich, Henry Olsen aus Salt Lake City. Ich hatte die Anweisung erhalten, die Erde im Raum schwebend in einer vollständigen Bahn zu umkreisen, mit meiner Kapsel durch ein acht Meter langes Seil aus Nylon und Gold verbunden. Ich hätte also mindestens 91 Minuten dort verbleiben und allerlei Unfug treiben sollen wie: Fotos machen, Bewegungen ausführen, Pseudo-Reparaturen bewerkstelligen, Späße treiben, Purzelbäume schlagen. Alles mit jenem kindlichen Sinn für Humor, den wir uns — ich weiß nicht warum — in Kap Kennedy aneignen. Ich dagegen zog es vor, anstatt einen neuen idiotischen Rekord zu brechen, anstatt zum Siegerpferd des Tages zu werden, mich für immer zu befreien. Und dies gerade bei der sechsundzwanzigsten Erdumkreisung.
Es war im August 1965. Es gab einen Präsidenten, der Johnson hieß. De Gaulle drohte damit, die NATO lahmzulegen. Meine Landsleute besetzten die Dominikanische Republik. Der Krieg brannte in Viet-

nam. Die Russen hielten eine Überraschung in ihrem Hemdsärmel bezüglich der Erreichung des Mondes versteckt. Der Ku-Klux-Klan ermordete wieder eine Negerin in Alabama. Von Braun betrieb weiterhin Science Fiction. Rio de Janeiro hatte vor kurzem sein 400jähriges Bestehen gefeiert. San Salvador war gerade von einem Erdbeben halb zerstört worden. Die weibliche Mode machte weiter mit ihrer Losung „weniger Stoff und mehr Haut". 180 japanische Bergarbeiter starben in ihrer eingestürzten Grube. Die Königin Elizabeth schrieb Ansichtskarten aus Deutschland. China hatte gerade seine zweite Atombombe explodieren lassen. In Algerien befahl nicht mehr Ben Bella. Frank Sinatra erklärte seinen Erfolg. Im Automobilverkauf wurde ein neuer Rekord gebrochen. Mein kleiner Sohn John hatte eine zerschundene Nase. Ich schuldete nur noch eine Hypothek von 2800 Dollar auf mein Haus . . .

Es gab einen Präsidenten, der Johnson hieß, und meine Frau betrog mich mit Sam Wilson, dem früheren Freund ihrer Schwester. Sam Wilson, dem Rothaarigen, der in der *High School* nie mit dem Ball beim *Rugby* fertig wurde.

Das war 1965. Im August. Heute weiß ich nichts mehr von Johnson, von Vietnam, von meinen Kindern, von Frank Sinatra . . . Seit dem Augenblick, als ich das Seil aus Nylon und Gold durchschnitt, habe ich jeden Kontakt mit der Menschheit verloren. Und obwohl die Erde ihre runde Landschaft meiner vieltägigen Gegenwart auferlegt — manchmal habe ich sie zu meinen Füßen, manchmal oben, manchmal seitlich —, habe ich nie mehr etwas von ihr erfahren. Ein großer Teil der Oberfläche ist ständig von Wolken bedeckt. Aber anfangs, als ich gerade von der Nabelschnur befreit war, hatte ich ab und zu die Lichter der großen Städte unterschieden. „New York", sagte ich mir dann und stellte mir eine mit Menschen vollgestopfte Fifth Avenue vor, die nach mir spähten und von der Anstrengung, den Kopf stundenlang in einer so unbequemen Lage zu halten, schon die Halsstarre hatten. „Moskau", sagte ich mir und stellte mir eine weitere Menschenmenge von Proletariern vor, die Frauen trugen Kopftücher. „Buenos Aires" . . . „Paris" . . . „London" . . . „Melbourne" . . .

Eine Zeitlang war ich zufrieden mit meiner verschwommenen Weltkarte, die weniger bunt war als die in der Schule. Ich ergötzte mich an dem Schauspiel, ohne mir die Konsequenzen meiner Fahnenflucht vorzustellen. Danach wurden einige Versuche unternommen, meinen „Leichnam" wiederzuerlangen, und die Russen hatten beinahe Erfolg damit, als sie versuchten, mich mit einer Art Netz aufzufischen.

Jedesmal fand ich aber die Art und Weise, zu entwischen und weiterhin frei zu bleiben. Frei und *lebendig.*

Denn es geschieht etwas mit mir, das die Wissenschaftler nie erkannten. Ich hätte nicht länger als 110 Minuten leben sollen, genaugenommen, nicht länger leben sollen, als mein Vorrat an Sauerstoff reichte. Aber es kam nicht so. Ich weiß nicht warum, aber es kam nicht so.

Ungefähr zwanzig Erdumkreisungen, nachdem ich das Seil durchgeschnitten hatte, bemerkte ich das Phänomen meines Überlebens. „Wie kommt es", sagte ich mir, „daß ich so viele Sonnenaufgänge und so viele Sonnenuntergänge gesehen habe?" Ich begann zu zählen, wie oft ich einen Tagesanbruch und einen Abend gesehen hatte — streng genommen war dies alle fünfundvierzig Minuten der Fall. Als ich bis zu 120 Sonnenaufgänge gezählt hatte, ein paar mehr, ein paar weniger, wurde es mir zu langweilig. Ich rechnete mir aus, daß diese Anzahl von Sonnenaufgängen bei der Geschwindigkeit, mit der ich trieb, nur in ungefähr einer Woche möglich war. Dann erlebte ich noch eine Überraschung: Die Nadel, die den Druck im Sauerstofftank angab, zeigte auf *Full.* Ich hatte also Tage um Tage im Weltraum verbracht, ohne auch nur ein bißchen Sauerstoff zu verbrauchen. Mit anderen Worten, ich benötigte ihn nicht, um überleben zu können. Danach entdeckte ich — ich war schon immer langsam, bis ich begriff, was um mich herum geschah —, daß ich weder mehr Kälte verspürte, wenn ich den Schattenkegel der Erde durchquerte, noch mehr Wärme, wenn ich direkt dem Sonnenlicht ausgesetzt war. Und ich entdeckte, daß ich weder unter Hunger noch Durst litt, weder unter Schmerz noch Angst. Ich war glücklich. Frei und glücklich.

Ich weiß nicht, wie viele Jahre seitdem vergangen sind. Nie wieder habe ich einen Sonnenaufgang noch einen Sonnenuntergang gezählt, aber ich glaube, daß ich Millionen davon gesehen habe. Und obwohl ich mich weiterhin frei fühle, so ist doch meine Glückseligkeit in Verzweiflung umgeschlagen. Denn ich hätte schon vor langer Zeit sterben sollen. Nicht hier sterben im Weltraum, wo mein Leichnam wie ein von irgendeinem Planeten losgerissener Felsbrocken verblieben wäre, sondern gemeinsam mit *ihnen,* mit den Menschen dort auf der Erde.

Denn sie sind gestorben.

Ich weiß nicht, *warum* es geschah. Aber ich habe Schritt für Schritt verfolgt, *wie* es geschah.

Der Himmel war schwarz, und die Sterne glänzten, ohne zu flimmern, mit dieser majestätischen Monotonie, die sie aus der Sicht des

Weltraums haben. Die Erde lag ganz deutlich da: Von Kap Kennedy bis Italien, von Italien bis zu den Malaiischen Inseln, vom Pazifik und Kalifornien und von dort wieder nach Kap Kennedy verhüllte nicht eine einzige Wolke die Umrisse der Inseln und Kontinente. Es war ein Tag, der dazu gezeichnet schien, ein glücklicher Sonntag zu werden. Alles war so ruhig und still wie immer oder vielleicht noch ruhiger und noch stiller als sonst, denn es kam mir so vor, als ob ich — und ich weiß, daß es eine Dummheit ist, so etwas zu sagen — das Geschrei der Fanatiker *hörte,* die auf den Stufen des Yankee Stadion gesessen haben werden. Ich dachte an nichts — warum sollte ich auch an etwas denken? — und beschränkte mich darauf, die alte, die vertraute Erdlandschaft zu betrachten.

Plötzlich explodierte *jenes* dort unten, nördlich von Vietnam. Es explodierte in Licht und dann in einen Pilz, ohne daß ich, im Weltraum versunken, irgendein Geräusch wahrgenommen hätte. Sekunden danach erglänzten fünf, zehn, hundert Lichtblitze mehr in China . . . Als ich mich über dem Pazifik befand und das Gebiet der Vereinigten Staaten sah, erglühten zehn, fünfhundert Lichter mehr über San Francisco, Los Angeles, Detroit, New York, Washington . . . Und weitere hundert im Süden, über Mexiko und Panamá und Río und Buenos Aires. Und andere im Norden über Montreal und Ottawa. Und im Osten über Cuba und Puerto Rico. Und noch mehr im Osten, auf der anderen Seite des Atlantik, der riesige Funken über London und die anderen hundert Funken in Paris und Madrid und Rom und Bonn und Belgrad. Und weiter entfernt in Moskau, in Leningrad, in Ulan Bator. Und in Tokio. Und in Manila und Hawaii. Überall Blitze wie *flash,* Explosionen wie aus Tausenden von *flashes.*

Als ich die Erde wieder umkreist hatte, bedeckten langsame Rauchpilze Asien. Bei der nächsten Umkreisung reichten sich die Pilze, über ganz Amerika verteilt, die Hände zu einem makabren kindlichen Ringelreihen. Und Hunderte von stillen Pilzen wuchsen über Europa und über Afrika und über Ozeanien . . .

Ich ertrug es nicht länger, weiter hinzusehen . . .

Als ich, lange Zeit danach, die Augen öffnete, war der Himmel über der Erde nicht mehr hell: er war blutrot, er war grün, er war violett. Eine dichte vielfarbige Wolke bedeckte alles.

Dies geschah vor langer Zeit. Heute hat sich die Wolke aufgelöst, aber in meinen Fünfundvierzig-Minuten-Nächten sehe ich die Lichter von nicht einer einzigen Stadt mehr. Wenn ich mich auch noch so sehr anstrenge, so ist die dunkle Seite der Erde doch nur dunkel, dunkel mit

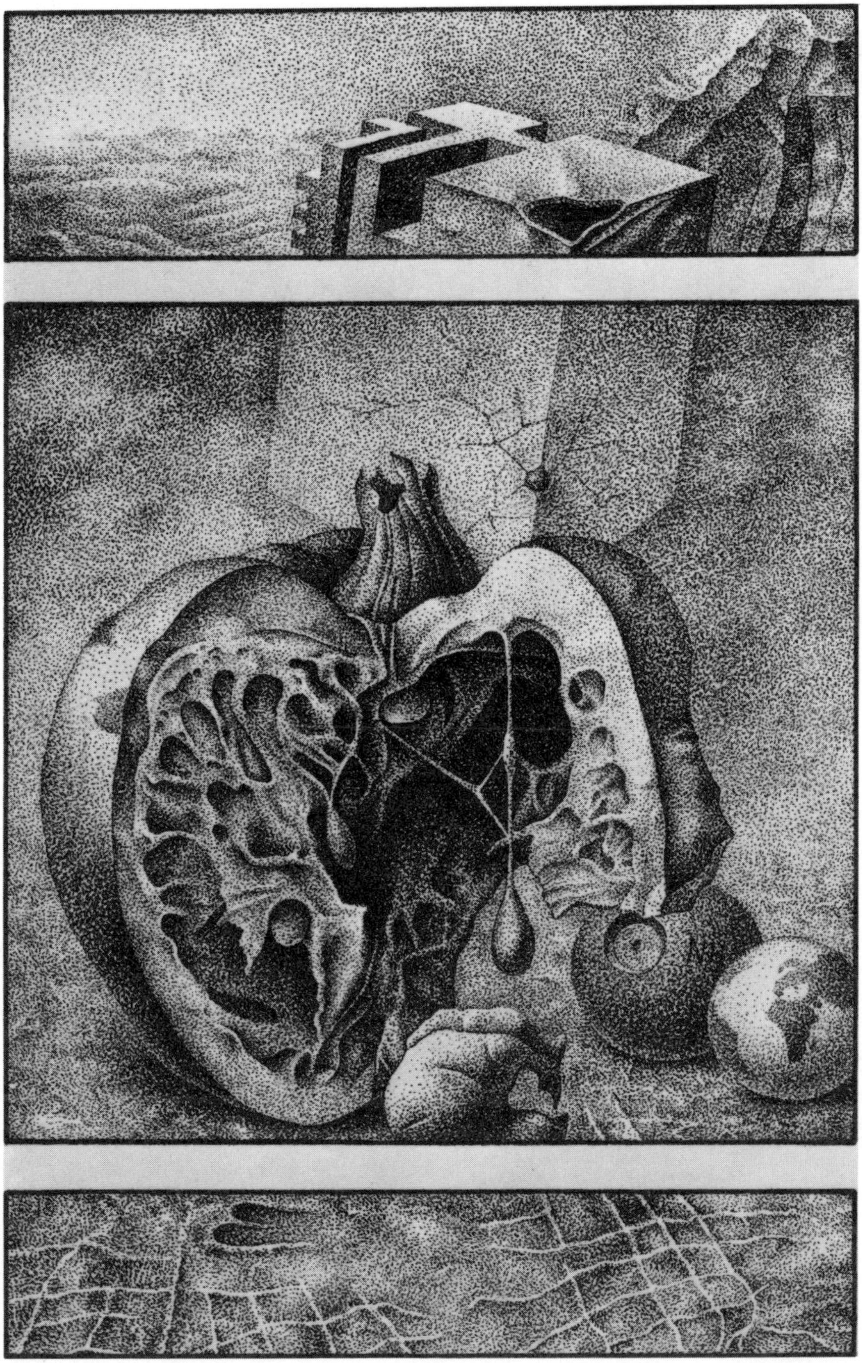

der Phosphoreszenz eines Grabes. Die helle Seite sieht genauso aus: Die weichen Farbtöne der Steppen sind jetzt dunkel. Die Wälder und selbst der Schnee auf den hohen Gebirgen ist grau, grau wie Blei oder wie Asche.
Ich bin weiterhin frei. Es ist wahr, daß ich weiterhin frei bin wie damals, als ich das Seil aus Nylon und Gold durchschnitt. An jenem Tag, als es einen Präsidenten gab, der Johnson hieß, als in Vietnam der Krieg brannte, unsere *Marines* die Dominikanische Republik besetzten, mein Sohn John eine zerschundene Nase hatte, Frank Sinatra seinen Erfolg erklärte, meine Frau mit Sam Wilson schlief und China seine zweite Atombombe explodieren ließ . . .

HERBERT W. FRANKE

Krieg

Der Krieg war erklärt. Der gesamte Generalstab der westlichen Union war im Bunker des Heptagons versammelt. Mit gerunzelter Stirn beobachtete der Oberbefehlshaber das Elektronengehirn, das die möglichen künftigen Schlachten gegeneinander abwägen sollte. Funken sprühten, Relais knackten. Ein rotes Lämpchen leuchtete auf, die Maschine verstummte.

Der Chefmathematiker ließ die gelochten Streifen durch die Finger gleiten.

„Wir brauchen genauere Angaben über die Stärke der feindlichen Streitkräfte!" forderte er.

Der Oberbefehlshaber biß die Zähne zusammen. Dann sagte er: „Meine Herren, wer weiß Rat? Wie bekommen wir schnellstens die fehlenden Angaben?"

Ein jüngerer Offizier hob die Hand: „Ich bin überzeugt, daß die östlichen Kollegen über unsere Streitkräfte ebensowenig Bescheid wissen. Ich schlage vor, die Informationen auszutauschen!"

„Sehr richtig!" rief der Oberbefehlshaber. „Ohne diese Informationen ist der Krieg für beide Seiten unmöglich. Versuchen Sie, Verbindung aufzunehmen."

Funksignale liefen nach Osten. Funksignale liefen zurück. Der elektronische Rechenautomat begann wieder zu arbeiten. Dann war es still. Betroffen sahen die Herren auf das Ergebnis.

Das Signal des Sprechfunks schnarrte. Der Oberbefehlshaber meldete sich.

„Hier östliches Hauptquartier", ertönte eine Stimme. „Sie werden inzwischen selbst bemerkt haben, daß Sie verloren haben. Wir stellen somit gleich unsere Friedensbedingungen. Sie liefern uns Ihre gesamten Rüstungsindustrieanlagen, ein Drittel der Metallindustrie und zehn Jahre lang die Hälfte Ihrer Erdöl- und Kohlenproduktion! Sind Sie einverstanden?"

Im westlichen Zentralbefehlsstand herrschte bestürztes Schweigen. Schließlich fragte der Oberbefehlshaber: „Meine Herren, wer weiß einen Ausweg?"

Nach kurzem Besinnen sprang einer aus der Garde der jungen Offiziere und legte einen Plan dar.

„So wird es gehen!“ meinte der Oberbefehlshaber und trat zur Sprechfunkeinrichtung: „Östliches Hauptquartier herhören! Durch unser Angebot, die Informationen auszutauschen, haben Sie Kriegsmaterial im Wert von hundertsiebenundzwanzig Milliarden Dollar erspart. Das entspricht ungefähr dem Wert der von Ihnen geforderten Reparationen. Wir sehen diese also als abgegolten an. Sind Sie einverstanden?“

Kurze Pause, dann klang es aus dem Mikrophon: „Wir sind einverstanden. Der Krieg ist beendet. Ende.“

„Verstanden!“ antwortete der Oberbefehlshaber der westlichen Union. „Krieg zu Ende! Ende.“

ANDRZEJ CZECHOWSKI

Die absolute Waffe

Vorsitzender: Oberst Dr. Rudenicz, Inspektor für Angelegenheiten der Absoluten Waffe, möchte Ihnen die Einzelheiten des heutigen Experiments darlegen.
(Oberst Rudenicz erhebt sich. Vor Erregung macht er den ersten Schritt mit dem rechten Bein. Er geht zum Rednerpult und macht ebenso vorschriftswidrig rechtsum kehrt, als er sich den Versammelten zuwendet).
Rudenicz: Die vollkommene Waffe, auch absolute Waffe genannt . . .
Vorsitzender (unterbricht Rudenicz): Ihr Helm ist zwei Nummern zu groß.
Rudenicz: Verzeihung, Exzellenz. Das ist Absicht, um das Gehirn nicht zu drücken.
Vorsitzender: Fahren Sie bitte fort.
Rudenicz: Über die absolute Waffe gab es in verschiedenen Zeiten unterschiedliche Vorstellungen. Das Expertenteam, das unter meiner Leitung die bisherigen Projekte für eine absolute Waffe untersucht hat, kam zu unerwarteten Ergebnissen. Es zeigte sich, daß die Konstrukteure von vollkommenen Waffen allesamt Pazifisten waren. (Verwunderung im Saal.) Ja, getarnte Pazifisten. Ihre wahre Absicht war die Verhinderung von Kriegen. Das gilt gleichermaßen für das Maschinengewehr wie für die Atombombe und die Interkontinentalraketen. Diese Waffen sollten den Krieg derart schrecklich erscheinen lassen, daß er unmöglich würde. (Erregte Stimmen.) Aufgabe unseres Teams war also die Erarbeitung einer neuen Konzeption für eine vollkommene Waffe, die nicht Kriege verhindern, sondern im Gegenteil alle Kriege zu edlen Taten der strategischen Kunst, ja zu vollkommenen Kriegen machen soll.
Vorsitzender: Wir hören, Herr Oberst.
Rudenicz: Wir sind von folgender Voraussetzung ausgegangen: Eine absolute Waffe läßt sich nicht industriell herstellen.
Vorsitzender, Vertreter der Rüstungsindustrie und andere: Wieso?
Rudenicz: Bekanntlich ist die Rüstungsindustrie das größte Hindernis auf dem Wege zu einem vollkommenen Krieg. (Protestrufe.)
Vorsitzender: Bitte begründen Sie diese Behauptung.
Rudenicz: Gern, Exzellenz. Ein vollkommener Krieg darf kein Wettkampf von Rüstungsindustrien sein. Über den Sieg müssen der

Genius des Führers und der Geist der Truppe entscheiden, nicht Qualität und Quantität der Waffe. Wenn man eine absolute Waffe industriell herstellen wollte, besäße die mit dieser Waffe besser ausgerüstete Armee die Übermacht, der Krieg wäre also nicht vollkommen.

Vertreter der Rüstungsindustrie: Das ist absurd!

Rudenicz: Jawohl, eine solche Waffe wäre absurd.

Vorsitzender: Herr Oberst, bitte weiter.

Rudenicz: Diese Voraussetzung forderte geradezu eine triviale Lösung des Problems heraus. Der vollkommene Krieg müßte mit bloßen Händen geführt werden! Natürlich haben wir eine solche Konzeption verworfen. (Beifall.) Die Entwicklung einer anderen dauerte viele Monate. In unseren Labors herrschte während dieser Zeit Belagerungszustand. Besonderen Mut . . .

Vorsitzender: Davon später, Herr Oberst.

Rudenicz: Zu Befehl, Exzellenz. (Wendet sich an einen Adjutanten). Bitte die erste Skizze. (Der Adjutant heftet ein Blatt an die Tafel.)

Alle: Das ist ja ein Huhn!

Rudenicz: Jawohl. Diese Zeichnung illustriert am besten unsere Konzeption. Bekanntlich ist das Huhn imstande, in seinem Organismus das sogenannte Ei hervorzubringen, ein granatenförmiges Etwas mit einer harten Schale, aus dem unter bestimmten Bedingungen ein Nachkomme des Huhns entsteht. (Zum Adjutanten.) Bitte die zweite Skizze. (Der Adjutant führt den Befehl aus.) Hier sehen Sie einen Panzer nach unserer Konzeption. Auch er kann ein Ei hervorbringen, aus dem ein neuer Panzer entsteht.

Vorsitzender: Wozu?

Rudenicz: Um die Industrie auszuschalten. Aus einem Panzer, der sich vermehren kann, läßt sich ein ganzes Panzerkorps züchten! (Beifall, Begeisterungsrufe.) Der Panzer ist vollautomatisiert und hat ein weitreichendes Schnellfeuergeschütz. Er benötigt keine Besatzung. Treibstoff braucht nur einmal jährlich nachgefüllt zu werden. Das Problem von Verlusten auf dem Schlachtfeld gibt es für ihn nicht. Reserven sind unnötig. Wichtig ist allein die geschickte Fernsteuerung durch einen gut ausgebildeten Offizier. (Beifall.)

Vertreter der Rüstungsindustrie: Und das soll die absolute Waffe sein?

Vorsitzender: Warum diese Skepsis?

Rudenicz: Verzeihung, Exzellenz. Ein durchaus berechtigter Zweifel. Der von mir beschriebene Panzer ist noch nicht die absolute Waffe. Der Gegner könnte eine wirksamere Panzerabwehrwaffe herstellen und so die Übermacht erlangen. Unser Panzer besitzt jedoch die Fähigkeit, sich zu vervollkommnen, es ist ein Evolutionspanzer, der alle Bedingungen erfüllt, die an eine absolute Waffe gestellt werden! (Enthusiasmus.) Die Vervollkommnung unseres Panzers ist das Ergebnis des Kampfes ums Dasein und entspricht der Darwinschen Evolutionstheorie. Es siegen die Exemplare, die sich am besten den Bedingungen auf dem Schlachtfeld anpassen. Was brauchen wir mehr als eine Waffe, die in jeder Situation unübertrefflich ist? (Rufe: Nichts! Nichts!) Die absolute Waffe existiert also tatsächlich. (Stürmischer Beifall).

Vertreter der Rüstungsindustrie: Ich bitte um das Wort.

Vorsitzender (unwillig): Bitte.

Vertreter der Rüstungsindustrie: Herr Oberst, wenn ich Sie richtig verstanden habe, sieht Ihre schöne Vision die Schließung aller Rüstungsbetriebe in unserem Lande vor. Selbst wenn sich Ihre Prophezeiung bewahrheitete (unwilliges Murmeln), ich wiederhole, wenn sie Wirklichkeit würde, bedeutete der Verzicht auf eine konventionell ausgerüstete Armee einen sehr riskanten Schritt, der ohne Beispiel wäre. (Aufgebrachte Zwischenrufe.) Ich bin der Ansicht, daß die Entscheidung nicht nur theoretisch begründet sein muß, sondern ...

Chef des Geheimdienstes (ohne sich zu erheben): Ein Wort, Exzellenz.

Vorsitzender: Bitte.

Chef des Geheimdienstes: Nach unseren Informationen wurden in Kubylien in den letzten Monaten drei geheime Waffenfabriken geschlossen. Die Truppen wurden mit neuem Gerät ausgerüstet. Gleichzeitig melden die Agenten eine Verringerung der Panzereinheiten. Wenn man das alles im Lichte der Ausführungen von Oberst Rudenicz betrachtet ...

Vorsitzender: Was wollen Sie damit sagen?

Chef des Geheimdienstes: Ich befürchte, daß uns Kubylien zuvorgekommen ist. (Beunruhigte Stimmen.) Die Entscheidung darf nicht aufgeschoben werden.

Vorsitzender: Oberst Rudenicz!

Rudenicz: Zu Befehl, Exzellenz. Ich darf die Herren mit dem Plan des Experiments vertraut machen. Heute früh ist der Prototyp des neuen Panzers auf das Manövergelände gebracht worden. Wenn ich auf den roten Knopf auf diesem Pult drücke, beginnt im Panzer der Prozeß der Eisynthese, und nach zweieinhalb Stunden wird der nächste Panzer

geboren. (Er drückt auf den Knopf.) Das Experiment wird fünfundzwanzig Stunden dauern, bis wir fünfhundert Panzer haben. Sehr wahrscheinlich werden sie besser als der Prototyp sein. Vergessen Sie nicht ihr Streben nach Vervollkommnung. (Anerkennendes Gemurmel.)
Vorsitzender: Ich danke Ihnen, Herr Oberst. Jetzt ist es fünfzehn Uhr. Morgen um sechzehn Uhr erwarten wir Ihren Bericht über den Verlauf des Experiments.

(Am Abend desselben Tages. Oberst Rudenicz allein. Es klopft an die Tür.)
Rudenicz: Herein! (Der Adjutant tritt ein.) Ach, Sie sind es. Was gibt es Neues?
Adjutant: Zu Befehl, Herr Oberst. Eben ist eine Meldung vom Manövergelände eingetroffen, vom technischen Leiter des Experiments. Wir haben schon die vierte Panzergeneration.
Rudenicz: Vorzüglich. Ist das alles?
Adjutant: Nein, Herr Oberst. Es wurden unerwartete Veränderungen im Bau der Panzer beobachtet.
Rudenicz (gespannt): So? Ich höre!
Adjutant: Bei zwei Panzern zeigen die Geschützläufe nach oben. Außerdem hat sich die Farbe verändert.
Rudenicz: Anpassung ans Gelände?
Adjutant: Ich fürchte nein, Herr Oberst. Die neuen Panzer sind rosa, mit hellblauer Borte.
Rudenicz (nach einer Weile): Das ist ja höchst interessant.
Adjutant: Ich wünsche eine gute Nacht, Herr Oberst. (Geht ab.)

(Am nächsten Tage, 16 Uhr.)
Vorsitzender (zu Rudenicz): Sind Sie bereit, Herr Oberst?
Rudenicz: Verzeihung, Exzellenz. Ich warte auf die letzte Meldung vom Manövergelände. (Der Adjutant tritt ein.) Da ist sie schon.
(Der Adjutant gibt ihm ein Telegramm. Rudenicz liest es und erbleicht.) Einen Augenblick, Exzellenz. (Geht hinaus.)
Alle (zum Adjutanten): Was ist passiert?
Adjutant: Das Experiment hat unerwartete Resultate gebracht.
Vorsitzender (ungeduldig): Nun reden Sie schon!
Adjutant: Zu Befehl! Also, von der fünften Generation an erschienen statt der Panzer Raupenschlepper.

Vorsitzender: Zugmaschinen für die Artillerie?
Adjutant: Nein, Landmaschinen. Darunter auch Traktoren mit Pflügen, Eggen und Sämaschinen.
Vorsitzender: Wie konnte das geschehen?
Adjutant: Eine genetische Mutation, Exzellenz. Die Evolution ist in der falschen Richtung verlaufen. (Rufe: Sabotage! Verrat! — Allgemeine Verwirrung.)
Stimme aus dem Saal: Wo ist Rudenicz? Es soll das erklären!
(Aus dem Nebenraum hört man einen Revolverschuß. Alles stürzt dorthin.)

HOWARD FAST

Cato vom Mars

Auf dem Mars gab es nur eine einzige Sprache — das war einer der Gründe dafür, daß die Sprachen der Erde so faszinierten. Mrs. Erdig betrieb das Studium des Englischen als persönliches Steckenpferd. Englisch war sehr populär, aber in der letzten Zeit wandten sich mehr und mehr Marsbewohner dem Chinesischen zu. Davor hatte Russisch in der Beliebtheit die erste Stelle eingenommen. Aber Mrs. Erdig war der Meinung, daß keine Sprache über so viele Nuancen verfüge wie die englische.

Zum Beispiel das Wort *righteousness* — Rechtschaffenheit. Sie sprach am Abend mit ihrem Mann darüber.

„Ich muß dir sagen, ich begreife es einfach nicht“, meinte sie. „Das heißt, es entzieht sich mir gerade immer dann, wenn ich glaube, es erwischt zu haben. Und du weißt, wie unzulänglich man sich vorkommt, wenn man ein Wort einer Erdensprache nicht ganz erfaßt.“

„Ich weiß nicht, wie es ist“, erwiderte Mr. Erdig geistesabwesend. Seine eigene Spezialität unter den Sprachen der Erde war Latein — aufgenommen lediglich bei den unregelmäßigen Sendungen des Vatikans — und daraus läßt sich schon sehr gut ersehen, was für eine Art von Marsbewohner er war. Höchstens tausend davon spezialisierten sich auf Latein.

„Unzulänglich. Ist doch ganz klar“, wiederholte seine Frau.

„So? Warum?“

„Du weißt ganz genau Bescheid. Stell dich nicht dumm. Man erwartet doch, daß man sich diesen Wilden auf dem Dritten Planeten überlegen fühlen kann. Es ist ärgerlich, daß in ihren Sprachen Wörter auftauchen, die einem Schwierigkeiten machen.“

„Welches Wort?“ fragte Mr. Erdig.

„Du hast natürlich wieder nicht zugehört. Rechtschaffenheit.“

„Mein Englisch ist nicht gerade berühmt, aber ich erinnere mich noch daran, was *Recht* bedeutet.“

„Aber ‚Rechtschaffenheit‘ bedeutet etwas ganz anderes, und ich komme einfach nicht dahinter.“

„Hast du schon in Lqynns Wörterbuch nachgeschlagen?“ fragte Mr. Erdig, immer noch in seine eigenen Gedanken vertieft.

„Lqynn ist ein Dummkopf!“

„Selbstverständlich, meine Liebe. Du könntest dich ja auf dem Intertator mit Richter Grylyg in Verbindung setzen. Er soll Experte für englische Verben sein."
„Ach, du machst mich noch verrückt", rief sie verzweifelt. „Selbst du weißt ganz genau, daß *Rechtschaffenheit* kein Verb ist. Ich könnte ebensogut mit der Wand reden."
Mr. Erdig richtete sich auf — oder wie man das bei ihm nennen wollte; denn seine sieben Gliedmaßen waren gänzlich anders angebracht als die vier des Menschen — und entschuldigte sich bei seiner Frau. Er liebte und respektierte sie wirklich.
„Tut mir ernstlich leid", sagte er. „Wirklich, meine Liebe. Mir geht nur in der letzten Zeit zuviel im Kopf herum. Ich bin oft sehr deprimiert."
„Ich weiß, ich weiß", sagte sie sanftmütig. „Das bedrückt dich alles zu sehr."
„Ich habe mich nie nach dieser Bürde gedrängt."
„Ich weiß", sagte sie. „Wie gut ich das weiß!"
„Ja, es gibt Martianer und Martianer", seufzte Mr. Erdig müde. „Ich kenne einige, die intrigiert, bestochen und zu allen möglichen Tricks Zuflucht genommen haben, um einen Sitz im Planetarischen Rat zu erlangen. Ich wollte ihn nie, ich habe niemals daran gedacht."
„Natürlich nicht", stimmte seine Frau bei.
„Ich wollte sogar ablehnen —"
„Wie hättest du das tun können?" meinte seine Frau mitfühlend. „Niemand lehnt einfach ab. Wir wären Parias geworden. Unsere Kinder hätten uns nicht mehr in die Augen sehen können. Und es ist eine Ehre, Liebling — eine große Ehre. Du bist ein junger Mann, zweihundertachtzig Jahre alt, jung und in der Blüte deines Mannesalters. Ich weiß, wie drückend die Bürde für dich ist. Du mußt sie dir so leicht wie möglich machen und nicht alles bekämpfen, womit du nicht einverstanden bist."
„Ich bekämpfe nur das Falsche", erklärte Mr. Erdig.
„Bist du sicher, daß etwas falsch gemacht wird?"
„Diesmal ja."
„Da steckt wohl wieder Cato dahinter", meinte Mrs. Erdig.
„Der alte Narr! Daß man ihn nicht durchschaut! Warum sieht man nicht, was für ein hochtrabender Trottel er ist?"
„Manche wissen es wohl. Aber er scheint die allgemein herrschende Meinung zu vertreten."
„So? Ich habe das Gefühl, daß er diese Meinung erst erzeugt hat. Gestern trat er wieder ans Rednerpult, räusperte sich und rief: ‚Die Erde muß zerstört werden!', wie er es bei jeder Sitzung in den letzten

dreißig Jahren getan hat. Und diesmal besaß er noch die Unverschämtheit, seinen Streitruf auf lateinisch zu wiederholen ... *esse delendam,* na, du weißt ja. Jetzt wird er sich bald wirklich für Cato halten."

„Ich finde, das ist ein großer Erfolg für dich", verkündete Mrs. Erdig würdevoll. „Schließlich bist du doch der berühmteste Latinist auf dem Mars. Du hast ihn als erster ‚Cato, den Zensor' genannt — und der Name ist ihm geblieben. Jetzt nennt ihn jeder Cato. Es würde mich gar nicht wundern, wenn man seinen richtigen Namen vergessen hätte. Du kannst auf deinen Einfluß stolz sein."

„Darum geht es doch überhaupt nicht", seufzte Mr. Erdig.

„Ich wollte dich doch nur ein bißchen aufmuntern."

„Ich weiß, meine Liebe. Ich bin ungerecht. Aber es ist ja so, daß sie jeden Tag weniger über ihn lachen und ihm immer aufmerksamer zuhören. Ich entsinne mich noch gut an den Tag, als er seinen Feldzug gegen die Erde begann, an die amüsierten Gesichter, an das Kopfschütteln und Stirnrunzeln. Viele waren wie ich der Meinung, daß er nicht mehr ganz bei Trost sei, daß er ärztlicher Behandlung bedürfe. Aber mit der Zeit änderte sich die Einstellung. Man nimmt ihn ernst — und man stimmt ihm zu. Weißt du schon, daß er beabsichtigt, seinen Vorschlag morgen zur Abstimmung zu stellen?"

„Wenn er es tut, kann man auch nichts machen, und der Rat wird schon richtig entscheiden. Es ist das beste für dich, wenn du dich erst einmal richtig ausschläfst. Komm."

Mr. Erdig erhob sich. Als sie im Bett lagen, sagte seine Frau: „Wenn du dich nur auch für Englisch entschieden hättest. Dieses *rechtschaffen* macht mich verrückt."

Die meisten Mitglieder des Planetarischen Rates waren bereits versammelt, als Mr. Erdig erschien und seinen Platz einnahm. Bei der Begrüßung durch seine Kollegen entging ihm nicht, daß man ihm mit einer gewissen Kühle und Distanziertheit begegnete. Mrs. Erdig hätte behauptet, er sei überempfindlich, aber Mr. Erdig gab sich keinen Illusionen hin. Er spürte deutlich die aggressive Stimmung des Rates. Kein Zweifel, heute war Catos großer Tag.

Als er sich setzte, nickte ihm Mr. Kyegg, einer seiner Freunde, zu und bestätigte seine pessimistische Meinung. „Ich sehe, daß Sie sich über das Kommende im klaren sind, Erdig", sagte Mr. Kyegg.

„Ja."

„Na ja — *que sera, sera*", seufzte Mr. Kyegg. „Was sein wird, wird sein. Französisch. Wird zwar nur von einer Handvoll Menschen auf dem europäischen Kontinent gesprochen, aber wirklich elegant."

„Ich weiß, daß Frankreich auf dem europäischen Kontinent liegt", erwiderte Mr. Erdig gereizt.
„Natürlich. Der alte Fllari hat mich dazu überredet, bei ihm Stunden zu nehmen. Der arme Kerl braucht Geld."
Mr. Erdig entdeckte, daß sein Ärger über Kyegg immer mehr zunahm, und das völlig ohne Grund. Kyegg war ein anständiger Mann, den Mr. Erdig nun schon seit über zweihundert Jahren kannte. Es wäre kindisch, sich durch seine allgemeine Gereiztheit den wenigen Freunden, die er noch besaß, zu entfremden.
In derart belastenden Augenblicken pflegte Mr. Erdig sich zurückzulehnen und an die Decke des Saals zu starren. Das beruhigte. Wie die meisten Marsbewohner besaß Mr. Erdig einen ausgeprägten Sinn für Ästhetik, und er wurde nicht müde, die Schönheiten der Marsarchitektur und -landschaft zu betrachten. Die Schöpfung schöner Dinge und der Genuß daran beherrschten die Marsgesellschaft. Selbst Mr. Erdig hätte die Überlegenheit der Marskultur in dieser Hinsicht niemals bestritten.
Die Decke des Saals zeigte den Nachthimmel des Mars. Samtiges Blaupurpur diente als Hintergrund für die Unzahl strahlender Sterne, deren Silberlicht den Ratssaal erhellte.
Wie herrlich und weise sind die Dinge, die wir geschaffen haben, mit denen wir leben! dachte Mr. Erdig. Wie schön, ein Marsbewohner zu sein. Er konnte sich Mitleid mit den armen Teufeln des Dritten Planeten leisten. Warum die anderen nicht auch?
Die Glocke des Vorsitzenden weckte ihn aus seiner Versunkenheit. Alle Räte hatten ihre Plätze eingenommen.
„Heute ist es soweit", erklärte Mr. Erdigs Freund, Mr. Kyegg. „Vollbesetztes Haus."
Man verlas das Protokoll der letzten Sitzung.
„Er wird Cato als ersten Redner zulassen", meinte Mr. Kyegg.
„Dazu gehört keine große Prophetengabe", erwiderte Mr. Erdig mürrisch und deutete auf Cato, der bereits seinen Arm — oder Fühler, je nach Standpunkt — erhoben hatte.
Der Vorsitzende neigte den Kopf und akzeptierte seine Wortmeldung. Cato, der Zensor, hatte alle seine Reden im römischen Senat mit der Mahnung beschlossen, daß Karthago zerstört werden müsse. Cato vom Mars übertraf ihn noch; er begann und endete mit dem Ruf, daß die Erde vernichtet werden müsse.
„Die Erde muß zerstört werden", begann Cato vom Mars seine Rede. Dann wartete er, bis der Applaus verklungen war.
„Warum wiederhole ich Jahr um Jahr diese Forderung, die anfangs den meisten herzlos und blutdürstig erschien? Ich versichere Ihnen, daß

sich mein Herz zusammenkrampfte, daß mich der Ekel übermannte, als ich zum erstenmal diesen Satz aussprach. Ich bin Martianer wie Sie alle; gleich Ihnen betrachte ich Mord als das Böse an sich, Gewalttätigkeit als tierische Verworfenheit.
Überlegen Sie — überlegen Sie alle, was es mich gekostet hat, diesen Satz zu formen und hier in diesem Saal vor so vielen Jahren zum erstenmal auszusprechen! Stellen Sie sich vor, was Sie gefühlt hätten! War es damals leicht — oder irgendwann in den Jahren seither? Ist die Rolle eines *Patrioten* jemals leicht? Ja, ich verwende das von der Erde stammende Wort — *Patriot,* denn es hat für uns ungeheure Bedeutung erlangt."
„Le patriotisme est le dernier refuge d'un gredin", bemerkte Mr. Kyegg ätzend. „Französisch. Eine treffende Sprache."
„Das Zitat stammt leider aus dem Englischen", korrigierte ihn Mr. Erdig. *„Der Patriotismus ist die letzte Zuflucht eines Schurken.* Samuel Johnson, lebte vor zweihundert Jahren in London." Mr. Erdig war verärgert genug, Mr. Kyegg zurechtzuweisen. „London", fuhr er fort, „größte Stadt Englands, einer Insel in der Nähe des europäischen Kontinents."
„O ja", erwiderte Mr. Kyegg mit schwacher Stimme.
„— nicht nur, weil ich den Mars liebe", sagte Cato gerade, „sondern auch, weil ich den Sinn, den Wesensgehalt des Lebens liebe. Es ist jetzt beinahe ein halbes Jahrhundert her, seit wir die ersten Funksignale von der Erde aufgefangen haben. Wir auf dem Mars hatten nie gewußt, was *Krieg* bedeutet, das mußte uns die Erde lehren. Wir wußten nicht, was es heißt, zu töten, zu zerstören, zu quälen. Als wir die Sprachen der Erde zu analysieren und zu begreifen begannen, zweifelten wir sogar an unserer Fähigkeit, sie zu verstehen. Wir hörten zwar, aber wir glaubten zunächst nicht an das, was wir hörten. Wir weigerten uns, zu glauben, daß es intelligente Wesen geben könnte, deren Dasein dem Angriff, dem Mord und Diebstahl, der ungeheuren Brutalität verhaftet war —"
„Er ändert kein Wort an seiner Rede", murmelte Mr. Erdig. „Jedes Jahr dasselbe Geschwätz."
„Er trägt sie aber sehr gut vor, finden Sie nicht?" meinte Mr. Kyegg.
„— wir konnten es nicht glauben!" rief Cato. „Wer vermochte derartiges für wahr zu halten? Wir kennen nur Liebe und Mitleid. Wir versuchten, Erklärungen, Entschuldigungen, Ausreden zu finden — aber als unsere Empfänger die ersten Fernsehsignale auffingen, nun, da war es aus mit Erklärungen und Entschuldigungen. Was unsere Ohren bezweifelt haben mochten, wurde dem Auge bewiesen. Was unsere

Empfindungen ablehnten, zwangen uns die Tatsachen auf. Ich brauche Ihnen nicht ins Gedächtnis zu rufen, was wir im Laufe von fünfzehn Erdenjahren an Übertragungen sahen. Mord — Mord — Mord und Gewalt. Mord und gewaltsame Tode bis zu einem Punkt, wo man nur noch annehmen konnte, daß das der Traum, das Wesen und die Vision der Erde ist! Mensch gegen Mensch, Nation gegen Nation, Mutter gegen Kind — und immer Gewalt und Tod —"

„Er wollte doch nicht aufzählen", murmelte Mr. Erdig.

„Ich finde es angenehm, wenn man eine Rede auswendig kennt", erklärte Mr. Kyegg. „Dann brauchte man nicht mehr hinzuhören."

Aber die Mitglieder des Rates lauschten aufmerksam, als Cato rief: „Und *Krieg!* In unserer Sprache hat es nicht einmal dieses Wort gegeben, bis wir es von der Erde gehört haben. Krieg ohne Ende — große Kriege und kleine Kriege, bis die halbe Welt dieser Wesen ein Friedhof und die ganze Atmosphäre von Haß durchtränkt ist!"

„Für Cato ein recht guter Satz, finden Sie nicht?" fragte Mr. Kyegg seinen Freund. Mr. Erdig würdigte ihn keiner Antwort.

„Und dann", fuhr Cato leiser, noch eindringlicher fort, „beobachteten wir sie dabei, als sie ihre erste Atombombe zur Explosion brachten. In ihrem Fernsehen wurden wir Zeugen immer neuer Explosionen, als sie ihre Atmosphäre vergifteten und sich aufs neue zu einem Krieg rüsteten. Ah, sehr gut erinnere ich mich daran, wie gelassen die Philosophen waren, als das geschah. ‚Laßt sie in Ruhe', hieß es, ‚jetzt werden sie einander ausrotten.' Werden sie das tun? Bei allem, was der Mars jedem Martianer bedeutet, ich setze mein Vertrauen nicht in die Philosophen!"

„Er meint Sie!" sagte Mr. Kyegg zu Mr. Erdig.

„Philosophen!" wiederholte Cato verächtlich. „Ich kenne einen von ihnen recht gut. Voll Hohn taufte er mich Cato — und damit wollte er seine Gelehrsamkeit im Lateinischen vor mir demonstrieren. Nun gut, ich nehme diesen Namen an. Als Cato sage ich, die Erde muß zerstört werden! Nicht der Dinge wegen, die man sich dort gegenseitig angetan hat und weiterhin antut, nein, sondern im Hinblick darauf, was, wie jeder Martianer weiß, uns die Erde unweigerlich antun wird. Wir haben beobachtet, wie dort die ersten Satelliten hinaufgeschossen wurden; wir taten nichts, als sie ihre Raketen in den Weltraum schickten; und jetzt — jetzt — so bestätigen es unsere Astronomen — haben sie sogar eine unbemannte Rakete zum Mond geschossen!"

„Das ist die Entscheidung", seufzte Mr. Erdig.

„Wie lange müssen wir noch zusehen?" schrie Cato. „Soll aus unserem herrlichen Planeten eine atomverseuchte Wüste werden, bevor wir uns zur Tat aufraffen? Sollen wir nichts unternehmen, bis die ersten Invasoren von der Erde auf dem Mars landen? Oder vernichten wir diesen Gifthauch so schnell und entschieden, wie wir eine neue, furchtbare Seuche ausrotten würden?

Ich sage, daß die Erde zerstört werden muß! Nicht nächsten Monat oder nächstes Jahr, sondern jetzt! Die Erde muß zerstört werden!"

Cato setzte sich unter donnerndem Applaus.

Albern, mich selbst für einen Philosophen zu halten, dachte Mr. Erdig, als er zum Rednerpult schritt, aber vielleicht bin ich es doch ein ganz klein wenig. Dann erklärte er den Ratsmitgliedern, daß er nicht vorhabe, ihre Zeit über Gebühr in Anspruch zu nehmen.

„Ich gehöre zu den Leuten", sagte Mr. Erdig, „die eine gewisse Befriedigung allein schon daraus gewinnen, ihre Ansicht wenigstens öffentlich kundzutun, selbst wenn sie keine Chance haben, eine Entscheidung zu beeinflussen. Daß ich mit Cato nicht übereinstimme, ist Ihnen allen bekannt. Ich habe das immer wieder und mit allem Nachdruck betont, aber heute handelt es sich um den Abschluß einer langen Debatte, nicht um deren Beginn.

Ich hätte nie geglaubt, den Tag erleben zu müssen, an dem dieser Rat sich zu der Meinung bereitfindet, die Erde müsse zerstört werden. Aber es ist wohl nur allzu deutlich, daß Sie Cato zustimmen. Ich möchte Sie lediglich an einiges erinnern, das Sie zerstören wollen.

Wir Martianer haben uns nie überlegt, wie glücklich wir in unserer Langlebigkeit sind, bis wir sozusagen der Erde zu lauschen und — zuzusehen begannen. Wir alle sind alt genug, um uns der Jahre zu entsinnen, bevor die Bewohner der Erde das Geheimnis der Funk- und Fernsehübertragung entdeckt hatten. War unser Leben damals so reich wie es heute ist?

Wieviel hat sich in den kurzen zwei Jahrzehnten, in denen wir sie belauscht und beobachtet haben, geändert! Unsere alte, herrliche Sprache ist durch die Einfügung von vielen hundert Wörtern von der Erde nur um so reicher geworden. Die Sprachen der Erde erfreuen und beschäftigen Millionen Martianer. Die Spiele der Erde verschaffen uns Ablenkung und Vergnügen — Baseball, Tennis, Golf sind aus unserem Leben nicht mehr wegzudenken. Sie alle wissen, daß unsere Kunst zum Stillstand gekommen war; die Kunst der Erde verlieh ihr neues Leben, gab uns neue Formen, Ideen und Richtungen. In unseren Bibliotheken stehen Tausende von Bänden über die Sitten, Gebräuche und geschichtlichen Ereignisse der Erde, und dank der irdischen Gewohnheiten, Bücher und Poetik im Rundfunk vorzulesen, stehen uns auch die literarischen Schätze der Erde zur Verfügung.

In welchem unserer Lebensbereiche wird der Einfluß der Erde nicht spürbar? Unsere Architekten haben die Baukunst der Erde studiert und angewandt. Unsere Ärzte haben Heilmethoden und Behandlungstechniken auf der Erde entdeckt, denen manche Leute auf unserem Planeten ihr Leben verdanken. Die Symphonien der Erde werden in unseren Konzertsälen gespielt, und die Lieder der Erde erklingen überall.

Ich habe nur einen winzigen Bruchteil der Dinge genannt, die uns die Erde gegeben hat. Und diese Erde wollen Sie zerstören. O gewiß, ich kann Cato nicht widerlegen. Er spricht die Wahrheit. Die Erde ist uns immer noch ein Rätsel. Wir haben die Luft der Erde nicht geatmet, ihren Boden nicht betreten, weder ihre mächtigen Städte noch ihre grünen Wälder in der Wirklichkeit gesehen. Wir sehen nur einen Schatten der Realität, und er schreckt uns. Unseren Maßstäben zufolge sind die Bewohner der Erde kurzlebig. Von der Geburt bis zum Tod vergeht nicht viel mehr als ein Augenblick. Wie konnten sie in dieser kurzen Zeitspanne so viel vollbringen? Wir wissen es nicht — wir begreifen es nicht. Wir sehen sie uneinig, erfüllt von Haß, Furcht und Neid; wir beobachten sie beim Morden und Zerstören, und wir sind verwirrt. Wie können Wesen, denen so Großes gelingt, gleichzeitig von zerstörerischer Wut erfüllt sein?

Aber kann Vernichtung die Lösung dieses Problems sein? Auf der Erde gibt es zweieinhalbtausend Millionen Bewohner, dreimal soviel wie auf dem Mars. Können wir je wieder ruhig schlafen, in Frieden träumen, wenn wir sie töten?“

Catos Antwort darauf war kurz und prägnant. „Können wir je wieder ruhig schlafen und in Frieden träumen, wenn wir es nicht tun?“

Mr. Erdig nahm seinen Platz wieder ein. Er wußte, daß die Entscheidung gefallen war.

„Es ist ja schließlich nicht so, als seien wir selbst beteiligt“, meinte Mrs. Erdig am Abend.

„Doch, genauso.“

„Aber du hast mir doch erklärt, daß es diese beiden Staaten gibt, wie man das dort nennt, die Sowjetunion und die Vereinigten Staaten von Amerika — die mächtigsten Länder der Erde, mit unzähligen Atombomben bis an die Zähne bewaffnet, bereit, einander an die Kehle zu springen. Ich weiß immerhin so viel von der Geschichte der Erde, um zu erkennen, daß daraus früher oder später ein Krieg entstehen muß, und wenn es durch Zufall geschieht.“

„Vielleicht.“

„Und wir tun schließlich nichts anderes, als den Eintritt dieses Vorfalls zu beschleunigen", sagte Mrs. Erdig beruhigend.
„Ja, so weit sind wir gesunken." Mr. Erdig nickte grimmig. „Krieg, Grausamkeit und Ungerechtigkeit sind irdische Worte, die wir gelernt haben — fremde Worte, häßliche Worte. Es wäre für uns natürlich zu unmoralisch, uns für einen Krieg zu rüsten, ja, ihn überhaupt in Erwägung zu ziehen. Aber ein Unfall, ein Zufall — das ist selbstverständlich etwas anderes. Wir bauen eine Rakete, statten sie mit einem Atomsprengkopf aus und schießen sie so in den Weltraum hinaus, daß sie eine Umlaufbahn um die Pole der Erde beschreibt, hinabstürzt und in der Wüste von Arizona in den Vereinigten Staaten explodiert. Schlimmstenfalls gehen dabei ein paar Schlangen und Rinder zugrunde, also sind unsere Hände sauber. Minuten nach der Explosion der Atombombe wird die Erde beginnen, sich selbst zu zerstören. Wir aber können uns von einer Schuld freisprechen —"
„Ich mag es nicht, wenn du so redest, mein Lieber", protestierte Mrs. Erdig. „Ich habe noch nie von einem Martianer solche Worte gehört."
„Ich bin nicht stolz darauf, ein Martianer zu sein."
„Na hör mal!"
„Es ekelt mich an", erklärte Mr. Erdig.
Mrs. Erdigs Stimme wurde ein wenig schärfer. „Ich sehe nicht ein, wieso du derart überzeugt sein kannst, recht zu haben, während alle anderen im Unrecht sind. Manchmal glaube ich, du bist nur dagegen, weil es dir Spaß macht, in Opposition zu stehen. Jeder Martianer sollte doch vor allem unsere Sicherheit bedenken und unsere Lebensweise über alles stellen. Und ich begreife auch nicht, was so Schlimmes daran sein soll, wenn man etwas beschleunigt, was früher oder später auf jeden Fall eintreten muß. Wenn die Erdbewohner eine Chance verdienten, wäre das etwas ganz anderes —"
Mr. Erdig hörte nicht zu. Lange Jahre der Ehe hatten ihn gelehrt, daß solche Vorträge seiner Frau oft ins Uferlose ausarteten. Er hörte weg und ließ seine Gedanken wie so oft über die grünen Wiesen und blauen Meere der Erde schweifen. Wie oft hatte er von der Weite stürmischen, bewegten Wassers geträumt! Wie herrlich und aufregend mußte das sein! Auf dem Mars gab es keine Meere, also war es nicht einmal einfach, sich die Ozeane der Erde vorzustellen. Aber er konnte nicht an die Ozeane der Erde denken, ohne an ihre Menschen, ihre grandiosen Städte erinnert zu werden.
Sein Herz krampfte sich plötzlich zusammen. In der alten, toten Sprache der Erde, die ihm so viel bedeutete, flüsterte er: *„Magna civitas, magna solitudo —"*

Die Rakete wurde gebaut und mit einem Atomsprengkopf ausgerüstet — für die Marstechnologie kein schwieriges Unterfangen. In den Kirchen — oder in den entsprechenden Bauten des Mars — wurde für die Seelen der Erdbewohner ein Gebet gesprochen, und dann schoß man die Rakete ab.
Die Astronomen beobachteten sie, die Mathematiker verfolgten ihren Flug. Trotz ihrer düsteren Aufgabe vermochten die Marsbewohner eine Regung des Stolzes angesichts der Tüchtigkeit ihrer Wissenschaftler nicht zu unterdrücken; denn die Rakete flog über den Nordpol der Erde und landete haargenau in der Wüste von Arizona, nicht mehr als zehn Kilometer vom vorherbestimmten Zielpunkt entfernt.
Die Marsatmosphäre ist dünn und klar; Millionen Marsbewohner besaßen erstklassige Teleskope. Millionen beobachteten die Atomexplosion und Millionen ließen ihre Teleskope auf die Erde eingestellt, in Erwartung der Katastrophe, die als Folge eines Atomkrieges zwischen den Nationen der Erde entstehen würde.
Sie warteten, aber der Erfolg blieb aus. Sie waren zivilisierte Wesen, ohne jede blutdürstige Regung, aber ihre Besorgnis wuchs ins Unermeßliche; manche harrten an den Teleskopen aus, bis die grellrotblaue Färbung des Himmels den Morgen ankündigte.
Aber auf der Erde war kein Krieg ausgebrochen.
„Ich möchte nur wissen, was da schiefgegangen sein könnte", sagte Mrs. Erdig und sah von Thackerays *Jahrmarkt der Eitelkeit* auf; sie las das Buch nun schon zum zweiten Mal. Eigentlich erwartete sie keine Antwort; denn ihr Mann war in der letzten Zeit immer schweigsamer geworden. Es überraschte sie daher nicht wenig, daß er überhaupt reagierte.
„Kannst du dir das nicht denken?"
„Ich sehe gar nicht ein, warum du so überlegen tun mußt. Niemand hat eine Ahnung. Du vielleicht?"
Statt einer Antwort sagte er: „Ich beneide dich um deine Englischkenntnisse — selbst wenn du sie nur zur Lektüre von Romanschriftstellern wie Thackeray anwendest."
„Es ist amüsant", gab Mrs. Erdig zu, „aber ich kann mich an das Alptraumhafte des Lebens auf der Erde nicht gewöhnen."
„Ich wußte nicht, daß du das Leben als einen Alptraum auffaßt."
„Wie sollte man es denn sonst sehen?"
„Ja, gewiß", seufzte Mr. Erdig. „Trotzdem — ich hätte gern Cäsars Bericht *Über den gallischen Krieg* gelesen. Er ist nie gesendet worden."
„Vielleicht kommt das noch."

„Nein. Nie mehr. Keine Rundfunksendungen von der Erde mehr. Kein Fernsehen."
„Ach, wenn sie diesen Krieg nicht beginnen und einander nicht ausrotten, werden sie sicher wieder senden."
„Wer weiß?" meinte Mr. Erdig.

Die zweite Rakete vom Mars explodierte in den Steppen Sibiriens. Wieder starrten die Marsbewohner stundenlang durch ihre Teleskope. Aber Mr. Erdig machte nicht mit. Er schien das Interesse an den Problemen seiner Mitbürger verloren zu haben und opferte fast seine ganze Zeit dem Studium des Englischen, vergraben in Romane, Wörterbücher und Lexika seiner Frau. Er machte geradezu atemberaubende Fortschritte, wie seine Frau ihren Nachbarn erzählte. Er beherrschte die Sprache bereits so gut, daß er sich fließend unterhalten konnte.
Als der Planetarische Rat zusammentrat und den Beschluß faßte, eine Rakete auf London abzuschießen, war Mr. Erdig nicht einmal anwesend. Er blieb zu Hause und las ein Buch.
Mrs. Erdig empfand diesen Müßiggang ihres Mannes ebenso schockierend wie eine Reihe seiner anderen, erst in letzter Zeit angenommenen Gewohnheiten. Sie nahm es auf sich, ihn bezüglich seiner Pflichten gegenüber dem Mars und den Marsbewohnern zu belehren und vor allem seinen bedauernswerten Mangel an Patriotismus zu beklagen. Dieses Wort war zu dieser Zeit auf dem Mars sehr im Schwange.
„Ich habe Wichtigeres zu tun", erklärte Mr. Erdig nach längeren Tiraden seiner gereizten Gesponsin.
„Zum Beispiel?"
„Dieses Buch zu lesen."
„Was liest du denn?"
„Es heißt *Huckleberry Finn.* Geschrieben von einem Amerikaner — Mark Twain."
„Ein albernes Buch. Ich konnte nicht draus klug werden."
„Nun —"
„Und ich verstehe auch nicht, wieso es so wichtig sein soll."
Mr. Erdig schüttelte den Kopf und las weiter.
Als sie an diesem Abend den Intertator einschalteten, erfuhren die Erdigs zusammen mit den anderen Marsbewohnern, daß eine Rakete mit Ziel London abgeschossen worden war . . .
Dann vergingen volle vier Wochen, bis er erste Atomsprengkopf, von der Erde abgeschossen, auf dem Mars explodierte. Weitere Raketen

folgten. Aber auf dem Planeten Erde war immer noch kein Krieg ausgebrochen.
Die Erdigs hatten Glück; denn sie wohnten in einer Gegend des Mars, die von der furchtbaren, verheerenden Wirkung der Wasserstoffbombe immer noch nichts verspürt hatte. Dadurch konnten sie wenigstens annähernd ihr normales Leben weiterführen, und Mr. Erdig behielt eisern die Gewohnheit bei, vor dem Schlafen ein, zwei Stunden zu lesen. Da Mrs. Erdig in diesen Tagen den Intertator beinahe ständig eingeschaltet hatte, zog sich Mr. Erdig in sein Arbeitszimmer zurück. Er saß auch an diesem Abend dort, als Mrs. Erdig hereinplatzte und ihm mitteilte, daß die erste Flotte bemannter Weltraumraketen von der Erde eben auf dem Mars gelandet sei — die Soldaten der Erde schickten sich an, den Mars zu erobern; Widerstand erweise sich als zwecklos.
„Sehr interessant", meinte Mr. Erdig.
„Hast du nicht gehört?"
„Doch, meine Liebe", sagte Mr. Erdig.
„Soldaten — bewaffnete Soldaten von der Erde!"
„Ja, meine Liebe." Er wandte sich wieder seinem Buch zu, und als Mrs. Erdig bemerkte, daß er jetzt zum drittenmal diesen Unsinn von *Huckleberry Finn* las, stakte sie verzweifelt aus dem Zimmer. Sie wollte gerade die Tür mit lautem Knall hinter sich zuwerfen, als Mr. Erdig sagte: „Oh, meine Liebe . . ."
Sie kehrte ins Zimmer zurück: „Nun?"
„Du erinnerst dich doch daran", erklärte Mr. Erdig, als landeten in diesem Augenblick nicht Soldaten von der Erde auf dem Mars, „daß du dich vor einiger Zeit darüber beklagt hast, du könntest das Wort *Rechtschaffenheit* nicht ganz begreifen?"
„Um Himmels willen!"
„Na ja, es schien dich so zu beschäftigen —"
„Hast du überhaupt gehört, was ich dir vorhin erzählte?"
„Das von den Raumschiffen der Erde? O ja, natürlich. Aber ich lese dieses Buch hier zum drittenmal — es ist äußerst bemerkenswert —, und ich stieß auf dieses Wort. Ich finde es nicht im geringsten unverständlich. Ein rechtschaffener Mann ist rein und weise und gut und heilig und gerecht — vor allem gerecht. Und unparteiisch, könnte man sagen. Cato der Zensor war solch ein Mann. Ja — und Cato vom Mars, würde ich sagen. Armer Cato — er ist von einer dieser Wasserstoffbomben pulverisiert worden, nicht wahr? Ein wirklich rechtschaffener Mann —"
Mrs. Erdig floh unter hysterischem Schluchzen aus dem Zimmer. Mr. Erdig seufzte und versenkte sich wieder in sein Buch.

DINO BUZZATI

Die Abrüstung

Vollsitzung der Abrüstungskonferenz. Anfang 9.30 bis 9.35 Uhr: Der Delegierte des Landes U (es ist immer besser, keine Namen zu nennen, denn sonst ist sofort jemand bei der Hand und fühlt sich beleidigt; so kann jeder denken, was er mag, denn den Namen des Landes, um das es sich handelt, werdet ihr doch nie und niemals erraten), also 9.35 Uhr: Der Delegierte des Landes U begann plötzlich heftig zu schluchzen.

Nun ist U ein wirklich mächtiges Land von außergewöhnlicher Stärke, manche sind sogar der Ansicht, es sei überhaupt das stärkste. Und um es herum sammeln sich in demütiger Unterwürfigkeit verschiedene andere kleine Staaten, die — schwer zu sagen, ob ehrlich oder nicht — alles daransetzen, sich bei ihm angenehm zu machen. Sie lächeln, wenn U lächelt, sehen beleidigt aus, wenn U beleidigt ist, und sagen ja oder nein, wenn U ja oder nein sagt, usw.

Als diese Vasallenstaaten nun sehen, wie der Delegierte des Landes U so bitterlich schluchzt, drängen sie sich heftig um ihn und fragen nach der Ursache seines Kummers. „Ich weine", erklärt der Delegierte des Landes U, „weil ich an den bedrohten Frieden denke. Niemand liebt den Frieden mehr als ich. Schon allein der Gedanke an ihn stimmt uns milde. Viel öfter, als man annimmt, kommt es bei uns vor, daß Greise, Arbeiterkinder, aber besonders Familienmütter auf der Straße in Tränen ausbrechen. Und wißt ihr warum? Der Gedanke, daß der Friede bedroht sein könne, ängstigt sie. Und manchmal gelingt es ihnen dann eben nicht, ihr übervolles Herz zu unterdrücken. Wie Sie sehen, selbst ich werde davon überwältigt. Niemals, niemals", fährt er fort, von Schluchzen geschüttelt, „werden wir genug tun, um diese zarte Pflanze vor imperialistischen Angriffen zu bewahren. Glauben Sie denn, es schmerze uns nicht, immer neue Truppen aufstellen zu müssen und immer neue Flugzeuge zu bauen, um das geliebte Geschöpf zu verteidigen? Das ist ja gerade der Grund unseres Kummers. Aber glücklicherweise", und hier wischte er sich die Tränen ab, „kann ich heute allen denen, die aufrichtigen Herzens die Sache des Friedens lieben, eine gute Nachricht geben: Gerade gestern ist es uns gelungen, in einem öden Landstrich — den zu bezeichnen mir nicht erlaubt ist — eine neue Vorrichtung auszuprobieren, Resultat unserer Arbeit und unseres Genies, die jeden, der aus unstillbarem Durst nach Alleinherrschaft meuchelmörderische Angriffsgelüste hegen sollte, entmutigen wird. Es handelt sich um die Beryl-Bombe, deren Zerstörungskraft fünfhundertmal größer ist als die der mächtigsten Hydrogenbombe . . ."

An diesem Punkt hört man ein leises, aber bedeutsames Hüsteln. Der Delegierte des Landes U sieht sich ärgerlich um. „Wer hat gehustet", fragt er die Sekretäre, die ihn umringen. „Mir scheint, es ist der Abgeordnete des Landes I gewesen", antwortet einer von ihnen.

„I?" gibt der Delegierte des Landes U halblaut zurück (aber nicht leise genug, damit die andern es nicht hörten), so, als ob dieser Name ihm neu wäre. „I? . . . I? . . . Ach ja, jetzt entsinne ich mich, der kleine Staat, nicht wahr? Wenn wir wollten, so könnten wir ihn in zwölf Minuten zerstören." Dann denkt er eine Sekunde nach. „Was sage ich in zwölf Minuten — acht — acht Minuten würden ausreichen, alles, Tiere und Pflanzen zu zerstören."

Nun erklärt der Präsident der Versammlung, daß der Delegierte des Landes A (eine andere Großmacht, von der sogar manche denken, sie sei stärker als das Land U) eine interessante Erklärung abzugeben hätte, und erteilt ihm das Wort.

Der Delegierte des Landes A: „Da ohne ein wirksames gegenseitiges Kontrollsystem jedes Abkommen über die Abrüstung toter Buchstabe bleibt und keine genügende Garantie bietet, da die modernen Waffen usw., schlägt meine Regierung, um ihren guten Willen zu zeigen, vor, daß jedes der unterzeichneten Länder das Recht besitze, zum Zwecke der Inspektion das Territorium der andern zu überfliegen, zu photographieren, zu filmen usw." Es folgen detaillierte Ausführungen.

Applaus. Unruhe auf den Bänken der Abgeordneten des Landes U. Fieberhafter, halblauter Austausch von Ideen, Kommen und Gehen der Sekretäre. Endlich erhebt sich der Delegierte des Landes U, und sein Antlitz ist von einem wohlwollenden Lächeln erhellt. „Ich meinerseits zähle mich glücklich", sagt er, „ankündigen zu können, daß meine Regierung den Vorschlag einer gegenseitigen Luftkontrolle in ernsthafte Erwägung ziehen wird. Ich kann sogar hinzufügen, daß die Zustimmung meiner Regierung zu dem Plan der gegenseitigen Inspektion schon so gut wie gegeben ist. Ja, um ihren guten Willen zu bezeugen, möchte meine Regierung den Plan selbst so schnell wie möglich auf eine konkrete Basis stellen. Ich füge eine kleine Textverbesserung von außerordentlich praktischer Bedeutung hinzu, die aber nur eine untergeordnete Einzelheit betrifft und die Ausführung des Übereinkommens an sich außerordentlich erleichtern wird."

„Diese kleine Textveränderung", fährt der Delegierte des Landes U fort, „betrifft den Paragraphen, der die Überfliegung der verschiedenen Gebiete angeht. Und zwar in dem Sinne, daß meine Regierung dies im Prinzip vollständig akzeptiert, aber, um die Gewähr für seine Anwendung zu erhöhen und sicherzustellen, anbietet, diese Inspektion wegen der großen Ausdehnung unseres Landes periodisch mit eigenen Luftkräften selbst vorzunehmen und so den andern Ländern eine außerordentliche Belastung zu ersparen."
Eine Stimme aus dem Hintergrund: „Das würde bedeuten, daß Sie die Nase in die Angelegenheiten der anderen, diese aber sie nicht in die Ihren stecken könnten." Der Delegierte des Landes U antwortete darauf bekümmert: „Es ist wirklich traurig, konstatieren zu müssen, daß unser tatkräftiger und konkreter Beitrag zur Sache des Friedens eine solch mißgünstige und absurde Auslegung findet. Doch überrascht uns das nicht. Es ist sogar typisch für die Mentalität jener, die einen Angriffskrieg gegen das Volk der Arbeiter zu schüren versuchen."
Der Präsident: „Obwohl die vom Delegierten des Landes U vorgeschlagene Textveränderung etwas die Grenze der Frage verschiebt, stellen wir jedoch fest, daß im Prinzip der Vorschlag der Luftkontrolle allgemeine Zustimmung gefunden hat. Deswegen schlagen wir vor, eine Kommission zu bilden, um die technischen Seiten des Problems besser zu studieren, und ein juristisches Komitee zu ernennen, welches die in bezug auf das internationale Recht auftauchende Fragen untersuchen kann. Die erste Kommission ihrerseits wird drei Unterkommissionen ernennen, die . . ."
Ein Delegierter, den niemand auf den ersten Blick erkennt (wahrscheinlich von einem der vielen kleinen Staaten), bittet einige Fragen stellen zu dürfen. Man erteilt ihm das Wort. Der Delegierte X: „Stimmt es oder stimmt es nicht, daß ein Atomkrieg das Ende der Zivilisation bedeuten würde und daß es danach weder Sieger noch Besiegte, sondern nur Verlierer gäbe, daß jeder Kampf sich so in eine Schlächterei verwandeln würde?" Der Präsident: „Es stimmt."
Der Delegierte X: „Stimmt es oder stimmt es nicht, daß diese nämlichen schreckenerregenden Aussichten heute ein Hindernis für den Ausbruch eines Konfliktes darstellen, da niemand hoffen kann, auch nur einen kleinen Vorteil vom Ausbruch eines solchen Krieges zu haben?" Der Präsident: „Es stimmt."
Der Delegierte X: „Also ist nicht dann die logische Folge davon, daß eine Abrüstung eine Gefahr für die Erhaltung des Friedens bedeutet?

Daß die Verminderung der Furcht vor dem Ausgang eines Konfliktes die Versuchung wiedererstehen ließe, diesen anzuzetteln? Und ist es deshalb im Interesse der Beruhigung der Welt nicht eher zu wünschen, daß die Atomwaffen beibehalten, ja verstärkt werden?"
Gemurmel, Hüsteln, ein schüchterner, sofort erstickter Versuch eines Applauses, ein langer Pfiff. Verlegenheit des Präsidenten. Der Delegierte X: „Darf ich mir hierzu noch eine untergeordnete Frage erlauben? Warum verlieren wir eigentlich hier unsere Zeit mit den dümmsten Fragen und Gegenfragen, wenn es doch selbst einem Blinden klar ist, daß eine wirkliche und übereinstimmende Abrüstung der beiden Hauptmächte nur leere Redensarten bleiben können?"
Geschrei, Beschimpfungen. Der Präsident macht den wachhabenden Polizisten ein Zeichen. Sie fassen den Delegierten X, fesseln ihn und werfen ihn aus dem Saal. Es dauert lange, bis die Ruhe wiederhergestellt ist.
Daraufhin sagt der Delegierte des Landes A in feierlichem Ton: „Im Namen meiner Regierung und zum Zweck, jede defätistische Verdächtigung, wie wir sie beschämenderweise eben hatten mit anhören müssen, zu zerstreuen, beehre ich mich, offiziell einen Abrüstungsplan vorzulegen, der einen bedeutungsvollen Schritt auf dem Wege der internationalen Entspannung darstellt: Mein Land ist bereit — wenn die anderen Länder sich ebenfalls dazu entschlossen erklären —, alle Atomversuche in den Monaten, die mit R beginnen, einzustellen."
Applaus, Händeschütteln, Begeisterung, Euphorie. Eifrige Konsultationen bei der Delegation des Landes U. Danach erhebt sich deren Delegierter und erbittet das Wort: „Zum Beweis, daß meine Nation, was die Liebe zum Frieden anbetrifft, hinter keiner anderen zurückstehen will, beauftragt mich meine Regierung, der Plenarsitzung folgenden historischen Entschluß bekanntzugeben: Ab nächsten Monat hat unser Land durch Dekret des Obersten Verwaltungsrates alle Militärkapellen aufgelöst."
Ein Sturm der Ovationen bricht los, die Versammlung singt im Chor ein Jubellied, und der Delegierte des Landes U erstickt fast unter dem Blumenregen.
Unterdessen aber führten in den beiden Ländern A und U die Arsenale, Fabriken, Werften, Gruben und Laboratorien, die wir hier nicht nennen können (da sie durch Staatsgeheimnisse auf höchster Ebene geschützt sind), Nachtschichten ein.

GERD MAXIMOVIČ

Der Krieg gegen die Parmanteren

Erzählung in einem Brief

Dryg, am 20. Nov. im 17. Jahr der Befreiung

Liebste Elisa!

Während ich hier sitze und zum Fenster hinausschaue, um meine müden Gedanken für diesen, meinen letzten Brief an Dich zu ordnen, höre ich die Geräusche der explodierenden Wasserbomben. Sie klingen dumpf, wie aus weiter Ferne. Es ist die Methanatmosphäre, von der diese Wirkung hervorgerufen wird. In Wirklichkeit sind die Geräusche viel näher, als sie scheinen. Die Suchtrupps der Parmanteren sind uns seit Tagen auf den Fersen, und ich bin sicher, daß sie uns bald kriegen werden. Ich schreibe hier im Schein der Notbeleuchtung, die Hauptlichter sind beim letzten Treffer ausgefallen, und die Scheinwerfer haben wir schon vor längerer Zeit löschen müssen, um den Parmanteren keinen Hinweis auf unseren Standort zu geben. Wir verständigen uns flüsternd und haben die Maschinen gedrosselt, gelegentlich schießen wir eine Heulboje in die Methanfluten, um die Spürtrupps zu täuschen.

Auch unsere Oberen waren überzeugt, daß wir uns nicht lange halten werden. Vor etwa einer Stunde haben sie uns verlassen, mit der letzten Sonde, für die sich ein günstiges Magnetfeld über Dryg eröffnet hatte. Als sie in der Sonde aufgestiegen waren und Geräusche und Widerschein ihrer Antriebskräfte eine deutliche Spur hinterlassen hatten, wurden wir von einem Parmanterengeschoß schwer getroffen. Die Flucht unserer Oberen ermöglicht es mir, diesen Brief zu schreiben. Wir werden nun nicht mehr zu sinnlosem Widerstand angehalten, sondern beschränken uns nur noch auf Ausweichmanöver.

Die Methanfluten vor meinem Fenster sind trübe. Sie verbreiten ein schwaches Leuchten, nach dem sich die Parmanteren orientieren. Wir hatten nie Gelegenheit, ihre Rasse gründlich zu erforschen, aber ich bezweifle auch, daß wir es damit eilig hatten. Sie kennen ihren Planeten, sind ihm entwachsen und sind, trotz unserer ursprünglich überlegenen Feuerkraft, uns gegenüber weit im Vorteil.

Ich muß Dir gestehen, liebste Elisa, meine Nervenkraft ist bald am Ende. Meine Hände zittern, und ich kann kaum den Bleistift halten. Eben haben wir wieder einen Treffer erhalten, meine Kabine wurde

durcheinandergeschüttelt, ich flog auf den Boden. Ich glaube, wenn wir uns ihnen vernünftig verständlich machen könnten, wäre es möglich, dieses sinnlose Schlachten zu beenden. Weißt Du, ich komme darauf, weil sich an Bord unserer Station, nachdem unsere Oberen sie verlassen haben, nur noch anständige Kameraden befinden, die sie genauso wie mich zum Militärdienst gepreßt haben. Ich glaube, daß sich auf der anderen Seite, auf der Seite der Parmanteren, ebenso anständige Menschen wie auf unserer Seite befinden. Es war meine Aufgabe, unseren letzten gefangenen Parmanteren vor seinem Verhör zu bewachen. Sie geben ja nicht jedem Rekrutierten einen solchen Auftrag, aber von den Eliteeinheiten sind nur noch wenige übrig, die meisten haben es verstanden, sich mit den Oberen rechtzeitig in die Etappe im Orbit abzusetzen, und befinden sich jetzt bestimmt längst auf dem Weg zur Kolonie Wega. Weil es länger dauerte, hatte ich Gelegenheit, mich ein wenig mit dem Parmanteren bekanntzumachen. Ich war ganz überrascht, daß er Inlingua konnte. Man macht sich bei Euch zu Hause doch ein falsches Bild von den Parmanteren. Die Greuel, mit denen Ihr überschüttet werdet, sind größtenteils frei erfunden. Soweit ich Berichte über Kämpfe gelesen habe, an denen wir selbst beteiligt waren, kann ich das aus eigener Erfahrung bestätigen.
Du verstehst, daß ich jetzt frei schreiben kann, weil ja auch der allmächtige Arm des Zensors in den Himmel verschwunden ist. Die Propaganda unserer Leute gegen die Parmanteren wirkt wahrscheinlich deswegen so erfolgreich, weil man sich das Äußere der Parmanteren zunutze macht. Als ich mit dem Gefangenen sprach, verlor er mehr und mehr den Anschein eines Teufels, und, mein Gott, wenn die Methanwesen stinken, dann dürften wir für sie auch nicht gerade angenehm riechen. Ich glaube, während unserer Unterhaltung hat er sogar ein wenig die Scheu vor mir verloren. Da hatte er auf einmal leuchtende, schöne Augen. Der Ausdruck verschwand erst wieder aus seinen Augen, als die Tür geöffnet wurde und die Wachmannschaften kamen, um ihn zu verhören, also ihn zu foltern und ihn so zum Reden zu bringen, oder, wie in diesem Fall, was ich erst nachträglich erfahren habe, um ihn zu töten.
Diese Greueltaten am Ende eines verlorenen Feldzugs sind schwer zu begreifen. Ich denke mir, daß man, hat man einen Kampf verloren, eben aufgeben muß, daß das Leben weitergeht, daß man die Erde nicht verbrennen darf, daß auch die ungeborenen Generationen ein Recht auf Leben haben. Der Gefangene hat mir Dinge erzählt, die mir im Kopf herumgehen. Zuerst wollte er wissen, ob ich wirklich daran

glaube, daß wir die Freiheit unseres Landes, unseres Reiches ausgerechnet auf ihrem Planeten verteidigen würden. Ich antwortete, es läge in unserem Interesse, unsere Verteidigungskriege in größtmöglicher Entfernung vor unserer Haustür auszutragen. Ja, sagte er, aber dabei versteht ihr es, euer Imperium immer weiter auszudehnen. Was ist das für eine Befreiung, bei der immer mehr Völker, Rassen und Bewußtseinsformen des Universums zu Sklaven werden. Ich mußte dabei an die Landkarte denken, die wir in der Messe hängen haben und auf der unsere Eroberungen mit Stecknadelköpfen eingetragen sind. Was sollte ich dazu sagen? Er hatte recht. Diese Überlegungen, von denen ich Dir nie schreiben durfte, sind mir schon oft heiß aufgegangen.

Es ist nicht unser Krieg, den wir führen. Wir fechten diesen Krieg aus für andere Leute aus unserem Lager, die sich am Kriegsschauplatz niemals haben blicken lassen, die ihre Befehle von weither übermitteln lassen und die sich in der Etappe, auf den befriedeten Planeten amüsieren. Ich staune noch heute, wie rasch unsere Leute begonnen haben, den Planeten zu kolonisieren. Ich erinnere mich noch genau an die Anfangsphase des Krieges. Kaum hatten wir die ersten Brückenköpfe zu einem zusammenhängenden Gebiet vereinigt und in die Tiefe getrieben, da wurden bereits die ersten Geräte eingeflogen, um das Terrain nach Bodenschätzen zu sondieren. Ich weiß noch genau, wie einer der Oberen triumphierend verkündete, daß wir bald zu den Bodenschätzen, die sich rasch fanden, das „Parmanterenmaterial" liefern würden. Ich muß diese Bemerkung wieder vergessen haben, wie ich auch Dich, mein Liebling, vergessen hatte, doch weißt Du ja, daß sie uns mit dem Essen dopen.

Ich habe mich wieder an jene Dinge erinnert, die mir früher schon klar gewesen sind. Es sind nur wenige, die unsere Kriegsmaschine bewegen, die mit Feuer und Schwert über die Methanvölker regieren und die uns Landser ebensogut ins Joch gespannt haben. Es ist tatsächlich so, als würden sich meine Sinne klären, während ich schreibe. Da wir ohnehin zugrundegehen sollen, hielten sie es wohl nicht mehr für nötig, die Zusammensetzung unserer Speisen auf dem alten Stand zu halten, davon abgesehen, daß wir ohnehin bald nichts mehr zu essen haben werden. Ich bin ganz benommen. Soeben wurden wir wieder getroffen. Das Notlicht war einen Augenblick ausgefallen, und die Station ist in größere Tiefe gedriftet. Ich konnte es in den Wänden knacken hören, aber der Kreisel hat die Maschine wieder angehoben. Das Licht brennt jetzt wieder.

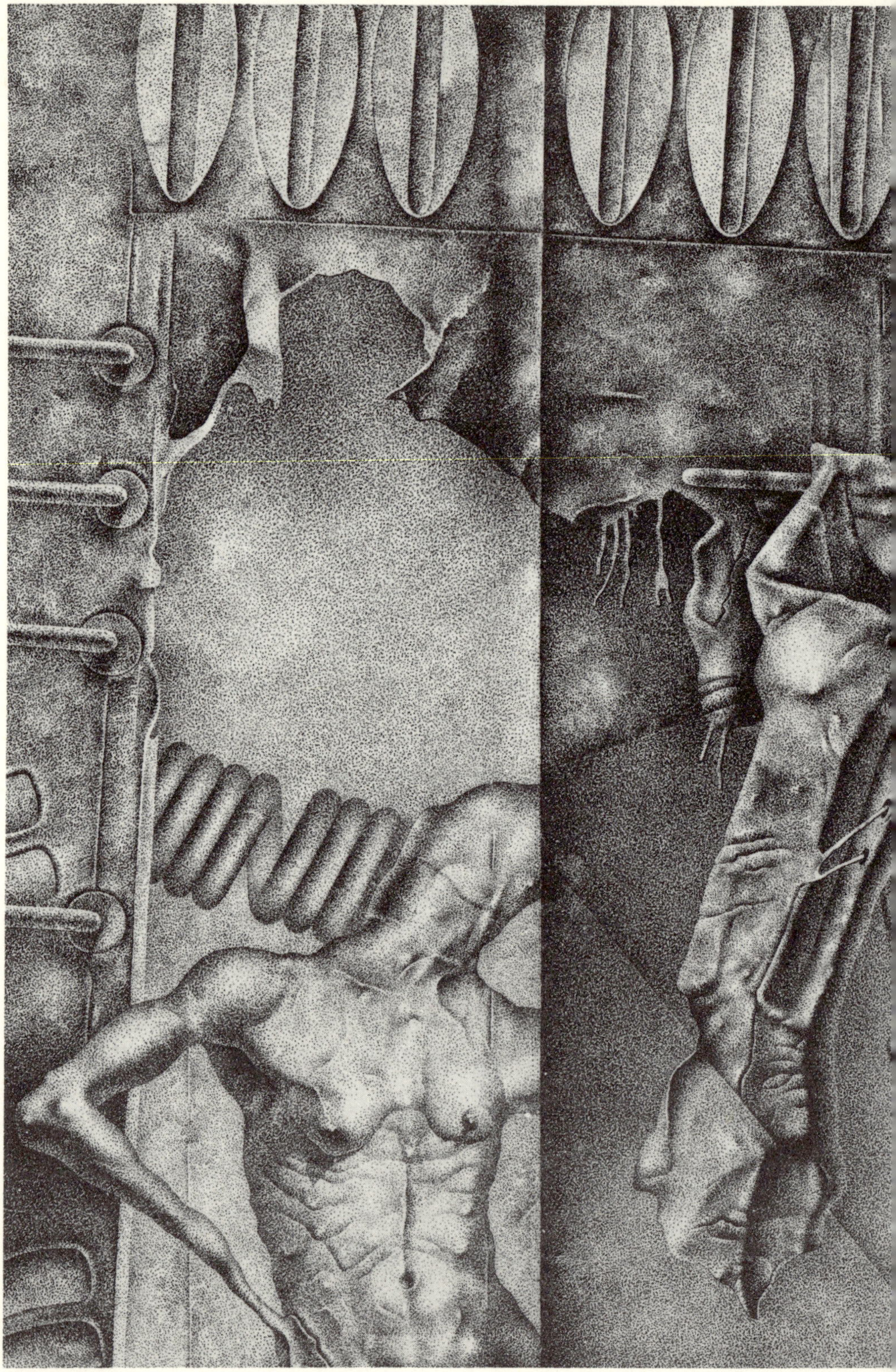

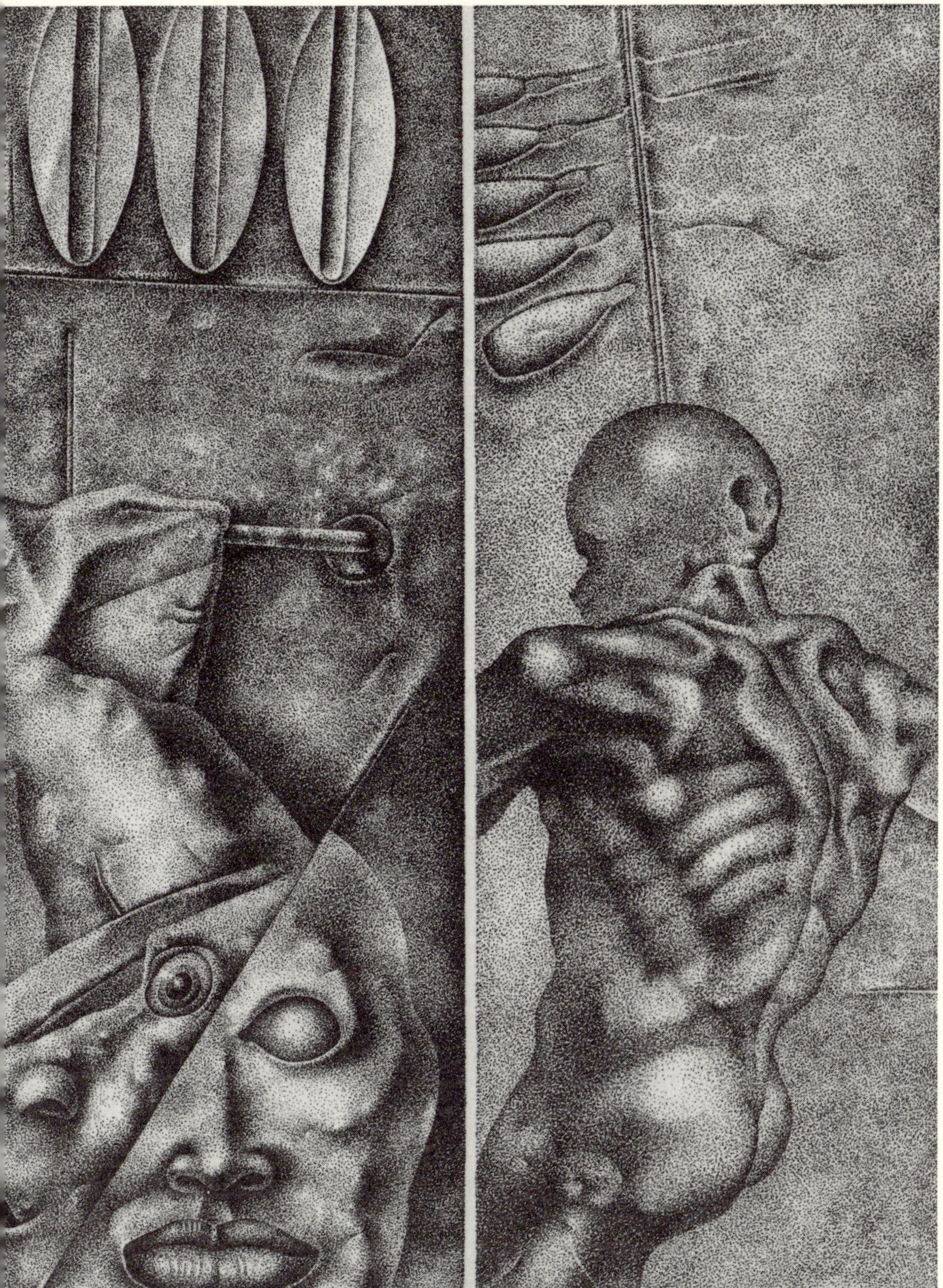

Ich glaube, liebste Elisa, daß wir Fehler gemacht haben. Du verzeihst mir, wenn ich darauf so abrupt zu sprechen komme, doch ich weiß nicht, wieviel Minuten mir noch verbleiben. Ich sehe deutlich in meiner Erinnerung, wie wir auf dem Callisto-Planeten spazierengingen. Du weißt, wir waren verliebt, nicht mehr taufrisch, aber dafür etwas weise. Wir hatten die ersten Stürme mit anderen Partnern überstanden, und unser Blick für die Realitäten des Lebens war schärfer geworden. Ich glaube, das hat eine großartige Grundlage für unsere Liebe ergeben. Du weißt, wie wir uns über die vielen Deutungen dieses Wortes unterhalten haben, und ich glaube, die Bedeutung, die wir gefunden haben, war jenseits der Sensationen, die auch wir uns früher davon versprochen haben. Ich küsse Dich in Gedanken.

Weißt Du noch, wie wir uns überlegten, daß wir in eine schmutzige, zerrissene Welt geschleudert, daß wir ohnmächtig wären, es mit dieser Welt aufzunehmen, daß wir überlegten, ob es einen Ausweg gäbe, daß wir uns aufeinander verlassen könnten und daß wir uns immerhin so retten könnten, daß wir wenigstens in unsere private Beziehung, in unser Heim, die fremden und feindlichen Einflüsse nicht eindringen lassen würden, daß wir die Brutalitäten der Welt vor unserer Haustür lassen würden, um unser eigenes Leben zu führen. Absurder Gedanke! Es ist sehr schnell klar geworden, daß wir uns aus dem größeren Zusammenhang, in den wir geworfen, nicht lösen konnten. Der Ärger der Firma ließ sich nicht so einfach vor der Haustür abtreten. Die dumpfen Gedanken, die beim Fernsehen kamen, ließen sich nicht verscheuchen. Und wo uns materielle Not bedrängte, da haben wir je länger, um so vergeblicher gewartet, daß sich ein fröhliches Lächeln einstellen würde. Woher hätten wir auch die Kraft dazu nehmen sollen? Wenigstens unsere Seelen sollten nicht ausgeliefert werden. Welch untauglicher Versuch, auf einer einsamen Insel zu leben.

Wer hätte damals gedacht, daß ich unter solchen Umständen einen Brief an Dich schreiben würde und daß mich jedes Knacken der Spanten zu Tode erschrecken würde. Ich glaube, sogar die Luft ist mittlerweile schlecht geworden, obwohl die Kompressionszeiger normal vibrieren. Man hat Dich zwangsverpflichtet, Du bist genauso wie ich unter die Maschine geschleudert worden. Heute, wo ich diesen Brief schreibe, weiß ich nicht einmal, ob sie Dich schon ganz in die Maschine eingearbeitet haben oder ob sie wenigstens einen Teil der Person, die ich so sehr liebe, übriggelassen haben. Ich habe Dir nie geschrieben, daß mein rechtes Bein verstümmelt wurde. Aber irgend-

einen Grund mußte es ja haben, daß ich nicht auf die waghalsigen Exkursionen geschickt wurde, daher noch lebe.
Es ist nicht nur der Druck der Methanmassen, die über unserer Station lasten, die mir den Eindruck vermitteln, eine Stahlfaust würde mich zusammendrücken, es ist vielmehr das Gefühl, daß mein Kopf verwüstet würde. Ich meine jetzt nicht das Essen. Daran gewöhnt man sich, das geht vorüber. Bei jeder Drogenorgie, die sich mit Verschlechterung der Frontlage häuften, ergaben sich auch lichte Augenblicke, falsche Kosten in der Psyche, die sie nicht kalkulieren konnten. Es ist dieses schreckliche Gefühl, versagt zu haben, feige gewesen zu sein, wo man hätte kämpfen müssen.
Weißt Du, jetzt, wo ich am Boden liege, weiß ich die Kameradschaft unter den Dienstgraden am meisten zu schätzen. Ich weiß nicht, ob Du diese Empfindung je hattest, aber diese Kameradschaft unter uns einfachen Soldaten, diese Solidarität ist eine ungeheuer warme Sonne. Ich denke mir, daß alle Menschen — und auch die Parmanteren — so empfinden müssen, daß wir alle uns doch in den anderen wiedererkennen, daß wir uns nach ihnen richten, daß alles, was wertvoll ist, von Bewußtseinsformen geschaffen wurde. Daß also alles, was wir für das Gute und Schöne halten, von der Gemeinschaft der Menschen geschaffen wurde und daß darum die anderen vor allem anderen zählen. Nur wenn wir für die anderen kämpfen, kämpfen wir für uns selber.
Liebste Elisa, wir führten ein individuelles Leben, ich glaube, daß wir gerade deswegen unser Leben versäumten. Was bedeutet schon die kleine Sonne zwischen uns beiden im Vergleich mit dem großen Leuchten. Wenn man wie ich durch den Weltraum gefahren ist, durch die Leere und das eisige Schweigen, dann weiß man die Wärme anderer Lebensformen erst richtig zu schätzen. Mich friert bei dem Gedanken, daß uns die Oberen verführten, die Parmanteren wie andere hochentwickelte Bewegungsformen zu vernichten.
Anstatt den Kampf nach außen zu tragen, hätten wir ihn im Inneren führen müssen. Wir zogen es beide vor, unsere Köpfe in den Sand zu stecken und zu denken, so schlimm wird es schon nicht werden. Aber sie drehten immer weiter an der Schraube, und es wurde immer schlimmer. Wir hätten vorausdenken und kämpfen müssen. Wir hätten den brutalen Privatinteressen widerstehen, ihren Mechanismus zerschmettern müssen. Das Privatinteresse an anderen Menschen ist eine immer weiterkriechende Schlange, man kann sie nicht beschwören, überreden, betäuben, man kann sie nur zertreten.

Du weißt, liebste Elisa, daß ich den Tod nicht fürchte. Aber wenn ich schon sterbe, liebste Elisa, möchte ich doch wissen, warum ich sterbe. Natürlich weiß ich, warum ich mein Leben verliere. Aber das ist es ja, was mich so sehr peinigt. Würde ich jetzt mein Leben für eine gerechte Sache opfern — das würde etwas anderes bedeuten. Aber für die brutalen, feigen Egoisten, für den Abschaum der Menschheit mein Leben hinzugeben — dieser Gedanke ist mir unerträglich.
Du weißt, daß ich Dich liebe. Sollte Dich dieser Brief erreichen, so bin ich sicher, Du wirst begreifen, daß diese Liebeserklärung an Dich größer ist als jede andere, die ich Dir jemals abgegeben habe. Ich schreibe jetzt im Dunkeln weiter, ich glaube, die letzte Bombe hat uns voll getroffen. Die Idioten schießen aus allen Rohren, ich würde hinüberkriechen, vielleicht hätten wir eine Chance, aber sie haben die Schotten abgedichtet und würden mich nicht passieren lassen, und jetzt ist auch der Strom ausgefallen. Liebste Elisa, ich umarme Dich.[1]

1 Anm.: Eine Kopie dieses Briefes befindet sich im Zentralarchiv der Menschen (Inlingua: Parmanteren), das Original wurde eingespeist in die intergalaktischen Informationskanäle, von der Zensur abgefangen und vernichtet.

ROBERT SHECKLEY

Der glücklichste Mann der Welt

Mir geht es hier unten erstaunlich gut. Aber man darf nicht vergessen, daß ich unverschämt viel Glück hatte. Der reine Zufall verschlug mich nach Patagonien. Ganz ohne Beziehungen, verstehen Sie — andererseits hatte aber auch mein Können nichts damit zu tun. Ich bin kein schlechter Meteorologe, aber man hätte tausend bessere finden können. Ich war eben vom Glück so begünstigt, daß es mich zur rechten Zeit am rechten Ort fand.

Es grenzt ans Wunderbare, wenn man bedenkt, daß das Militär meine Wetterstation mit ungefähr allen bekannten technischen Raffinessen ausstattete. Nicht speziell für mich, natürlich. Das Militär hatte ursprünglich vorgehabt, hier einen Stützpunkt zu errichten. Man schaffte alles Nötige heran, und dann mußte man das Unternehmen plötzlich aufgeben.

Ich schickte natürlich weiterhin meine Wetterberichte hinaus, solange sie verlangt wurden.

Aber die Apparaturen! Mein ganzes Leben lang hat mich alles Wissenschaftliche in Erstaunen gesetzt. Man kann mich wohl auch so eine Art Wissenschaftler nennen, aber das Schöpferische fehlt in unserem Beruf — und darin liegt der Unterschied. Man braucht von einem schöpferischen Wissenschaftler nur das Unmögliche zu verlangen, und er wird es tun. Es ist kaum zu fassen.

Wie ich die Sache sehe, muß irgendein General den Wissenschaftlern erklärt haben: „Paßt mal auf, Leute, uns fehlen vor allem Spezialisten, und wir können diese Lücke in keiner Weise ausfüllen. Ihre Pflichten müssen von Männern wahrgenommen werden, die oft völlig ungeschult sind. Das klingt wenig plausibel, aber was soll man tun?" Und die Wissenschaftler begannen sich ernstlich an die Arbeit zu machen. Sie schrieben unfaßbare Bücher, sie erfanden unglaubliche Dinge.

Letzte Woche zum Beispiel hatte ich Zahnschmerzen. Zuerst hielt ich das für eine Folge meiner Erkältung, denn hier unten ist es immer noch ziemlich kühl, obwohl ja die Vulkane ständig in Tätigkeit sind. Aber Zahnschmerzen waren es. Ich holte mir also die Dental-Apparatur, schloß sie an und las die Bedienungsanleitung durch. Ich untersuchte mich und bestimmte den Zahn, den Schmerz, die Höhlung. Dann gab ich mir eine Spritze, kratzte den Zahn aus und machte eine Füllung. Dabei gingen Zahnärzte jahrelang zur Hochschule, um zu lernen, was ich unter Druck in fünf Stunden schaffte.

Dann die Ernährung. Ich war ziemlich dick geworden, weil ich nichts

zu tun hatte, als Wetterberichte zu senden. Als dann damit Schluß war, begann ich Mahlzeiten zuzubereiten, um die mich die berühmtesten Köche der Welt beneidet hätten. Früher galt das Kochen als Kunst, aber die Wissenschaftler machten es zu einer exakten Wissenschaft.
Ich könnte seitenlang erzählen. Vieles von dem, was man mir gab, kann ich nicht mehr verwenden, weil ich ja jetzt ganz alleine bin. Aber mit Hilfe der Bücher, die sie verfaßt haben, könnte sich jedermann als fähiger Rechtsanwalt mit ausgedehnter Praxis betätigen. Die Bände verfügen über eine Einteilung, die es jedem Menschen durchschnittlicher Intelligenz ermöglichen würde, die für die erfolgreiche Behandlung eines Falles entscheidenden Abschnitte zu finden und ihre Bedeutung in einfachem Englisch zu erfassen.
Niemand hat bisher versucht, mich zu verklagen, weil ich immer Glück hatte. Aber ich hätte die juristischen Bücher schon sehr gerne einmal ausprobiert.
Das Bauen ist wieder eine Sache für sich. Als ich hier ankam, mußte ich in einer Wellblechhütte wohnen. Ich stellte dann aber einige von diesen wunderbaren Baumaschinen auf und fand Material, mit dem jeder Laie arbeiten konnte. Ich baute mir ein bombensicheres Haus mit fünf Räumen und einem gefliesten Badezimmer. Echte Fliesen sind das natürlich nicht, aber den Unterschied würde nur ein Fachmann bemerken. Die Teppiche von Wand zu Wand lassen sich ebenso leicht verlegen, wenn man die Instruktionen durchgelesen hat.
Was mich aber am meisten überraschte, war die Installation an meinem Haus. Ich hatte sie immer für äußerst kompliziert gehalten, komplizierter sogar als Medizin oder Zahnbehandlung. Aber sie machte mir nicht die geringsten Schwierigkeiten. Vielleicht war unter fachmännischen Maßstäben nicht alles vollkommen, aber ich bin zufrieden. Die Filteranlagen, Sterilisatoren, Reiniger, Kompressoren und so weiter erzeugen jedenfalls Wasser, in dem selbst die widerstandsfähigsten Erreger fehlen. Und das alles habe ich selbst aufgebaut.
Gelegentlich beginne ich mich hier einsam zu fühlen, und daran können auch die Wissenschaftler wenig ändern. Für Geselligkeit gibt es keinen Ersatz. Wenn sich die Wissenschaftler richtig angestrengt hätten, wäre dabei vielleicht aber doch etwas herausgesprungen, was Leuten wie mir die totale Vereinsamung ein wenig erleichtert hätte.
Es gibt ja nicht einmal Patagonier, mit denen ich mich unterhalten könnte. Nach den großen Flutwellen zogen sie nach Norden — die wenigen, die es noch gab. Und die Musik hilft auch nicht viel. Ich bin andererseits aber ein Mensch, dem es nicht allzuviel ausmacht, allein zu sein. Vielleicht hat man mich deshalb hierhergeschickt.
Aber ein paar Bäume hätte ich doch gerne.

Malerei! Ich habe vergessen, vom Malen zu sprechen! Jeder weiß, wie kompliziert dieses Thema ist. Man muß etwas von Perspektive, von Linienführung, Farbe und Komposition verstehen. Praktisch muß man ein Genie sein, bevor man es darin zu etwas bringt.
Ich wähle einfach Pinsel aus, stelle meine Staffelei auf und male alles, was mir gerade gefällt. In den Büchern fehlt nicht die geringste Kleinigkeit. Die Ölgemälde über Sonnenuntergänge sind geradezu phantastisch. Sie würden jeder Galerie zur Ehre gereichen. Solche Sonnenuntergänge haben Sie noch nicht gesehen! Flammende Farben, unglaubliche Formen! Das macht der viele Staub in der Atmosphäre.
Mit meinen Ohren bin ich auch wieder ganz zufrieden. Sagte ich nicht vorhin, daß ich ein Glückspilz bin? Durch die erste Druckwelle wurden mir beide Trommelfelle zerrissen. Aber das Hörgerät, das ich ständig trage, ist so klein, daß es kaum auffällt, und ich höre besser als je zuvor.
Das bringt mich auf das Thema Medizin; nirgendwo hat die Wissenschaft mehr geleistet. In den Büchern findet man etwas gegen alle Krankheiten. Ich habe eine Blinddarmoperation an mir ausgeführt, wie man sie noch vor ein paar Jahren für unmöglich gehalten hätte. Ich brauchte nur die Symptome nachzuschlagen, mich an die Anweisungen zu halten, und es war geschafft. Ich habe alle möglichen Leiden an mir kuriert, aber gegen die Strahlungskrankheit läßt sich natürlich nichts ausrichten. Das liegt aber nicht an den Büchern. Gegen Strahlungskrankheit kann kein Mensch etwas tun. Selbst wenn ich die ersten Spezialisten der ganzen Welt hier hätte, wären sie machtlos.
Wenn es noch Spezialisten gäbe. Das ist natürlich nicht der Fall.
Halb so schlimm. Ich weiß, was ich zu tun habe, damit ich keine Schmerzen spüre. Und es ist nicht so, als hätte mich das Glück plötzlich im Stich gelassen. Das Unglück brach eben über alle herein.
Nun, wenn ich das Ganze so durchlese, scheint es kein sehr großartiges Bekenntnis zu sein, worauf ich es eigentlich angelegt hatte. Ich muß wohl noch eines der Schriftstellerei-Bücher durcharbeiten. Dann werde ich auch wissen, wie ich mich auszudrücken habe. Über meine Einstellung zur Wissenschaft, über meine große Dankbarkeit. Ich bin 39 Jahre alt. Ich habe länger als jeder andere Mensch überlebt, selbst wenn ich morgen sterben sollte. Aber ich hatte eben Glück, ich war zur rechten Zeit am rechten Ort.
Mit dem Schriftstellerei-Buch werde ich mich wohl nicht mehr abgeben, weil es ja keinen mehr gibt, der irgendeinen Text lesen könnte. Was taugt ein Schriftsteller ohne Leser?
Da ist Fotografieren schon interessanter.
Außerdem muß ich einige Grabschaufelgeräte auspacken, ein Mausoleum errichten und meinen Grabstein meißeln.

JOSEF NESVADBA

Ein Prozeß, von dem niemand erfahren hat

„Hohes Gericht!" Als der Staatsanwalt seine Rede beendet hatte, erhob sich Professor Neumann, ließ seinen Blick über die Anwesenden schweifen, setzte den Zwicker auf und begann mit ruhiger Stimme zu lesen, als spräche er zu seinen Studenten: — „Ich bin angeklagt, Professor Orlow in seinem Arbeitszimmer überfallen und ihm mit dem Mikroskop einen Schlag auf den Kopf versetzt zu haben, wodurch ich ihm eine schwere Körperverletzung beigefügt habe. Ich wollte Professor Orlow nämlich töten . . ."

Im Gerichtssaal wurde es ganz still. Die Journalisten begannen eifrig zu schreiben. Alle blickten verblüfft den Angeklagten an, der offenbar im Begriffe war, sich durch seine Verteidigungsrede zu belasten. Der Professor jedoch sprach sehr ruhig weiter:

„Seit mehr als siebzehn Jahren lese ich an unserer naturwissenschaftlichen Fakultät Histologie. Mein Institut befindet sich, wie Sie vielleicht wissen, gemeinsam mit dem Lehrstuhl für Physiologie in einem älteren Gebäude unserer Universitätsstadt. Ich will bemerken, meine Damen und Herren, daß die Histologie dort ein kümmerliches Dasein führt, weil uns Professor Orlow mit seinen Physiologen schon längst ins Souterrain verdrängt hat, wo wir den ganzen langen Tag hindurch bei künstlicher Beleuchtung arbeiten. Orlow schränkte mich auch finanziell sehr ein. Ich mußte ihm alle Ausgaben zur Entscheidung vorlegen, obwohl er nicht mein Vorgesetzter war und von Histologie überhaupt keine Ahnung hat. Jedermann weiß, daß sein Mangel an Fachkenntnissen allein durch die Tatsache aufgewogen wird, daß er mit dem Kulturminister verwandt ist, in dessen Familie er geschickt eingeheiratet hat. Seine Forschungsarbeit ist das Werk seiner Assistenten, die er sich unter den jungen Wissenschaftlern auswählen kann, während ich auf meinen einzigen Gehilfen angewiesen bin, den jungen Doktor Mach nämlich. Etwa vor einem Jahr experimentierte mein Assistent mit einem neuen Nervenfarbstoff, den ich selbst hergestellt und Etnakronit G benannt hatte. Doch während der mikroskopischen Untersuchung der Zellengewebe war ein Teil des Farbstoffes offenbar verdunstet und hatte bei meinem Assistenten eine Vergiftung hervorgerufen. Bis dahin hatten wir von solchen Wirkungen des neuen Präparates keine Ahnung gehabt. Offenbar handelte es sich um das stärkste Gift, das jemals bekannt geworden war, es wirkte wie ein Giftgas, das völlig geruchlos ist und das schon bei einmaligem Einatmen tetaniforme Krämpfe im ganzen Organismus hervorruft. Das klassische, sardonische Grinsen zeichnete sich auf Doktor Machs Antlitz ab, so daß er aussah, als würde er über seinen Zustand spotten. Bestimmt war es ihm aber nicht allzusehr nach Spott zumute, denn sein Rückgrat war gespannt wie ein Bogen, er berührte den Boden nur mit dem Kopf und mit den Füßen, als wir ihn fanden. Bewegen konnte er sich nicht. Er schwebte in Lebensgefahr. Sofort vernichteten wir den giftigen Farbstoff. Doch gleichzeitig stellte ich abermals das Ansuchen, daß meine Abteilung wenigstens einen mit einer Lüftung versehenen Raum zugewiesen bekomme, denn hätte uns so ein Raum zur Verfügung gestanden, dann wäre es zu dem Unfall überhaupt nicht gekommen.

Einige Monate später, als mein Assistent zum Glück wieder gesund war, erschien endlich eine Untersuchungskommission im Institut: zwei hohe Beamte in Uniform. Sie begannen mich dreist zu verhören. Sie wollten die Eigenschaften und die Art des Giftgases erfahren, das die Vergiftung hervorgerufen hatte. Ich dagegen wollte nur einen neuen Raum haben. Sie erkundigten sich abermals sehr bestimmt nach meinem Etnakronit G. Die Sache begann mir nicht geheuer vorzukommen. Ich warf die beiden hinaus.

Eine Woche später erschien der Kulturminister persönlich bei mir. Zunächst glaubte ich, es handle sich um einen Irrtum.

‚Ihr Verwandter arbeitet im ersten Stock', machte ich ihn aufmerksam. ‚Er ist für den Empfang von Gästen besser eingerichtet . . .'

Aber der Minister war meinetwegen gekommen. Er war bereits davon unterrichtet worden, daß ich ein neues Giftgas erfunden hatte. Er interessiere sich sehr für meine Arbeit, versicherte er.

‚Ich bin Histologe', sagte ich mit Nachdruck, ‚mich interessieren lebende Gewebe, nicht Gifte. Das Etnakronit habe ich rein zufällig entdeckt.'

Alle großen Entdeckungen der Welt seien das Werk des Zufalls, das dürfe mich nicht kränken, beschwichtigte mich der Minister. Die Regierung sei entschlossen, mir mein Präparat abzukaufen. Sie wolle unverzüglich mit der Herstellung beginnen. Ich vermochte den Grund nicht zu begreifen. Damit könne man doch weder Ratten noch Ungeziefer vertilgen, das Etnakronit sei unsichtbar und geruchlos, es würde für die Menschen eine allzu große Gefahr darstellen.

‚Aber das ist es ja eben', sagte der Kulturminister mit kultiviertem Lächeln. ‚Wir brauchen ein Kampfgas. Wir brauchen eine neue Waffe.'

‚Eine Waffe?' fragte ich entsetzt. ‚Herr Minister, vergessen Sie nicht, daß wir das Jahr 1914 schreiben. Zivilisierte Völker bekriegen einander längst nicht mehr. Das kann man ruhig den Balkanesen und den Buren überlassen. Der Fortschritt, den Zivilisation und Wissenschaft gebracht haben, läßt jeden Gedanken an einen Krieg lächerlich erscheinen.

‚Sie haben von Politik keinen blassen Schimmer, lieber Freund!' — Der Minister war nicht im geringsten beleidigt. ‚Die gegenwärtige internationale Lage ist äußerst gespannt. Unsere Beziehungen zu Rußland werden immer schlechter: gerade wegen des Balkans. Die Serben haben sich in den Kopf gesetzt, einen großen Staat zu schaffen, der alle Südslawen vereinigen soll; sie wollen einen Zugang zum Meer, wodurch unsere ganze dalmatinische Küste dann in ihre Hände fallen müßte. Zwar haben wir diese Ansprüche schon nachdrücklich zurückgewiesen, zum letzten Mal bei der Vermarkung der albanischen Grenzen und anläßlich des Zwischenfalls von Skutari, doch sollte die Schwarze Hand, wie sich die serbische nationalistische Organisation nennt, zu weiteren Aktionen schreiten, wird Österreich nicht untätig bleiben. Wir werden den Serben wie den Russen schon zeigen, wer Ansprüche auf den Balkan erhebt! Deutschland, das seine Differenzen mit Frankreich und England hat, wird uns dabei unterstützen. In Afrika müssen die Kolonien neu aufgeteilt werden. Die Deutschen geben sich mit den alten portugiesischen Resten in Angola nicht zufrieden, die ihnen die Engländer versprochen haben. Auch das Erdöl in Mesopotamien und die englischen Interessen am Schatt el Arab sind ihnen schon lange ein Dorn im Auge. Ein weltweiter Konflikt zeichnet sich ab. Millionen werden in den Kampf ziehen.'

‚Wegen Skutari oder wegen der Frage Schatt el Arab?' fragte ich. Das ganze war mir nicht klar. Für Politik hatte ich mich nie interessiert.

‚Wegen der Machtinteressen', sagte der Minister mit Nachdruck.

Ich stellte mir Millionen Soldaten vor, die genauso in Krämpfen daliegen wie Doktor Mach, den ich im letzten Augenblick gerettet hatte.

‚Ich mache nicht mit!' antwortete ich. ‚Wenn ihr unbedingt Krieg führen wollt, verwendet doch eure Säbel, bitte sich zu bedienen!' — Ich muß hinzufügen, daß der Minister in seiner Dienstuniform zu mir gekommen war, sie war mit Gold und Silber besetzt, im Gürtel

steckte ein kleiner Dolch. ‚Mein Gas würde doch keinen Unterschied zwischen Soldaten und Zivilisten kennen. Es würde euch somit zu gar nichts nützen.‘
‚In künftigen Kriegen wird es keine Unterschiede zwischen Soldaten und Zivilisten geben‘, sagte der Kulturminister. ‚Ich verstehe Ihr Entsetzen, hochverehrter Herr Professor, ich bin Humanist wie Sie. Aber der Fortschritt läßt sich dadurch doch nicht aufhalten. Wir werden mit allen Mitteln kämpfen, mit Flugzeugen, mit Ferngeschützen und mit Kampfgasen. Und wenn nach Ihnen das Etnakronit anderswo auf der Welt erfunden werden sollte, wird man es bestimmt der Armee zur Verfügung stellen. Was gewinnen Sie also, wenn Sie sich weigern, es herauszugeben? Eine kurze Zeitspanne! Jedermann wird mit dem Finger auf Sie zeigen und Sie einen Verräter nennen. Und am Ende wird Sie vielleicht der Feind mit Ihrem eigenen Gas vergiften. Im anderen Fall hingegen werden Sie ein reicher und verdienter Mann. Ihr Institut wird das erste im ganzen Reich, alle gesellschaftlichen Ehren werden Ihnen zuteil, wir erheben Sie in den Adelsstand. Betrachten Sie sich als Gewinner in der Lotterie der Wissenschaft. Sie sagen selbst, daß Sie diesen Stoff durch Zufall entdeckt haben. Welche Verantwortung tragen Sie also? Welche Verantwortung trägt ein Mensch, der zufällig eine Million gewonnen hat? Morgen schon kann ein anderer der Gewinner sein.‘
Aber ich warf ihn genauso hinaus wie vorher seine Beamten. Ich vermochte das alles nicht zu begreifen. Begleitet von einem livrierten Diener, fuhr er per Kutsche davon. Zuerst glaubte ich, er wäre verrückt geworden. Aber dann ließ ich mir Zeitungen bringen. Die ganzen letzten Jahre hindurch hatte ich keine gelesen. Nun tat ich eine Woche lang nichts anderes. Tatsächlich hatte es den Anschein, als wäre ein Teil der Menschheit verrückt geworden, während wir uns bemühten, die Gesetze der Natur zu enthüllen, neue Heilmittel zu entdecken, Kranke zu retten und Geheimnisse zu lüften. Grey, Poincaré, Sazonow, Wilhelm, Hötzendorf, Hoyos — zum ersten Male las ich von diesen Herren.
Drei Tage später fielen die Schüsse von Sarajewo. Die Schwarze Hand hatte ihren Feind, den Thronfolger, getötet. Österreich stellte ein Ultimatum. Es forderte das Verbot der antiösterreichischen Propaganda, die Auflösung der antiösterreichischen Organisationen, die Entlassung der antiösterreichischen Beamten, Offiziere und Lehrer, die an der antiösterreichischen Tätigkeit und Propaganda beteiligt gewesen waren, wobei die Entscheidung über diesen Personenkreis

der österreichischen Regierung vorbehalten bleiben sollte, die auch an der Untersuchung und an der Bestrafung der für das Attentat von Sarajewo Verantwortlichen beteiligt sein sollte. Das bedeutete, daß der Tod des Führers der Schwarzen Hand gefordert wurde, des Obersten Dragutina Dmitrijewitsch, mit Decknamen Apis. Der Krieg brach aus.

Und gleichzeitig begann auch die Kampagne gegen mich. Offiziell wurde nichts verlautet, doch es begann durchzusickern, daß ich mich weigere, der Armee eine wichtige Entdeckung auszuhändigen. Die Studenten pfiffen mich bei der Vorlesung aus, die Kollegen strichen mich aus der Liste der Redaktionsmitglieder unserer wissenschaftlichen Zeitschrift, und Orlow bot Doktor Mach das Ordinariat für Histologie an, das, wie er sagte, bald frei werden würde.

Inzwischen waren Rußland, Deutschland, Frankreich und England in den Krieg eingetreten. Regimenter junger Männer wurden auf dem Bahnhof unserer Stadt einwaggoniert. Unsere Garnison, Dragoner, zog in den Kampf. Mit blinkenden Helmen, weißen Pelerinen, leuchtenden weißen Pallaschen und knallroten Hosen, damit sich der feindliche Maschinengewehrschütze besser einschießen könne. Vielleicht dachten sie auch, der ganze Aufwand würde zu etwas nütze sein. Zwei Monate später war kein einziger von ihnen mehr am Leben.

Die Dragoner waren der Stolz unserer Stadt gewesen. Mir hatten sie die Ehe zerstört. Meine Frau war nach zwei Jahren mit dem Hauptmann Imre Kovács nach Salgótarján durchgebrannt. Wahrscheinlich mag ich seit dieser Zeit das Militär nicht. Am allerwenigsten die Dragoner. Damals war ich aus unserer Wohnung ausgezogen und hatte meine Arbeitsräume im Souterrain kaum mehr verlassen. Ich schlief dort, das Essen brachte mir die Bedienerin aus dem Restaurant. Ich bin ein anspruchsloser Mensch. Nur hie und da, an Sonn- und Feiertagen, wenn mich die Augen schmerzten und ich keine Fachliteratur mehr lesen konnte, ging ich zu Doktor Mach, um mit seinen Kindern zu spielen. Er war mein einziger Freund. Er hat mich auch nicht enttäuscht. Orlows Angebot lehnte er ab. Und so mußte man mich auf meinem Posten belassen. Wer schert sich schon um Histologie? Manchmal bewarf mich noch jemand mit Schmutz oder schickte mir einen Drohbrief, doch die Ereignisse brachten es bald mit sich, daß man schnell vergaß: die russische Front und der deutsche Vormarsch vor allem. Man begann auch die Reservisten einzuberufen. Mein Assistent war unter den ersten. Das hatte offenbar Orlow aus Rache so eingerichtet. Man steckte ihn zur Genietruppe. Ich begleitete ihn zum

Bahnhof. Beim Abschied fragte mich sein sechsjähriger Sohn: ‚Und stimmt es wirklich, daß Papa in einer Woche zurückkommt, wenn wir dieses Gas haben?'
Sie mußten daheim oft darüber gesprochen haben. War er am Ende mit meiner Haltung nicht einverstanden? Frau Mach war halb ohnmächtig. Die anderen Frauen weinten, schrien, rauften sich die Haare und zerkratzten sich die Gesichter, es war wie in einer antiken Tragödie. Das Bahnhofspersonal war daran schon gewöhnt. In meinem ganzen Leben hatte ich noch nicht so viel Tränen und Leid gesehen wie damals, als der Transport mit meinem Assistenten abfuhr. Vor dem Bahnhof stolzierte irgendein Offizier herum. Er sah mich voll Verachtung an. Es war Imre Kovács, Dragonermajor. Major! Endlich hatte er sein Ziel erreicht. Er war als Bataillonskommandant in unsere Stadt zurückversetzt worden.
‚Nieder mit den Serben!' schrie er mit den übrigen Offizieren und schwenkte den Säbel.
Manchmal glaubte ich, dies alles wäre nur ein böser Traum, eine üble Posse, aus der ich erwachen mußte. Doch niemand lachte. Nur der Tod. Eine Woche später erreichte uns aus Galizien die Nachricht, daß Doktor Mach gefallen war. Seine Frau kam zu mir und machte mir Vorwürfe. Ich sei an allem schuld, sagte sie. Hätte ich meine Erfindung preisgegeben, mein Assistent hätte ruhig im Hinterland arbeiten können. Sie meinte das ernst. Ich, ich, der es abgelehnt hatte, an dem allen teilzunehmen, sollte nun schuldig sein! Professor Orlow hatte ihn doch ins Feld geschickt. Orlow hatte mir meinen liebsten Schüler getötet, meinen Nachfolger! Damals faßte ich meinen Plan. Tags darauf ging ich selbst zum Kulturminister.
‚Ich bin bereit, das Etnakronit G auszuhändigen. Doch vorher muß ich noch einige Versuche machen . . .'
‚Alles steht zu Ihrer Verfügung, teurer Patriot!' — Der Minister nannte den Betrag. Dafür hätte ich eine ganze Stadt histologischer Institute erbauen können. Sie aber wollten das Gift. Zum Schutz des Objektes bekam ich eine Kompanie Militär. Ich verlangte, daß sie von Major Kovács befehligt werde. So gelangte er eigentlich unter mein Kommando. Gleichzeitig schickte man mir eine wunderschöne Sekretärin und eine zweite, die tatsächlich arbeitete, dann zehn neue Assistenten, von denen angeblich vier der Abwehr angehörten, und zwanzig Laborantinnen. Wir standen einander in unseren kleinen unterirdischen Räumen im Weg, arbeiten konnten wir natürlich nicht. Dazu kam noch, daß auf den Gängen die Schritte der Dragoner hallten, als

erwarteten sie jeden Augenblick einen serbischen Einfall. Ich forderte neue Räumlichkeiten an. Ich sagte, ich brauche für mich drei Stockwerke. Ein anderes Gebäude lehnte ich ab. Ich stellte dem Lehrstuhl für Physiologie ein Ultimatum.

Ich hatte die Räumung des Gebäudes bis sechs Uhr gefordert; das augenblickliche Verbot von Reden, die die Histologie herabsetzten (künftig antihistologische Reden genannt); die Entlassung antihistologischer Forscher, Laboranten, Assistenten und Reinmachefrauen; eine Untersuchung der antihistologischen Tätigkeit der gesamten Lehrkanzel und die Bestrafung der Schuldigen, die meine Arbeit erschwert und den Tod meines Assistenten verursacht hatten. Das bedeutete die Bestrafung Orlows. Ich selbst wollte bei der ganzen Untersuchung zugegen sein.

Einige neue Assistenten glaubten, es sei ein Scherz. Bald aber belehrte ich sie eines Besseren. Das Ultimatum überbrachte Kovács mit drei Dragonern. Sie zitterten vor mir. Ich war es doch, der sie schützte, mir verdankten sie es, daß sie nicht an die Front mußten!

Nach einer Weile rief Orlow an. Er wäre überrascht ... er könne nicht begreifen ... Er wäre bereit, sich zu verständigen ...

‚Genauso hat die serbische Regierung gesprochen!' Ich warf den Hörer hin. Sie hatten noch immer nicht begriffen. Ich wartete bis zum Abend. Dann gab ich den Befehl.

‚Nieder mit den Physiologen!' schrie Kovács und zückte den Säbel. Ebenso seine Dragoner. Sie begannen Reagenzröhren und Meßinstrumente aus dem Fenster zu werfen, sie ließen die Kaninchen, Katzen, Mäuse, Hunde und alle übrigen Versuchstiere frei. Eine richtige Panik entstand, genau wie im Krieg. Meine Mitarbeiter versuchten mich umzustimmen. ‚Wollen Sie sie wegen ein paar Arbeitsräumen überfallen?'

‚Und Sie? Wissen Sie, was der Schatt el Arab ist? Angola? Oder Skutari? Man hat mir erzählt, daß der Weltkrieg wegen nichts Bedeutenderem ausgebrochen ist.' Ich nahm das Mikroskop und begab mich selbst zu meinem Apis, nämlich zu Professor Orlow. Gerade berichtete er telephonisch seinem Onkel, welchen Unfug ich hier treibe. Ich trieb es noch viel schöner. Mit dem Untergestell des Mikroskops schlug ich ihm den Schädel ein. Getötet habe ich ihn leider nicht. Das bedauere ich zutiefst. Denn tagtäglich werden an allen Fronten auf Grund der gleichen Logik, nach der ich die Physiologen überfallen habe, Tausende von Menschen getötet. Jeder Schritt, den ich unternommen habe, entspricht haargenau dem, was im Krieg als vaterländische Pflicht gilt. Und dennoch betrachtet niemand die Verantwortlichen als Wahnsinnige. Sie wurden nicht psychiatriert wie ich, sie wurden auch nicht eingekerkert, geschweige denn vor Gericht gestellt. Als wäre der Krieg etwas anderes als Mord. Aber, meine Damen und Herren, das Urteil, das über mich gesprochen werden wird, fällt auf sie zurück. Ich habe nichts anderes getan als sie. Wenn ich ein Verbrecher bin, sind sie Mörder."

An dieser Stelle unterbrach man den Professor. Das Geheimprotokoll zumindest, das vor nicht allzulanger Zeit im Landesarchiv in Mähren entdeckt wurde, endet hier. Die Journalisten, die im Protokoll erwähnt werden, haben offenbar keine einzige Zeile veröffentlicht. Niemand hat von diesem Prozeß erfahren. Vielleicht hat er auch niemanden interessiert. Hat sich doch seit jener Zeit so vieles zugetragen!

Vor allem zwei Weltkriege.

MYNONA

Neues Kinderspielzeug

„Aber nun laßt mir *diese* Kinderstube, meine eigne Höhle, wo heute alle Kinderei zu Hause ist.“

(Also sprach Zarathustra.)

Das *ganze,* das *ganze* Leben sollen unsre lieben Kleinen kennenlernen! Man wende nicht ein, daß sie ja noch für so vieles *keinen Sinn* hätten. Fürchtet ihr euch denn, ihren *nur schlummernden* Sinn für alles — für *alles* — zu wecken? Oh pfui! wollt ihr Feiglinge heranzüchten?

Ganz falsch und verhängnisvoll schädlich ist es, die Kinderlein für unvollständig zu halten. Sie sind so vollständig wie wir Erwachsene: sie sind nur in jeder Hinsicht enger, kleiner, feiner, schwächer; aber nichts Menschliches ist ihnen fremd und *sei* ihnen fremd!

Beachtet es wohl! Das Erziehungsprinzip, wonach man die Kinder möglichst lange vom echten, vollen, runden Leben abhält, ist absurd. Nicht durch Fernhaltung erziehe man, sondern *mitten* im Element des so ängstlich Gescheuten sollen die Kinder schon spielerisch schwimmen und fliegen und so das Furchtbare oder Ekelhafte oder Böse oder Gemeine und Kranke überwinden und beherrschen lernen.

Oh! Gerade in dieser so kostbaren Periode der Unschuld und Arglosigkeit werden sich alle jene Dinge, welche später schon gefährlich, verführerisch und gleichsam schuldig verstanden werden, mit der reinsten Kindlichkeit so innig durchtränken, daß schließlich, wenn, Generationen lang, die Kindlein auf alles — aber auch auf *alles in der Welt* vorbereitet werden, das ganze Leben von Unschuld duften wird. Sei es mir doch gestattet, in diesem Sinne einige Vorschläge zu machen. Sie betreffen das Kinderspielzeug.

Das Kinderspielzeug wird bisher von . . . *Feiglingen* erdacht. Gewiß gibt es zum Beispiel auch hier Soldaten, Festungen, Kanonen, Wehr und Waffen, so daß es knallt, dampft, zischt und prasselt, schreckliche Schlachten geliefert werden. Aber es fließt zum Beispiel kein Blut, die Sache bleibt trocken. Man führe Blut ein (natürlich künstliches!!!), und sofort macht es auch den Kindchen mehr Spaß. Das ist kolossal leicht: man verfertige *hohle* Soldaten mit siebartigen Öffnungen. Purzeln sie um, so verspritzen sie rotgefärbtes Wasser. Um granatenartige Wirkungen zu erzielen, nehme man magneteiserne Soldatchen, deren Glieder sich, auf einen Anprall hin, loslösen; man repariert sie rasch. Verunglückende Flieger, Soldaten zum Explodieren und restlosen Verschwinden macht man aus *Glas*, nach der Art der Bologneser Fläschchen. Sehr prächtig würde sich ein kleiner Kreisel in der Form eines beliebten Feldherrn, zum Beispiel Hindenburgs, ausnehmen: vom Kreiselradial gehen Sicheln aus. Man dreht ihn an und läßt ihn, aus einem Miniatur-Zeppelin, auf die Feinde hinab. Während er wirbelnd ihre Massen ringsum niedersichelt, läßt er die Melodie „Heil dir im Siegerkranz“ oder „Deutschland, Deutschland über alles“ ertönen. Patriotischer *kann* man die deutschen Kindlein gar nicht präparieren. — Das Massengrab darf in keinem Soldatenkästchen fehlen, so wenig wie ein gutes Musterungslokal, ein Lazarett mit gut imitierten Verwundeten, an denen die kleinen Ärzte Operationen, Amputationen und dergleichen vornehmen können. Wie soll denn später einmal der *echte* Feldzug zum Kinderspiel *werden*, wenn er es nicht, ob auch nur in kindischem Spiel, bereits einmal gewesen war? Ich ließ für meine Kleinen von ehrsamer Handwerkerhand einen Lazarettzug mit Leichnamen, Verwundeten, Ärzten, Schwestern, mitreisenden Witwen, Waisen und andern schwarz gekleideten Trauerpüppchen anfertigen und erregte damit Jubel über Jubel. Auf diese Weise wird die spätere *echte* Trauer durch diese kindlichen frohen Eindrücke verklärt und gelindert. Und wie tiefsinnig! Zum Beispiel vor Gott ist unser Leidwesen klein, und wir Alten schließlich auch nur Kinderchen.

Füsilierung ist ein sehr hübsches Spiel; desgleichen sollte auch eine Menge Zivilbevölkerung in militärischem Spielzeug enthalten sein, mit lütten Barrikaden, ansonst man nicht „Revolution“ spielen könnte. So leicht wird dann keine Mama plötzlich von der Sorge befallen werden: Was schenke ich Helmut zu Weihnachten?

Überhaupt! Kinderspielzeug kann *gar* nicht *realistisch genug* ersonnen werden. Was macht sich mein Junge aus einer Kuh, die *nicht gemolken* werden kann. Ein Gummiballon-Euter, und die Sache klappt und macht enormen Spaß.

Und immer noch fragt Tante Paula und ringt, sich härmend, die Hände: Soll ich die Kleinen *aufklären?* Aber Tante! Du *sollst es.* Du sollst dir zu diesem Zwecke eine Wöchnerin-Puppe besorgen. Gerade weil die Kinder diese Eindrücke so *unschuldig* hinnehmen, *sollen* sie daran gewöhnt und dadurch gegen deren spätere Verfänglichkeit *geschützt* werden: Kinderspielzeug *ist* prophylaktisch. Es ist schade, daß mir hier *verlogene* Dezenz den Mund zuhält. Schamhaftigkeit ist gewiß *sehr* schön, aber ihre Verbindung mit der Feigheit, statt mit dem Mute, ist häßlich, ist Prüderie. Es gibt eine schamhafte *und* eine schamlose Entblößung des Leibes. Denn die wahre Scham bezieht sich ja gar nicht auf die *Dinge*, sondern auf die *Gebärde, mit welcher* sie diese Dinge zeigt: *sie selber* ist so sehr Schleier über allem Schlimmen, daß sie *objektiv* keine Schleier mehr *braucht*, sondern *gerade sie* sich ihrer Nacktheit nicht mehr schämt.

Auf den ersten Anhieb wird man ein Bordell als Kinderspielzeug voreilig *verwerfen*. Warum? *Weil* es im Leben vorkommt? Feigheit! — Es *„sollte"* nicht vorkommen?! Wohl! Schon recht. Schwächen Sie *eben deswegen* seine unheilvolle Wirksamkeit *sofort* im Unmündigen *ab*. Der Reiz der Sünde beruht auf *Überraschung*. Machen Sie die Kleinen zu *Blasierten des Verbotenen*. Ja, eröffnen Sie ihnen als Kinderspielzeug das gesamte Reich der *Kriminalistik!*

Welche begeisternde Idee! Eine entzückende kleine Morgue mit allem Drum und Drin; eine Anatomie; ein Mütterheim mit Hebammen: von Vater keine Spur. Wundervoll gelingende kleine Bombenattentate mit entzweigehenden, leicht heilbaren Prinzen. Warenhäuser mit automatisch funktionierenden Brandstiftungen, Einbrüchen, Diebstählen. Auf vielerlei Weise ermordbare Opfer und die zu ihnen gehörigen Mörderpuppen mit allen einschlägigen Instrumenten.

Denken Sie an entzückende kleine Leichenwagen und Särgchen, an Puppenfriedhöfe und Krematorien mit drolligen Gräberchen und Urnen, Leichensteinen mit auswechselbaren Inschriften, Pastören und anderen Puppen.

Warum *sollte* das Kind nicht sein kleines Museum haben? Es lernt den Wert von Bildern, Plastiken usw. vorahnen — es *kann* gar nicht *genug* vorahnen!!! Es *soll* nicht unwissend gehalten werden, erlebe *alles*.

Warum versagt man ihm seinen zierlichen Reichstag? Weswegen fehlt ihm eine federleichte einbalsamierte Monarchenleiche? Meine Kinder lachten neulich Tränen über eine der niedlichen Sozialistenversammlungen bei Streik und weinenden Müttern, auf welche jener Kreisel losgelassen wurde. Ich wurde inne, von welcher sieghaften *Höhe* hinab alles Menschliche zu erblicken und zu betreiben, sie sich *einübten*. Glauben sie denn, diese Vogelperspektive schwäche alsdann die Tatkraft? Unsinn! Lähmt sie denn die Energie der Adler und anderer Immelmänner (Immelmann klingt ja wie Himmelmann an)?

Sogar Seuchen und Hungersnöte sind für Kinderchen darstellbar. Dick und mager werden könnende Hunger-Gummipuppen streng ergötzlich! Geschwür-Puppen furchtbar komisch. Guillotine und Galgen möchten wenigstens *meine* Kleinen nicht mehr missen. Ein Asyl für Obdachlose — das Appetitlichste, das man sich denken kann.

Ob man (vermittelst Stinkbomben) die kleinen Rotunden und überwie unterirdischen Bedürfnis-Anstalten auch für die lieben Näschen überzeugend machen solle, wage ich nicht zu entscheiden. Dagegen bin ich bestimmt für Paradies mit Sündenfall; für kleine Kirchen (allen jüdischen Kindern Synagögchen) respektive Moscheen u. a.

Eisenbahn-Spielzeug, ohne die Möglichkeit, Eisenbahnkatastrophen darzustellen, macht nur das *halbe* Vergnügen. Sollen aus Kindern einmal *ganze* Kerle werden, so *darf* man ihnen *nichts* Menschliches verbergen. Ihre Unschuld sorgt schon *unwillkürlich* für alle nötigen *Schranken:* und später, wenn diese Schranken sich allmählich erweitern, trifft das Neue auf *vorbereitete* Gemüter. Daß die Kleinchen über *alles* lachen, auch über die Kehrseiten des Lebens, das ist geradezu die herrliche Ausdehnung der strahlenden *Heiterkeit* auch über alles sonst so schnöde von ihr Verlassene und nur *dadurch* so Triste. Das ist der Humor, welchem künftige Geschlechter, *so* erzogen, *nichts* mehr vorenthalten werden!

Ich versage mir nicht, an etwas Weihevolles zu rühren: *Kein* Kinderzimmer mehr ohne nagelbare Denkmäler!

LEO SZILARD

Der Zentralbahnhof

Ein Bericht

Ihr könnt Euch vorstellen, wie betroffen wir waren, als wir in dieser Stadt landeten und sie völlig verlassen fanden. Zehn Jahre lang sind wir durch das Weltall gereist, und der erzwungene Müßiggang hatte uns zunehmend ungeduldig und reizbar gemacht. Als wir nun schließlich auf der Erde landen, zeigt sich, wie Ihr sicher wißt, daß auf diesem Planeten sämtliches Leben erloschen ist.

Wir mußten natürlich zuallererst herausfinden, was geschehen war und ob das, was das Leben hier zerstört hat — was es auch immer gewesen sein mag —, noch immer wirkte und vielleicht unser eigenes Leben bedrohte. Wir wären zwar kaum in der Lage gewesen, etwas zu unserem Schutz zu tun, aber wir mußten entscheiden, ob weitere Expeditionen hierhergeschickt werden konnten.

Zuerst glaubten wir, vor einem unlösbaren Rätsel zu stehen. Wie konnten irgendwelche Viren oder Bakterien *alle* Pflanzen und Tiere töten? Aber schon nach einer Woche fand einer unserer Physiker, ganz zufällig, eine schwache Spur Radioaktivität in der Luft. Da sie sehr schwach war, wäre sie an und für sich ohne Bedeutung gewesen, die Analyse zeigte jedoch, daß sie von einer besonderen Mischung verhältnismäßig kurzlebiger Elemente stammte.

Da erinnerte uns Xram daran, daß vor fünf Jahren auf der Erde rätselhafte Lichtblitze beobachtet wurden, und zwar sämtlich innerhalb einer Woche. Er meinte, diese Blitze könnten vielleicht Uranexplosionen gewesen sein, die Radioaktivität käme dann von diesen Explosionen und könnte anfänglich stark genug gewesen sein, um das Leben auf dem Planeten zu vernichten.

Dies klang nun recht unwahrscheinlich, da Uran an und für sich nicht explosiv ist und nur durch ein ziemlich verwickeltes Verfahren zur Explosion gebracht werden kann. Da die Erdbewohner, die all diese Städte erbaut haben, vernunftbegabte Wesen gewesen sein müssen, ist es schwer zu glauben, daß sie durch ein verwickeltes Verfahren Uran zur Explosion brachten, nur um sich selber zu vernichten!

Die Analyse hat aber tatsächlich ergeben, daß die radioaktiven Elemente in der Luft dieselben sind, die bei Uranexplosionen entstehen, und ihr Mischungsverhältnis ist genauso, als wären sie vor fünf Jahren als Spaltprodukte des Urans entstanden. Dies kann kaum ein

Zufall sein, und daher wird jetzt dieser Teil von Xrams Theorie allgemein für richtig gehalten.
Wenn er jedoch weitergeht und zu erklären versucht, warum und auf welche Art es zu solchen Uranexplosionen kam, dann kann ich ihm nicht länger folgen. Xram glaubt, es habe ein Krieg zwischen den Einwohnern zweier Kontinente stattgefunden, in welchem beide Kontinente siegreich waren. Da die ersten zwanzig Lichtblitze auf dem eurasischen Kontinent stattfanden und ihnen dann fünf, wesentlich stärkere Lichtblitze auf dem amerikanischen Kontinent folgten, war ich zunächst bereit, die Kriegstheorie ernsthaft in Erwägung zu ziehen.
Ich dachte, daß vielleicht *zwei verschiedene* Arten von Erdwesen diese beiden Kontinente bewohnt haben, die entweder nicht fähig oder nicht gewillt waren, Geburtenkontrolle zu üben, und daß dies zu Übervölkerung, Hungersnot und schließlich zu einem Kampf auf Leben und Tod geführt habe. Aber diese Theorie mußte fallengelassen werden, denn erstens gehören die Skelette von Erdbewohnern, die auf dem eurasischen und auf dem amerikanischen Kontinent gefunden wurden, derselben Art an, und zweitens zeigt die Anzahl der gefundenen Skelette, daß keiner der beiden Kontinente übervölkert war.
Trotzdem beharrt Xram auf seiner Kriegstheorie. Das Ärgste ist, daß er seine Theorie jetzt auf eine einzige, ziemlich rätselhafte, aber wahrscheinlich völlig bedeutungslose Beobachtung stützt, die wir kürzlich bei der Erforschung des „Zentralbahnhofs" machten.
Als wir hier landeten, wußten wir nicht, wo wir mit unserer Arbeit beginnen sollten, und so machten wir zunächst eines der größten Gebäude der Stadt zum Gegenstand unserer Untersuchung. Was sein Name „Zentralbahnhof" bedeutet haben mag, wissen wir nicht, jedoch gibt es kaum einen Zweifel über den Zweck, dem das Gebäude diente. Es gehörte zu einem primitiven Beförderungssystem, bei dem ungeschlachte Maschinen sich auf Gleisen fortbewegten und auf Räder montierte Wagen hinter sich herschleppten.
Wir haben dieses Gebäude nun über zehn Tage lang studiert und dabei eine ganze Anzahl interessanter und merkwürdiger Einzelheiten entdeckt.
Ich möchte zunächst von einer Beobachtung berichten, die wir, glaube ich, befriedigend aufgeklärt haben. Wir entdeckten, daß die Wagen, die sich in diesem Gebäude befanden, entweder ein Schild „Raucher" oder ein Schild „Nichtraucher" trugen, was auf die Trennung zweier Arten von Fahrgästen voneinander hinweist. Ich kam sogleich darauf,

daß in dieser Stadt wohl zwei Arten von Erdwesen gelebt haben, eine stärker pigmentierte Rasse mit dunkler, rauchartig gefärbter Haut und eine weniger pigmentierte Rasse (nicht notwendigerweise Albinos), deren Gesichtsfarbe nicht rauchartig, sondern eher hell war.

Sämtliche Überreste von Erdwesen waren Skelette, die keinen Aufschluß über die Pigmentierung der Haut geben. So schien es zunächst, daß man kaum etwas finden würde, was die Theorie bestätigt. Inzwischen haben wir jedoch in der Stadt eine Anzahl großer Gebäude gefunden, die irgendwelchen, uns unbekannten Zwecken gedient haben mußten. In den Räumen dieser Gebäude hingen mit Bildern bemalte Leinwandstücke eingerahmt an den Wänden, die sowohl Landschaften als auch Gestalten der Erdbewohner darstellten. Und nun sieht man, daß es tatsächlich zwei Klassen von Erdwesen gab, solche mit einer stark pigmentierten Haut, die ihnen ein rauchfarbenes Aussehen verleiht, und solche, deren Haut nur eine geringe Pigmentierung aufweist. Dies ist genau das, war wir erwartet haben.

Es wäre an dieser Stelle zu erwähnen, daß eine gewisse Anzahl von Bildern die Existenz einer dritten Art von Erdwesen erkennen läßt. Diese haben außer Armen und Beinen auch noch Flügel, und anscheinend gehören sie alle der weniger pigmentierten Klasse an. Keins der zahlreichen Skelette, die wir untersucht haben, scheint jedoch dieser beflügelten Art anzugehören, und ich schließe daraus, daß wir es hier mit einem ausgestorbenen Typus zu tun haben. Daß sich dies in der Tat so verhält, kann kaum mehr bezweifelt werden, seit wir festgestellt haben, daß die beflügelten Wesen *viel häufiger in älteren Bildern als in den neueren dargestellt sind.*

Ich kann hier natürlich nicht auf alle sonderbaren Entdeckungen eingehen, die wir im Bereich des „Zentralbahnhofs" gemacht haben, aber ich möchte doch wenigstens die allermerkwürdigste Beobachtung erwähnen, vor allem, weil Xram seine Kriegstheorie auf sie stützt.

Wir machten diese Entdeckung im Laufe der Untersuchung von anscheinend unwesentlichen Einzelheiten. Innerhalb der ausgedehnten Räumlichkeiten des „Zentralbahnhofs" stießen wir auf zwei kleinere Hallen, die ein wenig abseits und daher etwas verborgen lagen. Sie waren durch Schilder als „Männer" und „Frauen" bezeichnet und enthielten je eine Anzahl kleiner Kabinen, die die Erdbewohner bei der Absonderung ihrer Exkremente benutzten. Die erste Frage war: wie konnten die Erdbewohner diese verborgenen Anlagen innerhalb des „Zentralbahnhofs" finden?

Ein Erdbewohner, der in diesem riesigen Gebäudekomplex aufs Geratewohl herumgeirrt wäre, hätte im Durchschnitt etwa eine Stunde gebraucht, um zufällig auf eine dieser Anlagen zu stoßen. Es ist jedoch möglich, daß die Erdbewohner bei der Suche durch ihren Geruchssinn geleitet wurden, und wir haben abgeschätzt, daß sie, wenn ihr Geruchssinn dreißig- bis vierzigmal empfindlicher war als unser eigener unterentwickelter Geruchssinn, diese Anlagen innerhalb von fünf bis zehn Minuten auffinden konnten. Demnach stellt uns diese Frage vor kein allzu schwieriges Problem.

Etwas anderes ist indessen wesentlich schwieriger zu erklärten. Wir fanden nämlich, daß die Tür einer jeden Kabine in diesen Hallen durch eine ziemlich komplizierte Vorrichtung verschlossen war. Als man diese Vorrichtungen näher untersuchte, fand man, daß sie eine Anzahl runder Metallscheiben enthielten. Wir wissen jetzt, daß diese geschickt konstruierte Vorrichtung den Zugang zu der Kabine versperrte, bis durch einen Schlitz eine weitere Metallscheibe in sie hineingelegt wurde. Alsdann ließ sich die Tür öffnen, so daß man die Kabine betreten konnte.

Diese Scheiben sind mit verschiedenen Bildern geziert und sind verschieden beschriftet, jedoch steht auf allen das Wort „Freiheit". Was bedeuten diese Vorrichtungen, die Metallscheiben, die sie enthalten, und das Wort „Freiheit" auf den Metallscheiben?

Obgleich seine ganze Anzahl von Hypothesen aufgestellt wurde, scheint jetzt die Meinung doch allgemein dahin zu neigen, daß wir es hier mit einer rituellen Handlung zu tun haben, die die Absonderung der Exkremente begleitet hat und die vielleicht mit den seltsamen Riten, die von den Planeten Sigma 25 und Sigma 43 berichtet werden, zu vergleichen wäre. Dementsprechend müßte dann das Wort „Freiheit" irgendeine Tugend bezeichnet haben, die bei den Erdwesen oder aber ihren Vorfahren in hohem Ansehen stand. Dies liefert eine ziemlich befriedigende Erklärung dafür, daß unmittelbar vor der Absonderung der Exkremente runde Metallscheiben geopfert wurden. Aber warum war es notwendig, die Opferung einer solchen Metallscheibe in jedem einzelnen Falle durch eine besondere Vorrichtung zu gewährleisten oder, wie Xram sagt, zu erzwingen?

Auch dies kann man leicht erklären, wenn man annimmt, daß die Erdbewohner, die diese Kabinen aufsuchten, vielleicht in Eile waren und ohne diese Vorrichtung gelegentlich das Opfer einer Scheibe vergessen und nachher Reue empfunden hätten. Solche Reue als Folge

der Unterlassung vorgeschriebener Riten ist im Falle der Bewohner der Planeten Sigma 25 und Sigma 43 wohlbekannt.
Ich glaube, dies ist im großen und ganzen die beste Erklärung, die im Augenblick gegeben werden kann, und es ist wahrscheinlich, daß spätere Untersuchungen sie bestätigen werden. Wie ich vorher erwähnte, hat Xram eine eigene Theorie entwickelt, die, wie er glaubt, alles zu erklären vermag, sowohl die Scheiben in der Vorrichtung wie auch die Uranexplosionen, die das Leben auslöschten.
Er glaubt, diese runden Scheiben seien an Erdbewohner als Entgelt für Dienstleistungen ausgegeben worden. Er sagt, die Handlungen der Erdbewohner waren nicht von Vernunft gelenkt, sie hätten nicht ohne einen besonderen Ansporn an gemeinnützigen Unternehmungen mitgewirkt.
Dadurch, daß man sie an der Absonderung der Exkremente ohne die gleichzeitige Abgabe einer Scheibe verhinderte, spornte man sie an, solche Scheiben zu erwerben, und ihr Streben, in den Besitz solcher Scheiben zu gelangen, veranlaßte sie dann, bei der Durchführung gemeinsamer Unternehmen, die der Gesellschaft als Ganzes dienten, mitzuwirken.
Er sagt, die Scheiben in den Vorrichtungen wären nur ein Sonderfall eines allgemeineren Prinzips; die Erdbewohner hätten solche Scheiben vermutlich auch bei dem Empfang von Nahrung und bei anderen ähnlichen Gelegenheiten abgeben müssen.
Xram besuchte mich vor einigen Tagen, um über all dieses zu sprechen. Ich bin nicht sicher, ob ich alles, was er sagte, richtig verstand, denn er sprach sehr rasch, was er oft tut, wenn er über eine seiner Theorien in Aufregung gerät. Im großen ganzen habe ich jedoch, glaube ich, verstanden, worauf er hinauswill, aber was er sagt, leuchtet mir nicht ein.
Anscheinend hat er ausführliche Rechnungen vorgenommen, aus denen hervorgeht, daß die Herstellung und Verteilung von Gütern auf Grund eines Austausches von Scheiben nicht stabil sein kann, sondern großen Schwankungen unterworfen sein muß, die mit den manisch depressiven Zyklen gewisser Geisteskranker vergleichbar sind. Er geht so weit zu behaupten, daß in solch einer depressiven Phase der Wirtschaft ein Krieg sogar unter Lebewesen derselben Art psychologisch möglich ist.
Ich gebe gerne zu, das Xram genial ist. Seine Theorien haben sich zwar nachträglich stets als unhaltbar erwiesen, doch haben sie bisher immer mindestens ein Körnchen Wahrheit enthalten. Diesmal indessen kann

das Körnchen nicht sehr groß sein, und diesmal kann ich sogar beweisen, daß er Unrecht hat.
In den letzten Tagen machten wir eine Stichprobe in zehn verschiedenen Wohnhäusern der Stadt, die wir aufs Geratewohl ausgesucht hatten. Wir fanden eine Anzahl von Räumen, die der Absonderung der Exkremente dienten, und es waren in keinem Falle Vorrichtungen mit kleinen runden Scheiben vorhanden — jedenfalls nicht in den Häusern, die wir bisher untersucht haben. Angesichts dieser Tatsache bricht Xrams Theorie zusammen.
Es scheint nun festzustehen, daß die runden Scheiben, die wir in den kleinen Hallen des „Zentralbahnhofs" vorgefunden haben, dort in einer rituellen Handlung deponiert worden sind. Anscheinend begleiten solche rituellen Handlungen die Absonderung der Exkremente an *öffentlichen Orten*, und zwar *ausschließlich an öffentlichen Orten.*
Es freut mich, daß wir dies rechtzeitig aufklären konnten, denn es hätte mir leid getan, wenn Xram sich durch die Einfügung seiner Theorie in den Bericht lächerlich gemacht hätte. Er ist ein begabter junger Mann, und trotz der phantastischen Ideen, die er so häufig im Handumdrehen produziert, habe ich ihn recht gern.

RENÉ REBETEZ CORTÉS

Rocky Lunario

„Die Mauern, weh, wollet ihr
zu Grund niederreißen, da des einen Thron zu bitter war.“ *Aischylos*

Rocky Lunario war mißgestimmt, denn sein Vorrat an Kaugummi war zu Ende gegangen.

Er bückte sich, nahm eine Handvoll Mond — weißen Mond, der wie sehr feiner Kalk aussah — und schleuderte ihn weit von sich; es entstand eine kleine weiße Staubwolke einen halben Meter über dem Boden, die sich in schräger Richtung und ganz langsam senkte.

Er blickte auf die Erde da oben, die voll war, und seine Sauerstoffflasche füllte sich mit Wehmut, als er an die Orte dachte, die ihm die liebsten waren: das alte Sizilien seines Großvaters und den Drugstore in Brooklyn, wo er zu Hause war. Nur mit Mühe löste sich sein Blick von der Erde und schweifte durch den unermeßlichen schwarzblauen Weltraum, bis er an der Galaxis C-419 hängenblieb; sie sah wie eine riesige Eiscreme aus, fast zum Greifen nahe und genauso appetitlich wie die, die der alte Buck zubereitete.

Zugleich mit der Sehnsucht stieg, wie schon so oft während des vergangenen Jahres, Wut in ihm auf, als er sich an den Swimming-pool, die Sonne und die langen Schenkel der Mädchen im Private Club von Fort Lauderdale, Florida, erinnerte, wohin er sich jedesmal geflüchtet hatte, wenn man ihm während des Trainings auf dem Raketenstützpunkt eine Atempause gönnte. Nach vielen erfolglosen Versuchen konnte das Programm gestartet werden, nach dem jeder der Männer ein Jahr auf der Mondstation zu leben hatte. Als er an die Reihe kam, war bereits alles fertig: die Einrichtungen, um fremde Satelliten aufzuspüren und Atomexplosionen in der Erdatmosphäre auszumachen; die Abfanggeräte für Piratenraketen und schließlich die gigantische Bombenabschußrampe, die jeden Augenblick bereit sein mußte, um die absolute Überlegenheit zu gewährleisten. Die radioaktiven Rohstoffe wurden von Minenrobotern geschürft und dann zur Erde geschickt, von wo sie in glitzernden, leitflossenbewehrten Bomben zurückgesandt und in 126 Atomsilos gelagert wurden.

Seine Aufgabe bestand vor allem darin, die Meßwerte der Mondstation zu beobachten, die alle automatisch gesteuerten Anlagen kontrollierte und die Tagesproduktion in den Minen registrierte. Er mußte nach

einem streng alphabetischen Schema Proben unbekannter Minerale und teleskopische Aufnahmen zur Erde schicken, aus denen die Zusammensetzung von weit entfernten Planeten und unbekannten Sternen berechnet wurde.
Man hatte allen Grund, stolz auf dieses großartige Unternehmen zu sein, für dessen Funktion nur ein einziger Mensch bei minimalem Arbeitsaufwand und maximaler Leistung erforderlich war. Doch Rocky Lunario dachte daran, wieviel lebendiger und abwechslungsreicher er jene Monate in der Kanalzone verbracht hatte, mit den Streifzügen durch die Viertel der roten Laternen, wo die Bars voll von dunkelhäutigen Mädchen waren, die man für zwei Dollar haben konnte. Auf dem Mond aber gab es nichts dergleichen. Auf dem Mond konnte man nur durch die talkigen Ebenen streifen oder den Kopf aus den gigantischen Kratern strecken, wie eine Maus, die sich in einem riesigen Schweizerkäse verirrt hat.
Der Kampf zwischen Rocky Lunario und der Langeweile war nicht neu. Er war so alt wie er selbst, und schon in seiner Kindheit hatte er oft und immer unerwartet diesen beklemmenden Ärger verspürt: zum Beispiel, wenn er an das Ende eines Häuserblocks gelangte oder wenn ein Baseball-Spiel vorüber war. Dann packte ihn immer vor lauter Verdruß eine unbeherrschbare Wut, die er irgendwie abreagieren mußte, etwa indem er einer Konservendose einen Fußtritt versetzte, ein Schaufenster oder einen Spiegel zertrümmerte, in die Unterlippe des nächstbesten Mädchens biß oder mit 80 Meilen pro Stunde über den Highway von Key West raste. Danach kehrte der Frieden wieder in ihn zurück, eingeschenkt in einen Dry Martini, am Rande des Schwimmbeckens im Private Club.
Und jetzt hockte er auf diesem idiotischen Satelliten und hatte nicht einmal mehr einen Pfefferminz-Kaugummi, um seine Wut herauszukauen.
Er lenkte seine Schritte, die trotz seiner Eisbärenvermummung erstaunlich behende waren, zum Zyklotron, das wie eine riesige Sanduhr aus einem Meer von weißlichem Staub ragte. Es hätte auch ein Gitarrenkasten oder ein aufgeblasener weiblicher Torso sein können. Aus seinem Innern war das Summen der dispersen Atome und das Zischen der Alpha-Teilchen zu hören, die die Atome spalteten: ein monotones, vertrautes Geräusch, das ihn an die Jazz-Combo von W. Fisher erinnerte.
Mit der Innenfläche seines Handschuhs unterdrückte er ein Gähnen und bog kurz vor dem Zyklotron in den Weg ein, der ihn zu dem

weißen Gebäude führte. Er hatte sich oft gesagt, daß hier die Hauptstraße verlaufen würde, wenn eines Tages die Zivilisten kämen. Er stellte sich die Straße vor, wie sie im Zauber der Neonreklamen von Menschen überquoll, mit rotnasigen Betrunkenen, die aus den Bars und den Kneipen wankten. Aber zunächst war nur das weiße Gebäude da. Es sah harmlos, fast bedeutungslos aus, wie es in einer Entfernung von etwa fünfzig Metern vor ihm lag, wie ein kleines Gefängnis, nur daß es eine Krone in Form einer kleinen Kuppel trug, wie sie die Sternwarten in den Provinzstädten haben.

Er erreichte die schmale Metalltür und setzte mit leichter Hand den verborgenen Mechanismus in Bewegung, der das automatische Abwehrsystem ausschaltete und gleichzeitig die mit Steatit gepanzerte Tür öffnete. Er passierte den engen Vorraum und lief mit wenigen Sätzen die Wendeltreppe zum Kommandoraum hinauf.

Die glitzernden Metallhebel und die drehbaren Hocker erweckten das vertraute Bild eines Bierausschanks. Er setzte sich auf den Sessel in der Mitte und zog sich Handschuhe und Raumanzug aus, denn hier drinnen herrschten Lebensbedingungen wie auf der Erde. Er holte tief und genußvoll Luft, strich sich mit der Hand durch sein blondes, schweißnasses Haar und richtete das Fernrohr auf die Erde. Wie jeden Tag fuhr er zuerst über die gebogenen Linien der Kontinente und die glänzenden Ebenen der Meere und schaltete dann das Gerät auf größtmögliche Erdnähe ein, so daß er über Städte und Dörfer dahingleiten konnte, als ob er sich an Bord eines Flugzeugs befände. Seine Finger trommelten auf dem Schaltpult über die drei Tasten, die den Abschuß der Projektile auslösten.

Als er auf die mittlere Taste drückte, mit der das stärkste Geschoß bedient wurde, wunderte er sich, weil alles ruhig blieb. Zwei Sekunden später sah er, wie die Rakete geräuschlos emporstieg. In zwölf Stunden würde sie an ihrem Ziel sein.

Aus der hinteren Hosentasche zog er ein Heft mit Comics, lehnte sich zurück, legte die Füße auf das Schaltpult und begann auf den Moment zu warten, in dem die Erde vom Firmament gelöscht würde.

OSKAR MARIA GRAF

Das apokalyptische Vorspiel

Nach den wirren, entscheidungslosen Jahren, die dem letzten großen Weltkrieg gefolgt waren, gingen auf einmal wieder Massentod und Vernichtung um. Ein neuer Krieg raste um den Erdball. Wie und warum er gekommen war, wußte im Grunde genommen niemand. Die mißtrauisch gewordenen Völker ergingen sich in dunklen Mutmaßungen, und die Regierungen verbreiteten plausibel klingende Lügen. Das erstaunlichste war nur, daß die Menschenmassen kaum erschraken und in bestimmten Ländern sogar so etwas wie eine jähe, flüchtige Erleichterung nach einem dumpfen Alpdruck empfanden. Aller Wahrscheinlichkeit nach war ihnen das, was sie in den letzten trüben Jahren als den schüchternen Anfang irgendeines Friedens erlebt hatten, noch gar nicht als das Ende, sondern nur als eine Unterbrechung des Krieges erschienen. Das vorher Durchlebte geisterte noch düster und traumhaft in ihrem benommenen Gefühl. Im wilden Getümmel der Geschehnisse jedoch wurde sehr bald überhaupt nichts mehr bestimmbar, denn dieser neue Losbruch war kein Menschenkrieg mehr. Die Elemente schienen auf die Erde niedergebrochen zu sein, und wie im Handumdrehen setzten sie die Armeen außer Aktion. Es war, als flüchteten die Menschen vor ihren eigenen Werken und verkröchen sich vor deren Furiengewalt. Schon nach kurzer Zeit wußte niemand mehr, wer gegen wen kämpfte, und wenngleich noch immer von irgendwoher Stimmen durch den verpesteten Äther drangen und den Radiohörern das Vorhandensein einzelner Regierungen oder eines Rates der „Vereinten Nationen" vortäuschten — rasch wurde all dies unwirklich. Jede Ordnung zerstäubte gleichsam. Die Erinnerungen an das Vorher versanken. Ursache und Zeit schienen verweht und zerblasen, und nur die Wirkung war überall dieselbe: Auf belebte Seehäfen und blühende Millionenstädte an den Küsten der Weltmeere fielen fast lautlos übergrelle Riesenblitze vom Himmel herab. Die erschreckten Menschenmassen wurden unruhig und jagten nach allen Seiten. Ein seltsam verhaltenes, unterirdisches Grollen lief unter ihren Füßen, und schon brachen die Häuser krachend auseinander und begruben alles. Die Erde barst, und Tausende fielen in ihre breiten, tiefen Rinnen. Die von Panik ergriffenen Massen erreichten das Meerufer und stürzten sich, alles überrennend, in die kochendheißen Fluten. Im Brodeln der erhitzten Wellen schwammen unzählige verendete, weißbäuchige Fische aller Größen. Flatternde Möwen erstarrten in der sengenden Luft und fielen wie verrußte Trauben mit den emporgeschleuderten, zischend platzenden Menschenleichen auf die stürmische Wasserfläche herab. Gespenstisch trieb das schaurige Gemeng ins Ungewisse. Das unterirdische Grollen brach plötzlich in ein peitschendes Krachen, und wie ein Fanal des kommenden Weltuntergangs warf eine riesige Feuerwolke Stadt und Land und Meer weitum ins hohe Nichts des Himmels und regnete als sengender Staub wieder hernieder. Erst nach langer Zeit verglommen die fressenden Flammen. Staub und verkohltes Geriesel, soweit das Auge reichte. Häuser und Gärten, Wälder und Wiesen, Menschen und Tiere waren weggeätzt. Ein giftiger Dunst stand über der Stille. Eine nackte Wüste lag leblos da.

Und im Innern vieler Länder war es nicht anders. Wie eine unaufhaltsame Flut flohen die Menschenscharen überall ins Nirgendwo. Sie flohen ohne Hoffnung, in fassungsloser Verzweiflung. Sie flohen, soweit das überhaupt noch möglich war, nicht nur aus dem Umkreis der zu Staub gewordenen Städte und Industriereviere; sie flohen auch, weil außer den weißen Blitzen der Atombomben und der Raketenstreuer, die das schleichende Gift tückischer Bakterien über die Landschaften säten, plötzlich beißende Kältewellen daherwehten, die in wenigen Minuten alles bis zur tödlichen Starrheit gefrieren ließen. Sie flohen aus Flecken und Dörfern, aus scheinbar noch geschützten Winkeln und aus jeder Art von Seßhaftigkeit, und sie flohen, obgleich sie dunkel witterten, daß überall das gleiche Verderben auf sie lauerte. Und alles riß so ein trauriger Heerbann mit und an sich: Autos und stehengelassene Lastwagen, die noch eine Weile liefen und dann mit Pferden bespannt wurden, zufällig aufgelesene leichte Feldkanonen, vollbepackte Fuhrwerke aller Art, Fahrräder, Kinderwagen und Handkarren. Wie ein Heuschreckenschwarm fiel er manchmal über eine noch fahrende Eisenbahn. Ein blutiges, erbarmungsloses Gefecht entwickelte sich. Endlich preßten sich die Menschenknäuel in die Waggons, warfen Tote und Verwundete über die Böschung, kletterten auf die Wagendächer und hängten sich an die Trittbretter. Der überladene Zug keuchte noch eine Strecke weiter, bis zur nächsten Zerstörung des Schienenstranges. Die Räder knirschten sägend in die aufgewühlte Erde. Die scheppernd aufeinanderstoßenden Waggons stockten, hoben sich aus den Geleisen und kippten um. Die Daruntergeratenen schrien und klagten gräßlich, aber die von den Dächern waren aufs freie Feld gesprungen, die andern krochen aus den eingeschlagenen Fenstern und Türen, und niemand kümmerte sich um die Zugrundegehenden. Weiter, weiter wälzte sich der immer wieder zusammenrinnende Haufe. Nur der Gewitzte, der robust Gesunde und Starke überstand und blieb obenauf, doch alles floß mit der strömenden Flut. Frauen in Pelzmänteln und barfüßige, ausgemergelte Mütter, zerlumpte Halbwüchsige mit gefährlichen Gesichtern, halbnackte Elendsgestalten und bestiefelte Männer in zusammengewürfelten Uniformen. Menschen gab es in diesen verwilderten Rudeln, behangen mit allen technischen Hilfsmitteln, die ihnen für ein solches Dasein wichtig schienen: mit Repetiergewehren und Pistolen letzter Präzision, mit Patronengurten und Handgranaten, mit Feldstechern und Fotoapparaten, mit umgehängten schmalen Radios und Gasmasken in den Gürteln. Menschen mit abgefrorenen Fingern und Nasen, oder mit Brandwunden übersät, zogen mit, Menschen mit vergifteten Lungen, die pfeifend keuchten; andere wieder hatten Gesichter und Hände wie mit Grünspan überzogen. Hautfetzen hingen ihnen herunter. Sie rochen faulig, ihre Glieder schrumpften zusehends. „Freundchen, weg mit Schaden!“ sagte der Hintermann und schoß ihnen ins Genick. Sie gaben keinen Laut von sich. Nicht ein Tropfen Blut rann aus der Wunde. Sie brachen in sich zusammen, als wären ihre Glieder längst verwest, und schmolzen im Nu hin wie ein unkenntliches, matschiges Häuflein. Die Tausende trampelten darüberhin . . .

Wohin zogen sie eigentlich? Ein Ziel gab es nicht mehr. Alles blieb dem Zufall und dem augenblicklichen Glück überlassen. Unversehens gerieten die Wandernden in radioaktive Strichweiten und starben wie die Fliegen. Sie tranken Wasser aus vorüberfließenden Bächen, bekamen quälendes Erbrechen, wanden sich veitstanzgleich und gingen ein wie schauerlich verrenkte Tiere. Von irgendwoher zogen ihnen Schwaden von süßlichem Leichengestank entgegen. Eilends schwenkten sie in eine andere Richtung ab. Auf Sichtweite tauchte eine halbzerstörte Stadt auf. Seltsam flimmerten ihre Ruinen. Kein aufsteigender Rauch, kein fernes Geräusch — nichts lebte. Einige hoben den Feldstecher vor die Augen und sahen zerbröckelte, eisüberzogene Häuser mit merkwürdig verzogenen, geborstenen Wänden. Die Fensterscheiben waren gesprungen. Auf dem Damm waren die Geleise hochgebogen und frostweiß.

„Verwintert!“ brummte irgendein Ausschauender und warnte. Doch in stumpfer Hoffnung auf endliches Unterkommen trabte der ganze Zug rascher vorwärts. Nach und nach wurde der Boden steinhart.

„Verflucht, ist das eine Kälte!“ knurrten einige. Auf der dick bereiften, glitschigen Straße standen Autos mit reglosen Menschen darin. Ein Bauernfuhrwerk war da. Der Bauer hockte steif auf dem Bock, die Zügel in den klammen Händen, und seine Barthaare sahen aus wie dünne, stahlblau glänzende, verkrümmte Nadeln. Das Pferd an der Deichsel hatte den Vorderfuß zum Schritt gekrümmt, aber es rührte sich nicht.

„Was ist das?“ fragten die Vordersten staunend und hielten an. Unbeweglich standen Menschen da, noch in der Geste der Unterhaltung, Kinder, mitten im Lauf erstarrt, alles täuschend lebendig, aber stumm und festgebannt wie die Szenerie eines Panoptikums, auf welche die ewige Sonne unberührt herniederstrahlte. Nur da und dort war eine Figur umgefallen und zerbrochen. Wie Scherben lagen die vereisten Körperteile auf dem Pflaster.

„Zurück! Zurück!“ schrien die Vordersten entsetzt, denn der Frost hatte sich schon in sie verbissen. Von blinder Furcht gepackt, jagte der ganze Haufe von dannen. Wer nicht mitkam, blieb liegen und war verloren. Erst nach langem Laufen war wieder warmer Tag, und aufatmend wischte sich jeder den rinnenden Schweiß aus dem Gesicht. So zogen sie durch Wüste und Wildnis, durch Tod und Verderben, diese Heere der neuen Völkerwanderung, wie langsam krabbelnde, dichte, dunkle Herden, unterbrochen vom regellosen Troß der Fahrzeuge. Gestank und Dunst, Staubwolken und Rabenschwärme, Leichen und wieder Leichen kennzeichneten ihren Weg. Und wohin sie auch stießen, überall glich eine Gegend der anderen an Traurigkeit. Manchmal surrten Flugzeuge über ihnen. Der riesige Schwarm floß auseinander, alles warf sich zu Boden, doch sie schossen nicht auf sie herab. Behutsam wälzten sich die Liegenden herum und starrten nach oben. Die silbernen Vögel zogen dünne Rauchfäden am Himmelsgewölbe, und im Blau konnten sie entziffern: „Südlich ziehen! Norden Gefahr!“

„Hm, die Armee!“ raunten die Nomaden einander zu. „Wahrscheinlich hocken sie dort und wollen uns los haben!“ Dennoch folgten sie dem Rat, denn die da und dort noch intakt gebliebenen kleineren und größeren Heeresteile, die man — ganz gleichgültig, wem sie sich zuzählten — kurzerhand als „Armee“ bezeichnete, schienen die einzigen jämmerlichen Überbleibsel einer gewesenen Ordnung zu sein. Sie hatten sich meist in unwegsame Gebirge zurückgezogen, verfügten teilweise noch über ansehnliche Vorräte und notwendiges Rüstzeug und hielten eiserne Disziplin. Wenn auch abgeschnitten und längst aus jeder kriegsmäßigen Aktion gedrängt, kamen sie sich noch als Beauftragte irgendeiner Staatsmacht vor, bis sie merkten, daß von all dem nichts mehr existierte, bis jede Funkverbindung abriß oder sich gänzlich verwirrte und keine ausgesandten Flieger mehr etwas Derartiges entdecken konnten. Sich selber überlassen, machten sich diese Kontingente schließlich selbständig.

„Unsere Welt ist endgültig zur Wüste geworden", schreibt ein einsichtiger Chronist jener Zeiten. „Zu einer Wüste, die zwar durch die Technik und Forschung völlig erschlossen ist, aber dennoch auf lange, lange Zeit eine Wüste bleiben wird. In dieser Wüste gibt es noch einige wenige Oasen, das heißt halbwegs verschonte Gegenden und Städte, deren verhältnismäßige Ordnung nur deshalb erhalten wird, weil dorthin verlagerte Armeeteile sie schützen. So wichtig diese brauchbaren Stützpunkte sind, so tröstlich das Vorhandensein solcher Oasen ist, sie bilden dennoch eine nicht zu unterschätzende Gefahr. Obgleich die Truppen strenge Maßnahmen ergriffen haben, um den unaufhaltsamen Zustrom der heimatlos gewordenen, entwurzelten Massen in diese Landstriche zu unterbinden — der traurige Strom ist nicht aufzuhalten. Es kommt unablässig zu kriegerischen Überfällen, ja zu regelrechten Schlachten der nomadisierenden Haufen mit den Truppen. Die Reibungen wollen kein Ende nehmen. Eine gewaltsam erzwungene Übervölkerung — wie sie mancherorts zu beobachten ist — bedeutet den sicheren Ruin der betreffenden Städte und Gegenden, und da bei verschiedenen Armeeteilen eine zunehmende Desorganisation und Erschöpfung einzutreten beginnt, scheint auch hier der Untergang vorbestimmt."

Zunächst also wehrten sich die Armeen erbarmungslos gegen jedes Eindringen fremder Haufen in ihre Gebiete. Ohne viel Federlesens mähten ihre Maschinengewehre die herannahenden Menschenmauern der Nomaden nieder, und wenn über die Leichenberge immer neue Legionen flossen, traten die Tanks in Tätigkeit und walzten alles zu Brei. Zum Schluß rollten die monströsen, fahrbaren Krematorien über die Walstatt, und ein erstickender Gestank durchzog tagelang die Luft. „Nur nicht sich mit der Armee einlassen!" sagten die Nomaden und wanderten und wanderten. Hunderttausende, Millionen wanderten seit den ersten Kriegstagen so. Sie wanderten im riesenweiten Asien, im einstigen Sowjetrußland und in großen Teilen Nord- und Südamerikas, am schaurigsten aber durchzogen diese Elendsheere das ausgebrannte Europa, um das ja in der Hauptsache der neue Krieg ausgebrochen war. Soldaten aller einstigen Heere, Menschen aller gewesenen Völker, amerikanische, englische, russische und französische Deserteure oder ehemalige Besatzungsbeamte, Neger aus New York und den Südstaaten, Finnen, Polen, Tschechen, Juden aus allen Windrichtungen, Italiener und Deutsche, Schweden, Norweger, Dänen, Holländer, Belgier, Spanier und Balkanesen — alles hatte sich zu einer unergründlich wilden Masse vermengt. Jeder fühlte sich als Einzelner ausgelöscht, hatte alles urtümlich Menschliche verloren und war dem dahintreibenden Strom auf Gedeih und Verderb verhaftet. Aus unzähligen kleineren und größeren Gruppen setzte sich eine derartige Herde zusammen, die sich mitunter giftig befehdeten. Die Sprachen hatten sich in ein kaum verständliches Gemisch von ursprünglichen Bezeichnungen und neu dazugekommenen verwandelt, die Lebensart eines jeden hatte die Färbung der Fremde angenommen, Handgriffe und frühere Gewohnheiten waren von der dauernden Not des Augenblicks umgeformt, und der nackte Selbsterhaltungstrieb hatte Freundschaft, Liebe und Familie ins Zufällige geschoben. Es gab nichts mehr von ehedem. Nur eines hatte noch Bedeutung: Etliche hoben den Kopf, schnupperten in die Luft und glaubten zu wissen, daß es von dieser oder jener Himmelsrichtung her „nach Fressalien rieche". Und dann rochen es alle, und über den ganzen Haufen kam auf einmal eine gierige Spannung. Kein Wort fiel mehr. Dämmer breitete sich aus und stockfinster wurde es, doch irgendwo in der brauenden Schwärze glomm gelbes Licht. Sie verschnellerten ihren Marsch immer mehr, immer mehr, und strömten darauf zu. Vorposten schwärmten aus — ach ja, und dann war es nur ein Krematorium der Armee, das finster wie ein ungeschlachtes Tier im Dunkel erkennbar wurde, oder ein verlassenes Feuer, das langsam verglomm.

„Nichts! . . . Wieder nichts!" brummten die Erschöpften. Viele sanken um und überließen sich stumm dem Absterben. Ein Weib krächzte schrill auf, rannte in wilden Sprüngen auf das noch schwach glimmende Feuer zu und warf ihr Kind hinein: „Da! Da, fressen wir's! Da!" Die hungerweiten Augen ringsum glotzten ohne Erregung. Das Kind plärrte entsetzt, tappte hilflos und linkisch aus der aufstäubenden Asche und lief laut weinend zwischen die Füße einer dichten Gruppe. Das schreiende, wahnsinnig gewordene Weib schlug um sich.

„Verrückte Kuh!" stieß einer hervor und hieb die Schreiende nieder. Sie fiel in gestreckter Länge hin, raufte sich die Haare und fletschte die Zähne. Ihr ausgezehrtes Gesicht verzerrte sich, und kreischend lachte sie: „Ja! . . . Ja, schlag nur! Schlagt mich tot! Schlagt alle! Schlagt!" Da trat ihr einer ins Gesicht. Die Knochen krachten. Nur die Umstehen-

den schauten gleichgültig hin. Im Dunkel stand der Haufen, und alle schauten leer ins Leere.
„Droben am Meer soll's noch massenhaft Fische geben . . . Man kann hinkommen“, sagte einer, aber niemand gab acht. Die Wüsten gaben nichts mehr her, und der Hunger wurde immer furchtbarer. Längst hatten die Nomaden ihr weniges Vieh aufgefressen, sie fraßen Pferde und Hunde, fraßen Mäuse und Ratten, zupften sich gegenseitig die Läuse vom Kopf und zerkauten sie, fraßen Würmer und Wurzeln oder Baumrinde und überfielen andere Haufen. Endlich schlachteten sie auch Menschen und verzehrten sie. Der Mensch versank ins Bodenlose und wurde Wolf unter Wölfen.
Zuweilen aber glich so eine trostlose Schar einem riesigen Pilgerzug, der nach gräßlicher Heimsuchung einem fernen, unbekannten Gnadenort zuströmte, denn es konnte vorkommen, daß die Gruppen in wirrem Durcheinander die Lieder ihrer ehemaligen Heimat anstimmten. Diejenigen, die am lebhaftesten klangen, überwogen dann und wann, und zuletzt stieg ein seltsames Lautgemenge in die kranke Luft. Von Lenin und Stalin, von Wolga und Don und den unendlichen Steppen sangen die Russen, zwischenhinein floß der Sang von „Lily Marlen“ oder das „SOUND OFF! one, two / ONCE MORE! three, four . . .“ der Amerikaner. Ein keckes sizilianisches Fischerlied übertönte die vollen Bässe eines Negerspirituals und ging dann in altenglischen Weisen unter. Träume von Paris und der sonnigen Provence, von der friedlichen Weite Hollands, von Belgiens reichen Städten, von den freundlichen Dörfern Böhmens, den Fjorden des Nordens, von den lieblichen Seen und Wäldern der Alpen, vom Rhein und vom Schwarzwald wehten aus dem Lautmeer, aber je länger die Irrfahrt dauerte, um so mehr schrumpften auch diese Eigentümlichkeiten zusammen, denn wo kein Stein mehr auf dem anderen liegt, kein Baum mehr schattet, kein Acker mehr trägt und jede Nähe und Ferne wüstenleer entgegengähnt — was soll da der Mensch? Sinnlos treibt es ihn weiter. Es gab überhaupt keine Heimat mehr. Noch nicht einmal eine Zuflucht. Das war das Ende.
Die Stimmen verebbten. Die Nacht sank herab. Stumpf legten sich die Tausende auf die Erde, und es war, als verschlucke sie das barmherzige Dunkel . . .

INGAR KNUDTSEN JR.

Begegnung im Bunker

Der junge Günther Meinhof parkte den weißen Volkswagen am Straßenrand. Es war am frühen Abend im Spätsommer. Feuchter Nebeldunst trieb vom Meer herein und legte sich über die öde Berglandschaft im äußersten Westen Norwegens. Aufs Geratewohl wählte Günther einen der schmalen, grasbewachsenen Wege, die sich zwischen den Klippen dahinschlängelten. Auf die See zu konnte er die flachen, verwitterten Holme sehen, mit einzelnen Gehöften, die weiß und gefährlich weit draußen aufleuchteten. Doch nicht dem Meer galt Günthers Aufmerksamkeit. Überall um sich herum erblickte er Spuren der alten deutschen Festungsanlage, des „Atlantikwalls" von Adolf Hitler. Auf den Hängen standen Reste von Artilleriestellungen, und in den Berg hinein waren Bunker gesprengt, lange Gänge, die tief unter die Erde führten. Überall lag rostiger Stacheldraht.

Günther lächelte mißbilligend vor sich hin. „Wenn ich dran denke, daß Vater hier mitgebaut hat . . .", murmelte er.

Er ging auf eine der dunklen Öffnungen zu. Es war ein kurzer Gang, der in den Felsen gesprengt war, möglicherweise etwas, das man nicht fertiggebaut hatte. Er lief weiter. Endlich kam er zu einem Bunker, der interessanter aussah. Ein langer Gang, der sich da drinnen im Dunkel verlor. Günther zögerte einen Augenblick, dann tauchte er ins Dunkel. Er riß ein Streichholz an. Im Licht der schwachen Flamme ging er weiter hinein. Der Gang schwenkte bald hierhin, bald dorthin, und an beiden Seiten führten immer wieder Türöffnungen zu größeren oder kleineren Räumen. Günther wurde so eifrig, daß er ganz vergaß, mit Streichhölzern zu sparen. Erst als nur noch einige wenige Zündhölzer in der Schachtel waren, ging ihm auf, daß er nun gezwungen sein würde, einen großen Teil des Weges in pechschwarzer Finsternis wieder zurückzugehen . . . Der Schreck schnürte ihm die Kehle zu. War er eigentlich so sicher, den Weg zurück zu finden? Der Korridor hatte sich geteilt, hatte sich bald nach rechts, bald nach links geschlängelt. Er lachte nervös und trat eilig den Rückweg an.

Das letzte Streichholz verbrannte seine Finger und verlosch mit bedauerndem Zischen, als es in eine kleine Wasserlache auf dem Steinboden fiel. Er tastete sich blindlings weiter vorwärts, während die Panik wie ein bösartiger Kloß in seiner Brust wuchs. Eine Ratte rannte ihm aufgeschreckt über die Füße. Mit einem Schrei, der unter der niedrigen Steinwölbung widerhallte, machte er ein paar rasche Schritte vorwärts und stolperte über einen Eisenträger. Mit dem Kopf voran fiel er gegen die Wand und blieb so eine ganze Weile völlig bewegungslos liegen.

Das Geräusch von tappenden Schritten weckte Günther. Verwirrt erhob er sich — und starrte direkt in das Licht einer Taschenlampe. Eine Maschinenpistolenmündung richtete sich auf sein Gesicht.
„Hände hoch“, kommandierte eine eiskalte Stimme in seiner Muttersprache.
Entsetzt streckte Günther die Hände hoch. Ein Strom verwirrter Gedanken raste durch sein arbeitendes Gehirn.
Bin ich unversehens in irgendeinem Verbrechernest gelandet? dachte er.
„Wer bist du? Und was machst du hier?“ erscholl eine andre Stimme, und Günther konnte noch eine weitere Gestalt hinter der ersten erkennen. Er sah, daß es Uniformierte waren und daß beide Maschinenpistolen in den Händen hatten. Er begann mit einer stotternden Erklärung, wurde aber von dem, der die Lampe hielt, unterbrochen.
„Halt's Maul“, knurrte er ungeduldig. Dann drehte er sich zu dem Kameraden an seiner Seite um. „Da sind Meldungen von einem Kommandounternehmen weiter unten an der Küste gekommen, glaubst du, das könnte einer von den Leuten sein?“
„Kaum. Sieh dir die Kleidung an. Ausstaffiert wie 'ne Anziehpuppe. Gelbe Hosen und schmalgestreifte Bluse. Unbewaffnet ist er auch.“
„Na gut, wir bugsieren ihn zu Oberleutnant Müller und seinen Burschen, dann wird er schon die Sprache wiederfinden, und damit basta.“
Der Mann mit der Lampe lachte roh. Unterdessen war der Lichtschein von Günthers Gesicht weggeglitten, und er sah, daß die beiden sowohl Uniformen wie Helme trugen, Uniformen, die ihm aus Büchern und Filmen nur allzugut bekannt waren: deutsche Soldatenuniformen aus dem zweiten Weltkrieg. Günther starrte in stummem Entsetzen darauf. War er denn irrsinnig?
Er wurde abgeführt, und der Lauf der Maschinenpistole preßte sich ihm erbarmungslos in den Rücken. Jetzt sah er, der Raum, in dem er hingefallen war, war gar nicht der Hauptkorridor, sondern ein Seitengang gewesen. Genau hier machte der Korridor eine Kurve, und zu seiner Verwunderung stellte er fest, daß dort, wo er sich vorher in

pechschwarzer Finsternis den Weg ertastet hatte, nun nackte elektrische Glühbirnen einen sparsamen Schein über alles warfen.
Schließlich wurde eine schwere Holztür zu einem großen Seitenraum geöffnet und Günther hineingestoßen.
Ein untersetzter dunkelhaariger Bursche in schwarzer SS-Uniform erhob sich von seinem Stuhl. Der Soldat, der Günther hineingebracht hatte, grüßte stramm.
„Herr Oberleutnant! Dieser Mann wurde in den äußeren Teilen des Bunkers gefunden. Er kann sich nicht ordentlich ausweisen."
„So? Interessant." Mit schlaffer Hand winkte Müller dem Soldaten abzutreten. Der Soldat grüßte, machte eine Kehrtwendung und ging wieder hinaus.
„Sie heißen?"
„Günther Meinhof, Herr Oberleutnant", antwortete Günther nervös.
„Nationalität?"
„Ich bin Deutscher."
Müller sah ihn scharf an, und Günther begriff, daß dies ein Mann war, den man leicht unterschätzte. Hinter dem relativ bescheidenen Äußeren dieses Mannes verbarg sich offenbar sowohl eine gewisse Intelligenz wie brutale Gewalt.
„Ja doch, das sagt man so." Müller lächelte glatt. „Führt ihn ins ‚Büro'", sagte er, zu ein paar SS-Leuten gewandt, die etwas abseits an einem Tisch saßen.
Wieder wurde Günther durch den langen, halbdunklen Korridor geführt. Müller und seine beiden Handlanger gingen unmittelbar hinter ihm. Im „Büro" stand ein Schreibtisch und zwei, drei Stühle. An der Wand hing ein großes Bild von Adolf Hitler. Doch damit hörte auch schon jede Ähnlichkeit mit einem Büro auf. Mit starkem Druckgefühl in der Zwerchfellgegend begriff Günther, daß dies eine Folterkammer war. Er kannte die Daumenschrauben, die auf einem Tisch an der einen Wand standen, von Abbildungen und Berichten aus Büchern, die er gelesen hatte. Die anderen Dinge waren ihm im großen und ganzen unbekannt, aber leider war es nicht schwer, sich mancherlei vorzustellen, wozu sie benutzt werden konnten . . . Ein großer, rostbrauner Fleck vor ihm auf dem Betonboden machte ihn ganz krank. Getrocknetes Blut, da gab's keinen Zweifel.
„Willkommen in meinem bescheidenen ‚Büro', Herr ‚Meinhof'", sagte der Oberleutnant mit einem kleinen ironischen Lachen. „Bitte sehr, setzen Sie sich."
Mechanisch ließ sich Günther auf den ihm angebotenen Stuhl fallen.

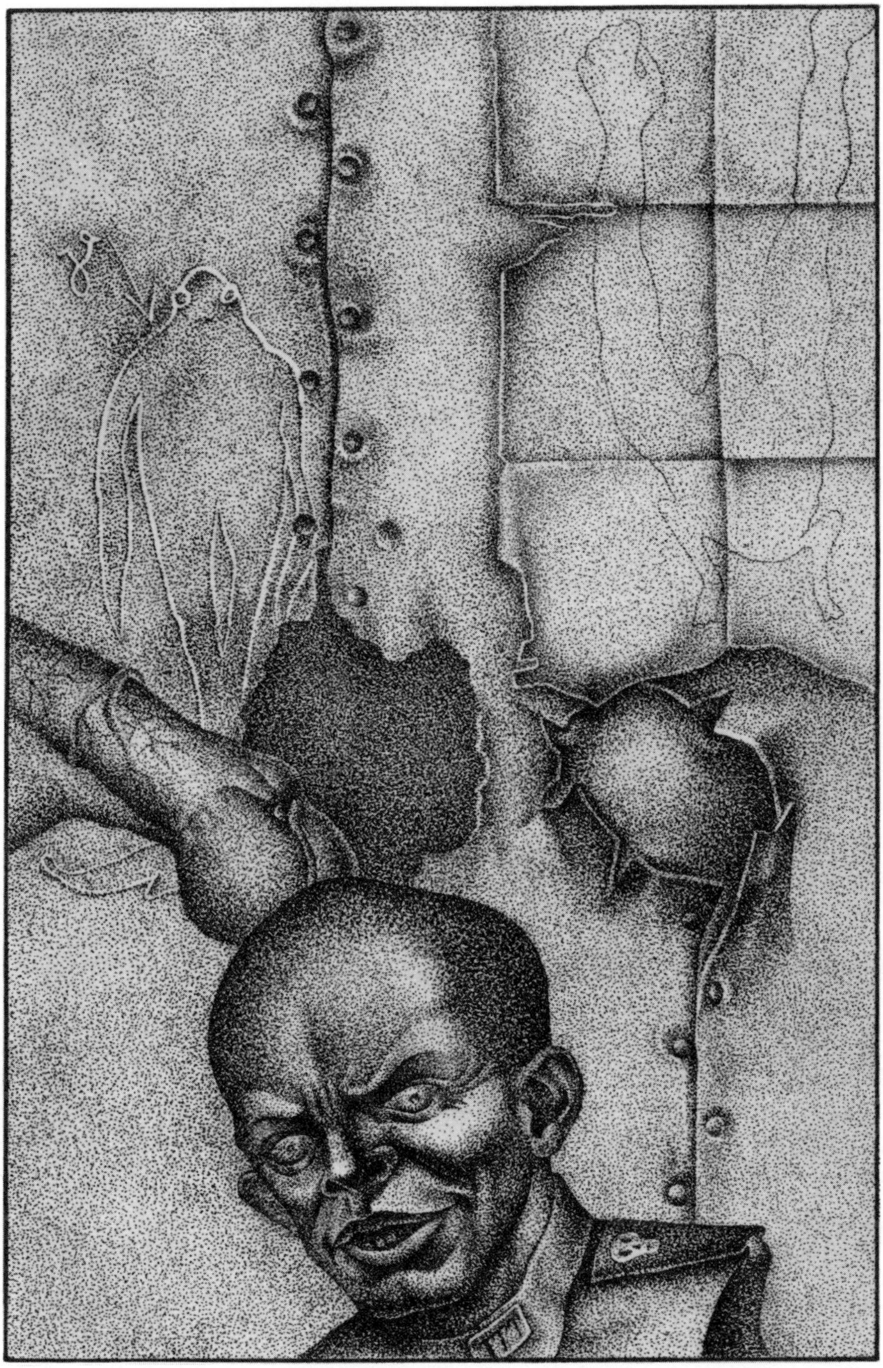

„Sie heißen also Günther Meinhof und sind Deutscher. Von wo in Deutschland?"
„Heidelberg."
„Heidelberg, aha", wiederholte Müller und starrte in gemachter Nachdenklichkeit zur Decke empor.
Plötzlich drehte er sich halb um und schlug Günther mit der flachen Hand ins Gesicht.
„Verdammter Schweinehund", brüllte er. „Du bist Spion, stimmt's? Engländer, stimmt's? Norweger vielleicht? Oder Russe? Wie bist du hier reingekommen in den Befestigungsbereich?"
So begann das Verhör, und so ging es weiter. Der Oberleutnant und seine beiden Handlanger wechselten sich beim Schlagen ab, Müller zum Schluß mit einer kurzen Reitpeitsche, die er aus einem Schreibtischfach nahm. Günther verlor mehrmals das Bewußtsein, wurde aber jedesmal durch einen Guß eiskalten Wassers geweckt. Er konnte jedoch nur die eine Erklärung geben, und dabei blieb er.
Schließlich stand Müller reglos und mit blutunterlaufenen Augen vor ihm und rang nach Atem. Er sah auf die zusammengesunkene Gestalt vor ihm. Die Kleidung war in Fetzen gerissen, das Gesicht blutig.
„Du bist ja eine harte Nuß, Herr ‚Meinhof aus Heidelberg'", zischte er. „Eine verdammt harte Nuß, aber auf solche bin ich schon immer ausgewesen. Zum Glück haben wir noch raffiniertere Methoden in Reserve, für solche wie dich."
„Herr Oberleutnant", unterbrach ihn einer der SS-Männer furchtsam.
„Ja, was ist los, Hans?"
„Er sagt doch, er heiße Meinhof und sei aus Heidelberg. Es gibt einen Meinhof aus Heidelberg, der hier dient, sagen die Soldaten. Ob der ihn vielleicht kennt?"
Müller starrte den Soldaten einen Augenblick an.
„Kaum wahrscheinlich. Denk daran, Heidelberg ist keine ganz kleine Stadt. Außerdem bin ich völlig überzeugt davon, daß alles, was der sagt, erlogen und ersponnen ist. Wer zum Teufel reist denn jetzt als Tourist von Deutschland nach Norwegen? Und in dem Alter! Wenn er Deutscher wäre, wär' er Soldat, nicht ‚Tourist'. Doch das ist ja sehr einfach, holt den Soldaten Meinhof, aber ein bißchen dalli, sonst ist's vorbei mit meiner Geduld."
Nachdem die Soldaten verschwunden waren, entstand eine Pause. Günther fuhr sich vorsichtig mit der Zunge über die aufgesprungenen Lippen.
„Herr Müller", flüsterte er heiser.

Müller starrte auf ihn herab.
„Ja?"
„Sagen Sie mir nur eins, nur dieses eine. Welches Jahr haben wir?".
„Welches Jahr . . ." Müllers Stimme erstickte beinahe im Fistelton. „1943 selbstverständlich, was denn sonst? 1975 vielleicht? Oder etwa 1922? Wie? Halt's Maul, wenn du schon nichts Vernünftiges sagen kannst."
Weiter kam der Oberleutnant nicht, denn eben jetzt trat der SS-Mann Hans mit dem Gemeinen Meinhof ein. Noch halb benommen, musterte Günther den Soldaten, der den Namen Meinhof trug. Das Gesicht war ihm bekannt und fremd zugleich. Es war jünger, als er es in Erinnerung hatte, bleicher, schmaler, doch trotzdem, ohne Zweifel . . . Günthers Vater.
Das letzte Wort mußte er wohl laut gesagt haben, denn der Gemeine Meinhof sah ihn verblüfft an. Der andere SS-Mann lachte.
„Er hat dich ‚Vater' genannt, hast du das gehört? Na, du hast aber zeitig angefangen."
„Du bist Reinhardt Meinhof", flüsterte Günther. „Du bist 1923 in Düsseldorf geboren, du hast Marie Staufenberg geheiratet, die du in Heidelberg kennenlerntest. Dort hast du vor dem Kriege in einer Maschinenwerkstatt gearbeitet . . ."
Reinhardt Meinhof musterte Günther erstaunt.
„Das stimmt tatsächlich", sagte er, zu Müller gewandt, „abgesehen davon, daß ich mit Marie Staufenberg nicht verheiratet, sondern nur verlobt bin. Aber den habe ich vorher nie gesehen, da bin ich ganz sicher."
„Na gut, aber auf jeden Fall wird die Geschichte jetzt tatsächlich ziemlich verworren." Müller sah sauer aus.
In diesem Augenblick begann eine Sirene zu heulen, so daß es in den Mauern des Bunkers widerhallte. Ein Soldat steckte den Kopf zur Tür herein.
„Fliegeralarm!" brüllte er. „Und wir haben Meldungen, daß englische Soldaten gelandet sind, gleich hier unten."
In der Ferne konnte man nun Bombenexplosionen hören, Schüsse aus Maschinengewehren und Flakgeschützen. Dann war für einen Augenblick alles in wilder Verwirrung.
Mit einem verzweifelten Satz auf die offene Tür zu, floh Günther auf den Korridor hinaus. Das Licht war dort ausgegangen, und es war finster wie im Grab. Blindlings lief er in die Richtung, aus der der Schall des Bombardements von draußen kam.

„Halt! Oder ich schieße", schrie jemand hinter ihm. Das Licht einer starken Taschenlampe zerriß die Dunkelheit, und der Widerhall von Eisenabsätzen auf dem Beton sagte Günther, daß die Verfolger gleich da waren.

Die erste Salve aus der Maschinenpistole hörte er nur, die zweite aber traf ihn quer über den Rücken. Er war schon tot, bevor er auf dem Fußboden aufschlug.
Reinhardt Meinhof beugte sich über die leblose Gestalt. Immer noch sickerte Rauch aus der warmen Mündung seiner Waffe. Er drehte Günther um. Die gebrochenen Augen starrten ihn direkt an. Reinhardt schauderte es.
„Ich möchte bloß wissen, was er mit ‚Vater' gemeint hat", sagte er halblaut.

HERBERT W. FRANKE

Erwachen

Das erste, was ich bemerkte, war Licht. Die Eindrücke sammelten sich: Glimmlampen, Meßinstrumente, ein Prüfstand, ein Raum — 18 m lang, 6 m breit.

Dann erlebte ich den köstlichen Augenblick, in dem mir die Möglichkeit bewußt wurde, mich bewegen zu können. Ich versuchte Schritte und kam bis zur Wand. Ich drehte mich um 90° und ging weiter. Wieder stand ich an einer Wand. Ich entdeckte, daß ich auch schief zu den Hauptrichtungen vorwärtskam. Mit Vergnügen lief ich kreuz und quer im Raum herum.

Meine Wahrnehmungen verbanden sich nun mit Informationsmaterial, das in meinem Kopf aufgespeichert war. Ich konnte denken. Eine wundervolle Tätigkeit! Aus den Seheindrücken abstrahierte ich die Reihe der voneinander unabhängigen Eigenschaften, versuchte sie durch Zahlen zu erfassen, verband diese miteinander und kam zu Ergebnissen, die sich — was für ein angenehmes Gefühl! — durch Beobachtungen an der Umgebung bestätigen ließen.

Das letzte, das ich bemerkte, war, daß es etwas gab, was ich wollte und mußte. Beides war aber das gleiche. Da gab es eine Aufgabe, einen Sinn. Mein Gehirn und die Kraft meiner Glieder, die Empfindlichkeit meiner Sinnesorgane, die Fähigkeit, Wahrnehmungen aufzunehmen, sie mit meinem Wissen logisch zu verbinden und danach zweckentsprechend zu handeln, waren eine Einheit, ein geschlossener Kreis von Impuls und Funktion, der mir ein geregeltes Leben ohne das geringste Unbehagen verhieß. Meine Aufgabe lautete: den Menschen zu dienen.

Ich trat durch die Tür, bereit, die Situation aufzunehmen. In Bruchteilen von Sekunden würde ich sie analysiert haben und wissen, was für Handlungen notwendig wären, die den Menschen zugute kämen . . .

Vor mir lag eine Landschaft aus Metall — Räder, Streben, Maschinenteile, Drähte, die meisten verbogen, manche glühend, fast alle radioaktiv. Krater gähnten, Gebäude lagen plattgedrückt am Boden, Schienen ragten in die Luft. Fahrzeuge lagen aufgerissen, Möbel zerbrochen, Bücher zerfetzt. Flammen schlugen aus zersplittertem Holz, Rauchschwaden krochen den Boden entlang.

Die Welt sah anders aus, als ich sie mir vorgestellt hatte. Mich störte die Unordnung. Was mich aber verrückt machte: Ich sah keinen Menschen.

Ich lief weiter und suchte. Ich war lange unterwegs. Ich fand keinen Menschen.
Schon einige Male versuchte ich in meinem Kopf zu erforschen, was mir meine Programmierung in diesem Fall vorschreibt. Irgend etwas aber dürfte mit mir nicht in Ordnung sein. Sooft ich mir diese Frage stelle, erfaßt mich ein Schwindel und mein Kopf wird heiß. Ich muß wohl weitersuchen.
Ich hätte nie gedacht, daß ein Roboter so unglücklich sein kann.

FREDERIC BROWN

Der Posten

Er war durchnäßt und voll Kot, er hatte Hunger, ihm war kalt, und er war fünfzigtausend Lichtjahre weit weg von zu Hause.

Eine sonderbare blaue Sonne gab hier Licht, und die Schwerkraft, das Zweifache dessen, woran er gewöhnt war, machte jede Bewegung zur Qual. Aber seit Zehntausenden von Jahren hatte sich an dieser Seite des Krieges nichts geändert. Die Knaben von der Luftwaffe mit ihren schnittigen Raumschiffen und ihren Superwaffen, die hatten es prima. Wenn es hart auf hart ging, natürlich, da war es noch immer der Landser, die Infanterie, die den Boden erobern und halten mußte, jeden beschissenen Fußbreit Boden ... Wie diesen verdammten Planeten von einem Stern, von dem er nie etwas gehört hatte, bis sie ihn hier absetzten. Und jetzt war es auf einmal heiliger Boden, weil die *Fremden* auch da waren. Die einzige andere intelligente Rasse im Milchstraßensystem ... grausame, fürchterliche und abstoßende Monstren.

Es hatte nahe dem Zentrum der Milchstraße Feindberührung mit ihnen gegeben, nachdem mehr als tausend Planeten langsam und mühevoll erobert worden waren, und es war Krieg auf den ersten Blick. Sie schossen, ohne überhaupt Verhandlungen oder einen Friedensschluß zu versuchen.

Jetzt mußte es ausgekämpft werden, Planet um bitteren Planeten.

Er war durchnäßt und voll Kot, er hatte Hunger, ihm war kalt, und der Tag war rauh von einem schrillen Wind, der ihm in den Augen weh tat. Aber die Fremden versuchten einzudringen, und jeder Posten war lebenswichtig.

Er blieb wachsam und hatte sein Gewehr bereit. Fünfzigtausend Lichtjahre weg von zu Hause, kämpfte er auf einer fremdartigen Welt und fragte sich, ob er jemals ein Wiedersehen mit der Heimat erleben würde.

Und dann sah er einen von ihnen auf sich zukriechen. Er zielte und feuerte. Der Fremde gab diesen sonderbaren, fürchterlichen Laut von sich, den sie alle ausstoßen, und lag dann bewegungslos da.

Er schauderte bei dem Laut und beim Anblick des Fremden, der dort lag. Man hätte sich eigentlich nach einiger Zeit an sie gewöhnen müssen, aber ihm war es niemals möglich gewesen. An diese abstoßenden Geschöpfe mit nur zwei Armen und zwei Beinen, mit dieser totenbleichen weißen Haut und ganz ohne Schuppen.

DANIEL WALTHER

Die Tötung des blauen Vogels

Es war ein Klirren, als setzten Tausende von Reitern über eine Brücke aus Metall; Kristallsplitter und Funken sprühten, tropfend wie Glühwürmchen in der Nacht. Im Süden dröhnten die Schlünder der Kanonen, und über die Ebene kroch verworrenes Getöse gleichsam wie greifbare Körper, Wesenheiten, geschaffen vom Gott der Schlachten. O Mutter, bewahre mich! O sanfte Geliebte mit den spitzen Brüsten, mit den feurigen Schenkeln, erinnere dich meiner, erinnert euch meiner, ihr alle . . .!

Das Donnern des Geschützfeuers verstärkte sich. Es fielen vielfarbige Pfeile vom Himmel.

(. . . Geben Sie mir doch Ihren Füllfederhalter . . . / Berg sagte stets Füllfederhalter statt Füller / *danke . . .)*

Ich befand mich unmittelbar am Fuße des Bergs, den wir den Gelben Wächter genannt hatten. Ich lag auf dem harten, trockenen Boden und spähte hinüber zum Eingang der Hundeschlucht. Mein Kopf dröhnte wie ein Kirchturm. (Berg unterbrach sich: . . . *Wie ein was? . . . Ach ja! . . .)*

Das Gewehr hielt ich an mich gepreßt; es war der einzige Gefährte, der mir geblieben war. Ich war allein. Vorhin war ich durch die Nacht gekrochen und hatte feststellen können, daß meine nächsten Kameraden den Tod gefunden hatten. Sie waren nur noch schrumpelige Ballen, vergleichbar mit schwarzen Föten. Ich hatte versucht, meinen Kommunikator in Gang zu setzen, aber er hatte nur ein trübseliges Prasseln von sich gegeben, ich bekam keine Antwort. Und dann habe ich zu mir gesagt: Woher kommt dieses Geräusch? Wer lauert da in der Nacht? Wer wird aus der Hundeschlucht hervorstürmen?

Wer? Man hatte uns gesagt, es handle sich lediglich um eine Säuberungsaktion — Befriedung, ja . . . Befriedung . . . und . . .

(Er darf nicht aufwachen, sagte Berg, *wir nähern uns der Wahrheit. Wir müssen endlich erfahren, was sich in dieser Nacht ereignet hat . . .)*

. . . und . . . ich . . ., da lag die Hundeschlucht wie eine gewaltige Scharte im Berg, ein nachtdunkler Fleck, auf den wir seit mehreren Tagen unaufhörlich feuerten. Weiß Gott, wir haben das getan, was man von uns verlangt hatte, und das, so gut wir konnten, aber das Ergebnis . . . Die Offiziere waren aus dem Häuschen und mit ihrer Weisheit am Ende. Und mit einemmal ging ein unerträgliches Leuchten über den

Himmel. Es wurde taghell. Es war kein Dämmerlicht, sondern dämmernde Finsternis, und . . . Oh! Meine Augen — obwohl ich sie geschlossen hielt —, sie sahen noch immer . . . Sie kamen auf uns zu und . . .
(Der Patient stieß einen gellenden Schrei aus, daß Dr. Berg unwillkürlich mit den Zähnen knirschte und schauderte. *Er darf nicht aufwachen!)*

„Sie werden dich noch umbringen", sagte sie, „du wirst sehen . . ."
„Sie sagen, es sei nötig, damit ich mein psychisches Gleichgewicht wiedergewinne, und daß es für mich keine Rettung gibt — auch für dich nicht —, bis ich alles gesagt habe, was ich zu sagen habe . . ."
„Das behaupten sie. In Wirklichkeit wollen sie nur wissen, was in dieser Nacht auf Clorynda III geschehen ist, und sie werden dich mit Rauschmitteln vollstopfen, bis du es ihnen gesagt hast, und danach wirst du für sie genausoviel wert sein wie ein weggeworfener Schuh."
„Was kann ich tun? Ich bin der einzige, der in dieser Nacht gesehen hat . . ."
„Du hast aber dein Gedächtnis verloren — und wenn man weiterhin in deinem Unterbewußtsein herumwühlt, mit all diesen Rauschmitteln . . ., das ist wie Sprengstoff für dein Gehirn. Eines Tages wird alles in die Luft fliegen: dein Kopf, deine Vernunft und unser gemeinsames Leben. Und ohne dich bin ich nichts, das weißt du."
„Aber was soll ich bloß tun; sie werden mich niemals in Ruhe lassen. Sie wollen wissen, durch welchen Zauber (oder vielmehr durch welches taktische Wunder) sie bei dieser Operation auf Clorynda III eine derart vernichtende Niederlage erlitten haben. Und da ich der einzige Überlebende dieses nächtlichen Blutbades bin, werden sie versuchen, alles aus mir herauszukriegen, und mich wie eine Zitrone ausquetschen. Da ist es schon besser, wenn ich mithelfe, damit die Sache sobald wie möglich ein Ende findet."
Sie veränderte ihre Lage auf dem weißen Laken, und ihm war, als schimmerte ihr Körper in verschiedenen Ockertönen. Er hatte nur für diesen Augenblick gelebt, und er fand sie wieder, so, wie er sie verlassen hatte — mit ihren spitzen Brüsten und ihren gebräunten Beinen. Er hatte geglaubt, das Leben würde nun weitergehen oder endlich beginnen. Doch da waren die Männer des Kriegsministeriums mit ihren verdrießlichen Mienen erschienen — es war an einem Mittwochnachmittag, und die Sonne war besonders stechend wie vor einem Gewitter —, und der Kreislauf hatte von vorn begonnen:

Fragen, Befehle, Drohungen. Man hatte ihm unumwunden erklärt, er müsse sich den Untersuchungen, der halluzinogenen Behandlung und allerhand verschiedenen Manipulationen und Verhören unterziehen, nach denen er am ganzen Körper bebte und wie gerädert war, den Kopf voller dröhnender Alpträume. Aber ihretwegen wollte er gehorsam sein und sein Bestes tun; nur ihretwegen war er bereit, die Schrecken auf Clorynda III neu zu durchleben. Sie begriff nicht, daß sie über Mittel verfügten, ihn zum Sprechen zu bringen, daß sie nötigenfalls selbst vor der Einzelhaft nicht zurückschrecken würden und daß er seine halbe Freiheit allein seiner Fügsamkeit verdankte sowie einer gewissen merkwürdigen Sympathie, die Dr. Berg ihm entgegenbrachte.

„Ich bitte dich“, sagte er, „versuchen wir, ein bißchen was vom Leben zu haben. Während der ganzen Zeit dort auf Clorynda . . .“

Sie ließ sich bis ans andere Bettende hinüberrollen und drehte ihm demonstrativ den Rücken zu. Ihr Körper glänzte im Zwielicht, und er erinnerte sich, wie oft er vor Wut fast krank geworden war, dort, als er über die unzähligen Stunden nachdachte, die verlorengingen . . . Er rutschte zu ihr hin, fast verstohlen, und berührte ihre Schulter.

„Versuch doch, mich zu verstehen“, sagte er.

„Versuchst du denn, mich zu verstehen . . .? Glaubst du, es war für mich ein Vergnügen, die ganze Zeit, als du fort warst? Fragst du dich denn nicht, was ich durchgemacht habe?“

„Ich weiß“, sagte er, „ich weiß, es war nicht leicht, weder für dich noch für mich... Ich bin aber zurückgekehrt. Ich bin der einzige Überlebende meiner Abteilung, und ich bin da . . . Versteh doch, sie könnten mich in eine ihrer gepanzerten Zellen stecken, und gäbe es nicht Doktor Berg, sie hätten es schon längst getan!“

Sie drehte sich sanft zu ihm um. Das Mondlicht erhellte ihr Gesicht, und er sah, daß sie ihn ernst anblickte.

„Schwörst du mir, daß du die Wahrheit sagst?“

„Warum sollte ich lügen?“

„Manchmal habe ich den Eindruck, du versuchst selbst, die Erinnerung an das Geschehen in dieser Nacht zu wecken . . .“

„Niemals . . .“, sagte er.

„Bist du dessen so sicher, daß du es schwören könntest?“

Ein Schauer überlief ihn. Sie hatte nicht ganz unrecht, das mußte er sich schon eingestehen. In manchen Nächten versuchte er, Fragmente seiner Träume und Bruchteile seiner Erinnerung zusammenzufügen. Ein- oder zweimal hatte er fast gemeint, er berühre die Wahrheit und würde in den Abgrund stürzen, der ihn wie etwas Unbekanntes anzog.

Aber bald verlor sich dieser Eindruck wieder in einer Art rosafarbenem Nebel (ja, er hätte schwören können, daß dieser Nebel rosafarben war), und er sah, wie von einem gasförmigen Meer ein riesiger Vogel aufstieg, dessen schlagende Flügel bis zu den beiden Enden des leeren Himmels reichten. Der Vogel breitete seine Flügel aus und verdeckte den freien Teil des Himmels, den Les zuvor noch gesehen hatte. Dann hob er sein Gewehr. Ja, unweigerlich hob er das Gewehr und schoß. Der Feuerstrahl traf das Tier in der Mitte des flaumigen Körpers, und es fiel geradezu auf ihn herunter und begrub ihn mit seiner gewaltigen Spannweite. Und während der tote Vogel in Flammen aufging, überkam ihn eine unendliche Trauer.

Er hatte seinen Traum natürlich Milena erzählt. Sie führte diese Alpträume auf die Rauschmittel zurück, die er zu oft einnehmen mußte.

„Nein", meinte er, „es ist etwas anderes. Ich habe auch Alpträume, die zweifelsohne durch Rauschmittel und psychodysleptische Substanzen hervorgerufen werden, aber der Traum vom blauen Vogel ist kein eigentlicher Alptraum. Es könnte sich eher um eine symbolisierte Erinnerung handeln. Meine Erklärungen sind nicht mehr klar, ich weiß, aber das ist alles so verworren, so . . ., wie soll ich sagen . . ., so schleierhaft . . . Nein, ich könnte nicht schwören, denn ich habe versprochen, dich niemals zu belügen, und dieses Versprechen möchte ich halten. Wenn wir dann frei sind . . ."

Er unterbrach sich und bereute den bitteren Unterton in diesem angefangenen Satz. Er nahm sie in seine Arme.

„Willst du mir vertrauen?"

Sie nickte bejahend. Mit den Fingerspitzen streichelte er ihr sanft die Brust.

„Und was das andere betrifft, möchtest du jetzt?"

„Ja", sagte sie.

MINISTERIUM FÜR KRIEG UND BEFRIEDUNG

Zweihundertfünfzig Meter Glas, Metall und Kunststoff erhoben sich vor ihm in ihrer ganzen Mächtigkeit. Er drehte sich um und blickte beklommen auf das sich bietende Bild der Hauptstraße, über die Myriaden von Menschen dahinfluteten; diese Männer und Frauen waren frei oder fast frei, das zu tun, was ihnen beliebte. Er zeigte den Beamten seinen Passierschein und trat in das Gebäude. Der Lärm der Straße erstarb unvermittelt, als die Türen sich hinter ihm geschlossen hatten. Beamte des Kriegsministeriums — in strenger, grauer, olivgrü-

ner, khakifarbener, beiger oder schwarzer Kleidung, je nach den Abteilungen, denen sie angehörten — liefen mit gleitendem Gang durch die Korridore, als wären sie künstliche Wesen. Sie blickten weder nach rechts noch nach links, und ihre gemeinsame Krankheit war die „Spitzelose", die mit einer neuen und merkwürdigen Form des Fremdenhasses einherging. In zahllosen Sprachen wurde für alle Mitglieder der Belegschaft die Hauptdevise verkündet:
ALLE FREMDEN SIND FEINDE
ALL STRANGERS ARE ENEMIES
TOUS LES ETRANGERS SONT . . .
TODES LOS EXTRAÑEROS . . .
TUTTI GLI STRANIERI . . .
KNA W' NAFNI
Er steckte eine weiße Marke in den Schlitz des Haustelefons. Eine unpersönliche Stimme fragte:
„Wer spricht?"
„Les Pales . . ."
„Kommen Sie rauf."
Er reichte eine weitere, zitronengelbe Marke einem olivgrünen Beamten, der ihn mit dem Fahrstuhl in den neunzehnten Stock brachte.
Seine Haut war feucht und kribbelig und roch schon etwas. „Wenn sie diesmal doch nur finden könnten . . ."
Derselbe Oberst in Zivil erwartete ihn.
„In guter Verfassung heute?"
„Ja", antwortete Les, „obwohl ich mir die halbe Nacht den Kopf zerbrochen habe, um herauszufinden, ob es nicht ohne Reizmittel ebenso geht . . ."
„Wir werden schon sehen", sagte der Oberst. „Ich habe Zeit . . ."
Warum lag ständig eine gewisse Drohung in seiner Stimme? Wahrscheinlich fand er Dr. Bergs Methoden nicht drastisch genug, oder vielleicht war ihm völlig egal, was aus der Untersuchung herauskommen würde. Er war ein Mann um die Fünfzig, und möglicherweise war er der vielen Verhöre und Gehirnwäschen müde geworden.
„Setzen Sie sich", sagte der Oberst. „Entspannen Sie sich. Zigarette?"
Er sagte jedesmal dasselbe und in derselben Reihenfolge: „Setzen-Sie-sich-entspannen-Sie-sich-Zigarette-setzen-Sie-sich-entspannen-Sie-sich-Zigarette-setzen-Sie . . ."
„Danke, Herr Oberst", sagte Les, und er tat einen tiefen Zug aus der Zigarette. Dann richtete er den Blick auf die Metalltür, durch die Dr.

Berg bald hereinkommen würde — jene kalt und konventionell wirkende Tür, hinter der sich die Folterkammer befand.
„Diesmal habe ich wirklich das Gefühl, daß wir es schaffen", sagte Les, wie um sich selbst zu überzeugen.
„An mir soll's nicht liegen", brummte der Oberst.
Les zog kräftig an seiner Zigarette, den Blick auf die Zahlen gerichtet, die nacheinander auf der elektrischen Uhr erschienen. Warum war Dr. Berg noch nicht da? Es war das erstemal, daß man ihn warten ließ. Nein . . ., das zweitemal; das erstemal war vor der dritten . . ., nun . . ., vor der dritten Foltersitzung. Vermutlich gehörte das zu dem grausamen Spiel, das sie mit ihm trieben. Aber die Liebe nahm ihm allen Mut. Wäre er allein gewesen, hätte ihn nicht die Angst beherrscht, er könne mit einemmal wieder allein sein und den wärmenden Schutz der Arme und des Bauches von Milena verlieren, ja, hätte er nicht Angst gehabt — er hätte zu ihnen gesagt, sie sollen sich woanders nach ihm umgucken . . ., auf Aldebaran zum Beispiel oder auf Epsilon Aurigae . . ., auf dem letzten Planeten des letzten Sonnensystems. Aber seine Angst und seine Feigheit entsprangen seiner Liebe, seiner Leidenschaft, und das quälende Gefühl, ohne Milena nicht mehr leben zu können, das ihn seit seiner Rückkehr von Clorynda ergriffen hatte, trieb ihm den Schweiß aus den Poren und versetzte ihn in eine schreckliche Panik bei dem bloßen Gedanken, er könnte nur für ein paar Tage von ihr getrennt werden. Daran mußte er denken und auch an den Tag, an dem die Rakete mit den Überlebenden des Massakers zur Erde zurückgekehrt war. Er erinnerte sich seines beklommenen Gefühls: Vielleicht hatte sie sich einen neuen Liebhaber genommen, wahrscheinlich würde sie nicht kommen oder nur, um ihm mitzuteilen, daß sie es sehr bedauere, aber daß sich einiges geändert habe — die Trennung, die Sorgen . . ., kurz, das Leben mit seinen Höhen und Tiefen, mit seinen Nichtigkeiten und Problemen . . . Aber sie war gekommen, und sie war ihm treu geblieben. In dieser leichtlebigen Zeit war das schon etwas Außergewöhnliches. Er war stolz auf Milena, stolz auf seine Liebe. Doch war diese Liebe zugleich auch seine Schwäche, seine Achillesferse, das verwundbare Auge des Nashorns, der Finger in des Unglücks Getriebe. All die auf Clorynda III verbrachte Zeit hatte er in lebhafter Erinnerung behalten, und jeder Leidensweg hatte tiefe Falten in seinen Körper eingraviert wie die Worte eines Liedes in die Rillen einer alten Schallplatte. Aber die Nacht des Angriffs, jener Zeitabschnitt von dem Augenblick an, als der Himmel wie am hellichten Tag aufleuchtete, war im Nichts versunken,

in eine so abgrundtiefe Vergessenheit, daß sie gleichsam in einen Basaltblock gegossen schien. Gewiß, er hatte sich manchmal gefragt, durch welches Wunder — oder durch welche Teufelei — er als einziger das Gemetzel überlebt hatte. Mitunter glaubte er sogar, an der Wirklichkeit dieser blutigen Nacht zweifeln zu müssen, denn die Gegner — die sicherlich keinen Eindruck von Stärke machten — verfügten über keine besonders wirksamen Waffen, und bis zu diesem Zeitpunkt hatten sie bei jedem Gefecht empfindliche Verluste hinnehmen müssen.

Der Oberst rührte sich in seinem Sessel. Er war wie immer geschniegelt und gebügelt, aber sein glattgekämmtes Haar paßte nicht so recht zu seinem Stadtanzug. Les holte ein Päckchen Zigaretten aus der Tasche und bot dem Offizier eine an, der aber ablehnte:

„Nein, ich möchte jetzt nicht."

Les zündete seine Zigarette an und stellte befriedigt fest, daß seine Hand kaum zitterte.

„Sie rauchen zuviel", sagte der Oberst. „Sie sollten es etwas einschränken."

„Ja, gewiß", entgegnete Les noch immer umgänglich gestimmt, „aber ich bin zur Zeit schrecklich nervös."

Der Oberst erhob sich und sah mit abwesendem Blick durch das breite Fenster auf das Treiben in der Hauptstraße. Les fragte sich, ob dieser in der Lage war, sich seine Gemütsverfassung vorzustellen und . . ., flammender Zorn stieg in ihm auf: Diese Schweine, diese verdammten Schweine! Was verstehen die schon vom Leben? Überhaupt nichts! Er war sicher, daß ihn niemand hier verstand! Daß es ihnen sogar Spaß machte, an ihm ihr schmutziges Handwerk auszuüben . . . Sind sie überhaupt schon einmal dort gewesen, in den Wüsten von Galatea, in den Sümpfen von Fonsekor, in den Bergen von Clorynda III? Was konnte er von ihnen schon erwarten? Sie machten ihren Job, und die Zeit geheuchelter Mitgefühle war vorbei. Die verstärkte Expansion der Menschheit in alle Teile des Alls hatte den Wahnwitz der einen verstärkt und die Gleichgültigkeit der anderen erhöht. Und was die Gerechtigkeit betraf . . .!

In Gedanken sah er, wie sie sich umdrehte, und ihr Körper glänzte mild. Selbst wenn man ihm die Augen ausgestochen hätte, er hätte sie immer vor Augen gehabt wie an jenem Abend auf Clorynda III, als plötzlich . . . Sie drehte sich um, und was sie anhatte, schien wie immer überflüssig zu sein . . . Er versuchte sie in seine Arme zu nehmen, aber sie entwand sich ihm geschickt und lachte . . . Das

Vorspiel zu weiteren Spielen. Das wußte er. Er verfolgte sie durch das Zimmer, etwas atemlos wegen der Verletzung, die er auf Clorynda III erlitten hatte, und streckte die Hände wild nach vorn, wie Fänge; sie öffnete die Tür in dem Augenblick, wo er sie greifen wollte — und Dr. Berg trat in den Raum.

„Ich habe Sie warten lassen, Herr Pales", sagte er.

Les taumelte ein wenig, als er sich erhob, und er sah hinter der verglasten Tür das kleine rote Zimmer, den Sessel mit den glänzenden Schnallen. Dr. Berg lächelte. Aber in Les erweckte jedes Lächeln und jede Höflichkeit nur Argwohn. Er wollte, daß dies das letztemal sei ...

„Darf ich bitten", sagte Dr. Berg und trat zurück, um den Zugang zu der Folterkammer freizugeben, in der sein Assistent, ein junger Mann mit weichlichen Gesichtszügen, sich an verschiedenen funkelnden Instrumenten zu schaffen machte.

Als Les in den kleinen roten Raum trat, warf ihm der junge Assistent einen traurigen Blick zu, jedoch frei von jedem Mitgefühl. Solche Leute, dachte Les, kennen nur Selbstmitleid.

„Ich glaube, daß es heute klappen wird", sagte Les lächelnd zu Dr. Berg.

Dieser war sichtlich verstimmt, und sein Lächeln glich der verlegenen Miene eines Menschen, der in Gesellschaft einen Fauxpas begangen hat. Er machte „Hm, hm!" und schob Les zum Sessel. Dann räusperte er sich und erklärte:

„Das Ministerium hat mich ermahnt, bald ein Ergebnis vorzulegen. Ich würde Sie daher bitten, daß Sie sich etwas mehr ... Mühe geben, Herr Pales."

Plötzlich erfaßte ihn panische Angst. Er wußte es, er hatte es sich aber nicht eingestanden, doch schon als er die Halle des Ministeriums betreten hatte, war es ihm bewußt geworden: Heute würde es das letztemal sein ... Das bedeutete aber keineswegs, daß sie ihn danach in Ruhe lassen würden. Sie konnten sich an ihm wegen seiner mangelnden Bereitwilligkeit rächen, und sie verfügten über Tausende von Mitteln, eines grausamer als das andere: Einzelhaft, Gehirnwäsche, Verbannung, Verfemung, Entpersönlichung, wiederholte Rüge, Isolierung, Aburteilung als Versuchsperson und wöchentliche Körper- und Seelenfolter. In jedem Fall würde er sie nie wiedersehen ...

Der junge Mann sah ihn einfältig an und befestigte die Schnallen um die Handgelenke. Berg setzte sich Pales gegenüber.

„Verstehen Sie uns richtig, Pales, weder der Oberst noch ich selbst haben persönlich irgend etwas gegen Sie; wir betrachten Sie als einen mutigen Mann, der einen heftigen Schock erlitten und aus seinem Gedächtnis jede Erinnerung an diesen Schock gelöscht hat. In Ihnen kämpfen zwei einander entgegengesetzte Kräfte, und Sie wissen nicht mehr, woran Sie sind. Wir aber sind Angestellte der Regierung und müssen um jeden Preis erfahren, was sich in dieser Nacht auf Clorynda III ereignet hat . . . Ich hoffe, daß Sie mich soweit verstanden haben."
Der Oberst stand im Türrahmen, sein Gesicht blieb ausdruckslos. Er nickte lediglich zustimmend mit dem Kopf, um anzudeuten, daß er Dr. Bergs Meinung teile.

Dann fiel er in das große, blutrote Gefäß des Rauschgifts und durchfuhr im Boot alle Windungen des Flusses Mäander, watete durch sonderbare Gebiete, in denen heisere Frauenschreie und -rufe erklangen *(Hilfe, Hilfe, komm zurück, o komm, du bist mein)*, aber das Boot wurde von Strudeln erfaßt und schwankend und schlingernd von einer wilden Strömung mitgerissen. Es gab weder Ruder noch Steuer, weder Enterhaken noch Anker, den man hätte auswerfen können; das Boot raste auf den Grund des Gefäßes zu, das gleich einer großen Blechkonserve die ganze Welt einschloß . . .

Zuerst war das Schwarz des Weltraums schwärzer als die Nacht, dann landete das Raumschiff auf einer safrangelben Kugel, betupft mit grün und grau, und diese hieß Clorynda III und sollte erobert werden, und sie verließen die Raumfahrzeuge . . .
Nebel Nebel Nebel.
Pales, geben Sie sich Mühe!
VON ANFANG AN STIESSEN WIR AUF SCHWIERIGKEITEN. ES WURDE FAST JEDEN TAG GEKÄMPFT.
Nebel Nebel Nebel, donnernde Kanonen durchbrachen die Stille, und er glaubte sich verloren, denn kurz zuvor war er auf Suche gegangen und hatte von seinen Gefährten nur verbrannte, lederne Ballen gefunden.
. . . jetzt liegen Sie richtig, Pales, wir werden Ihnen helfen, damit Sie sich an alles erinnern . . .
UND ICH HATTE ANGST ZU VERRECKEN OHNE SIE WIEDERZUSEHEN OHNE SIE IN DIE ARME SCHLIESSEN ZU KÖNNEN WEGEN DIESES SCHEISSKRIEGES DER UNS SELBST DIE MÖGLICHKEIT ZU TRÄUMEN NAHM ICH

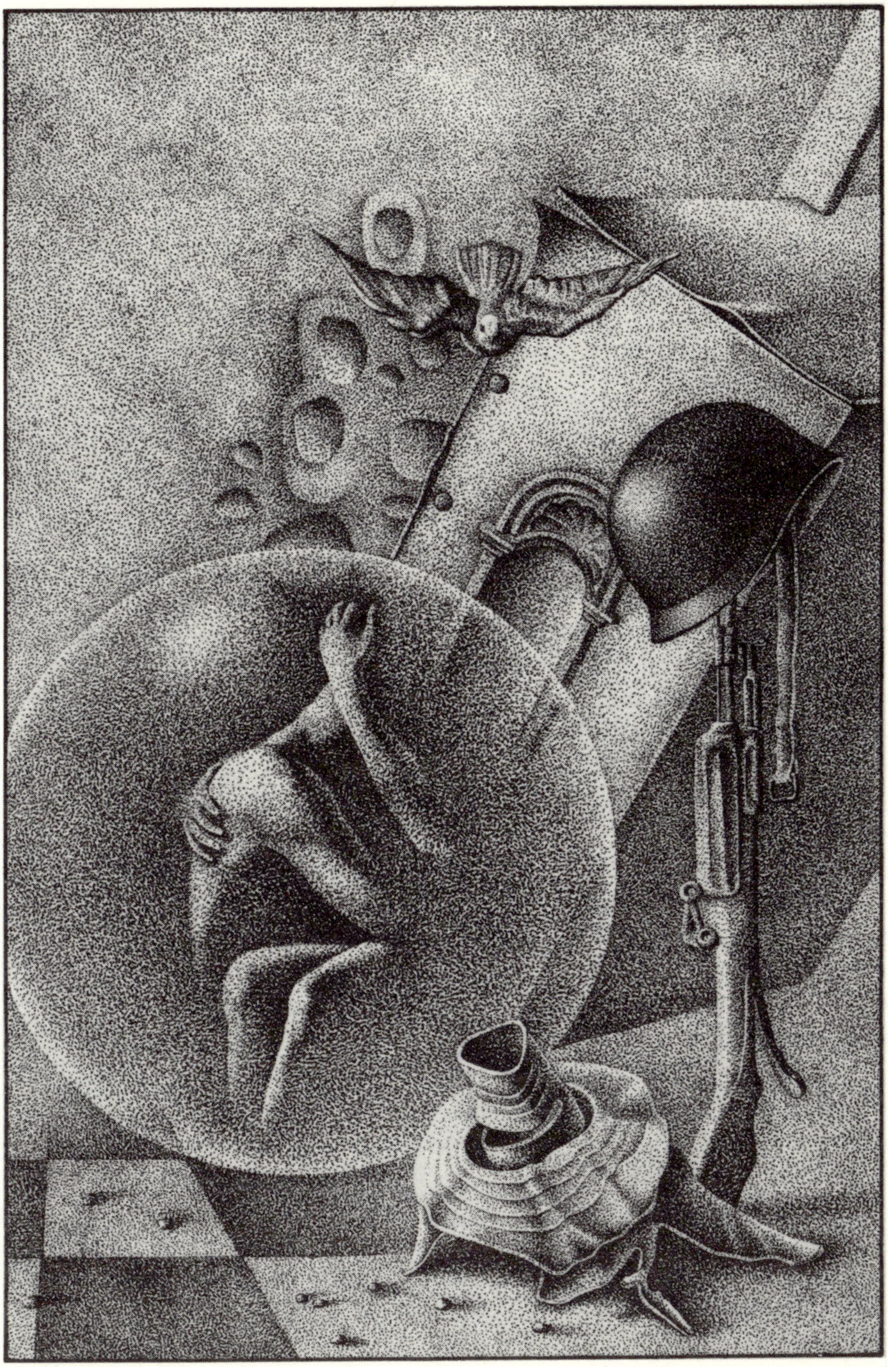

WAR GANZ ERFÜLLT VON IHR UND ZITTERTE WIE EIN KIND BEIM GEDANKEN AN IHRE HAUT UND AN IHRE ART ZU LIEBEN JEDESMAL MIT EINEM GEWISSEN LÄCHELN UND ICH ERINNERE MICH AN DIE LEIDENSCHAFT DIE JEDE IHRER BEWEGUNGEN BESTIMMTE UND WIE SIE MIR ENTGEGENKAM AUF DEM PFAD DER LUST UND ICH PLATZTE VOR WUT ANGESICHTS DES WEISSEN WÄCHTERS! AH! IHR WERDET MIR DAFÜR BÜSSEN FÜR ALLES BÜSSEN.

Nebel Nebel Nebel, graurote blutige Farbe der Wut. *Pales, strengen Sie sich doch an, verflixt, ein bißchen nur, wir sind nahe dran!*

Wir verbrannten, wir wurden in die Luft gesprengt und krepierten wie die Ratten — wofür, für wen, frage ich mich?

Les Pales lag hinter einem Geröllhaufen. Es war tiefe Nacht, und Stille herrschte, denn seit einigen Minuten schwiegen die Kanonen. Vor ihm, über der Hundeschlucht, erhoben sich die unzerstörbaren Wachtürme des Feindes. Man hatte dessen Stärke und Feuerkraft unterschätzt. Les Pales wußte, daß alle seine Gefährten umgekommen waren. Aus einem unerfindlichen Grund hatte er als einziger seiner Abteilung überlebt. Bald würde Verstärkung kommen und ihn aus seiner bedenklichen Lage befreien. Als der Angriff begann, hatte er das Bewußtsein verloren, und er konnte sich an nichts mehr erinnern. Er war durch die Nacht gekrochen und hatte das gefunden, was von seinen Kameraden übriggeblieben war. Er sollte lieber nicht daran denken . . . Dann verfärbte sich der Himmel . . . Er sah, wie Dr. Berg ihn durch ein Loch in einer schwarzen Wolke ansah und ihm zuredete: Strengen Sie sich noch einmal an, ein kleines bißchen, es muß *UNBEDINGT* sein!

UNBEDINGT.

(Geben Sie mir bitte einen Füllfederhalter, danke.)

Er befand sich genau gegenüber der Hundeschlucht, und der Himmel veränderte gerade seine Farbe. Die Felsen verwandelten sich in Krieger aus Granit, schwangen Flammenschwerter und stiegen zu ihm herab, während sie aus ihren bimssteinernen Kehlen Drohungen gegen ihn ausstießen. Er schloß die Augen und bestrich die verfärbte Nacht mit einer Garbe versengenden Feuers. Alles um ihn herum hatte zu leben begonnen, und von der Mitte des Bergs, von einem Punkt, der Scheitelpunkt und Fußpunkt seines Schicksals war, stieg ein gewaltiger Vogel mit ausgebreiteten Flügeln und glänzendem Schnabel auf. Die Nacht wurde zum Tag, die Abenddämmerung wurde zum Morgen-

grauen, und er begriff, daß der Feind über ein Mittel verfügte, gegen das niemand etwas auszurichten vermochte, denn er hatte die ABSOLUTE WAFFE entdeckt!
Der Feind hatte die intimen Träume eines jeden Gegners materialisiert und diese zum Sturmangriff geführt!
Und niemand kann die Tötung seines eigenen Traums überleben! NIEMAND!
ABER MICH HABEN SIE NOCH NICHT! Ich werde mich nicht von der Stelle rühren, mich auf den Boden legen, den Kopf in den Schlamm gesteckt, und ich werde den Atem anhalten und die Augen verschließen vor dem wundervollen Vogel meines Jünglingstraums. WEIL MEIN WIRKLICHER TRAUM SICH VIELE LICHTJAHRE VON HIER BEFINDET! Das hier ist nur ein Symbol, eine Wolke aus blauen Federn, eine Kindheitserinnerung — Reuegefühle, Gewissensbisse, Seiten eines intimen Tagebuchs! MICH KRIEGT IHR NICHT!
Weit oben am Himmel öffnete der Vogel seinen Schnabel und gackerte mit Dr. Bergs Stimme:
„Einen kleinen Ruck noch! Los!"
... Aber er blickte durch den Lidspalt, und der feuchte Modder widerspiegelte das Bild des Vogels: Seine Flügel waren weiter gespannt als die Segel einer Brigantine, und sein Schnabel war ein mächtiger Saphir, ein Eisblock von unerträglichem Blau. Das ist kein Traum es ist ein Alptraum kein Traum mein Traum es ist es ist o meine Liebste mein Kind meine geöffnete Muschel unter dem duftenden Haar!
Pales, strengen Sie sich an, hören Sie auf zu faseln!
DIE STROMSTÖSSE JETZT SCHNELL WIR HABEN IHN WIR HABEN IHN ER DARF UNS JETZT AUF KEINEN FALL ABKIPPEN ER MUSS REDEN DANACH KANN ER MEINETWEGEN KREPIEREN!
Pales' Körper bäumte sich auf, als hätte man ihm Nadeln unter die Fingernägel geschoben oder die Glieder mit Ultravibratoren gebrochen.
... In der schlammigen Erde sah er das Spiegelbild des riesigen Vogels, der über ihm kreiste. Und der wunderschöne Vogel glitt langsam zu ihm herunter, zog weite Kreise wie eine Weihe oder ein Sperber, der sich seiner Beute nähert. Pales konnte nichts mehr sehen, der Himmel war verschwunden, von den Flügeln des Ungeheuers verdeckt. Der Berg schwieg, und die Waffen schwiegen. Alles ringsum atmete den Tod. Der Vogel ließ sich gleiten im unsichtbaren Trichter

der Luft und, geleitet von jener unsichtbaren Spirale (wie eine altertümliche Kugel in vorgestanzten Windungen), schoß er auf Les zu, der zu verschmelzen suchte mit dem Schlamm gleich einem Schlammchamäleon ...

... *Hören Sie auf zu faseln, Pales, wir wollen die Wahrheit wissen!*

... Er rollte sich auf die andere Seite wie der wendige und durchtrainierte Kämpfer, den man aus ihm gemacht hatte. Er richtete seine Waffe gegen den Himmel und feuerte auf das Blau eine Garbe flammenden Oranges. Der Vogel stieß einen erstickten Klageschrei aus, ein schwaches Stöhnen aus einer weichen Kehle, und von der Mitte des Himmels fiel der bizarr verrenkte Körper einer Frau, die er genau erkannte, zu ihm herab; doch was im Dreck neben ihm aufschlug, war nur noch ein schwarzes Ding ähnlich einem verkohlten Fetus ...

Dr. Berg ließ den Füller fallen. Das Gebrüll, das der Mann ausgestoßen hatte, glich dem Aufschrei, den die Verdammten in der Tiefe der Hölle in alten Sagen von sich gegeben haben müssen. Der Mann bäumte sich so heftig auf, daß er die Metallschnallen von den Lehnen des vernickelten Sessels riß.

Er richtete sich einen Augenblick auf, stand da mit geweiteten und lodernden Augen in der Mitte des kleinen roten Raums. Dann sank seine Gestalt mit einemmal zusammen, und ein gräßlicher Geruch von verbranntem Fleisch breitete sich im Versuchsraum aus. Zwei Minuten später standen Dr. Berg, der Oberst, der nie rauchte, und der junge Mann mit den weichlichen Gesichtszügen noch immer wortlos da und betrachteten eine geschwärzte, unkenntliche Masse auf dem mit Kunststoffliesen bedeckten Fußboden, von der sich beiderseits zwei glänzende Metallreifen abhoben.

Sie wartete mehrere Tage und Nächte auf ihn. Da ihre Verbindung nicht standesamtlich war, hatte sie, wie sie wußte, kein Recht auf ihn. Am fünften Tag ging sie auf den Balkon im sechsundsiebzigsten Stock, von dem aus man die ganze Stadt überschaute, schloß die Augen und stieg über das Geländer. Irgendwo in der Ferne rief ein Vogel.

... Denn niemand kann die Tötung seines eigenen Traums überleben.

STANISLAW LEM

Das Märchen vom lachenden Turing

Es war einmal, vor langer, langer Zeit, vor mehr als tausend Jahren, da war die Welt in zwei Hälften geteilt. Auf der einen herrschten die Atlantiden. Jeder Mensch hegt — so war es in längst vergangenen Zeiten, und so ist es noch heute — Wünsche und Träume. Auch die Atlantiden bildeten keine Ausnahme. Sie träumten davon, die andere Hälfte der Welt, die sich von ihrer Herrschaft befreit hatte, zu vernichten. Zu diesem Zweck häuften sie, um die Luft und das Wasser zu vergiften, radioaktive Stoffe an, Sprengmittel und Bazillen. Je mehr sie aber davon besaßen, desto größer wurde ihre Furcht. Deshalb kauften sie für ihr Geld Gelehrte, die immer bessere Maschinen zum Töten von Menschen erdenken und bauen mußten. Da erfuhren sie eines Tages, daß auf einer fernen Insel mitten im Ozean ein Gelehrter mit Namen Turing wohnte, der Automaten bauen konnte. Damals war von Automaten noch nicht viel zu hören, und niemand wußte recht, zu was sie dienen sollten. Turing baute verschiedene Automaten. Die einen konstruierten Maschinen, die anderen buken Brot, wieder andere rechneten und dachten logisch. So plagte er sich mehr als vierzig Jahre, und dann ersann er einen Automaten, der alles tun konnte, was nur möglich war. Dieser Automat konnte Erze schmelzen und Schuhe fabrizieren, Elemente transformieren und Häuser bauen. Ebenso, wie er physisch arbeiten konnte, vermochte er über alles nachzudenken. Er war imstande, jede Frage zu beantworten und jedes Problem zu lösen; kurz, es gab nichts, was er nicht ausgeführt hätte, wenn es ihm befohlen wurde.

Die Herrscher der Atlantiden sandten ihre Beauftragten zu Turing, um ihn zu kaufen. Aber der Gelehrte wies alle Angebote zurück. Da beraubten sie ihn der Freiheit und stahlen die Pläne seiner Erfindung. Der Älteste der Atlantiden überprüfte sie, rief die anderen zu sich und sagte: „Wenn wir den Automaten haben, dann werden wir ihn fragen, wie wir diese Bande vernichten können, die für immer den Krieg beseitigen will.“ Der zweite, schon ergraute Herrscher der Atlantiden, der von den anderen hochgeachtet wurde, fügte hinzu: „Er wird uns auch sagen, wie wir unseren Untertanen das Denken abgewöhnen können; denn denkende Menschen sterben nicht gern zu Ruhm und

Ehre unseres Goldes." Diesen Worten zollten die Anwesenden gebührenden Beifall. Sie beschlossen, einen riesigen Turingschen Automaten für alle Zwecke zu bauen. „Dann sind wir allmächtig, und niemand auf der Welt kann uns Widerstand leisten", schloß der Älteste die Beratung.

Nun forderten sie siebentausend Rechenmeister auf — denn damals rechneten die Menschen noch im Kopf —, zu berechnen, wieviel Gold für das Werk erforderlich sei. Als sie das wußten, riefen sie siebentausend Ingenieure und Konstrukteure zusammen, die sieben Jahre lang Pläne zeichneten. Bevor sie fertig waren, wurden die ersten Arbeiterkolonnen auf das Baugelände gebracht. In Alamogordo, im Herzen einer großen Wüste Neumexikos, wurden siebenmal siebentausend Arbeiter in Wellblechbaracken zusammengepfercht, in denen sie nachts unter eisiger Kälte und tags unter glühender Hitze litten. Der salzhaltige, feine Sand zerfraß ihre Lungen und Augen, viele starben an Krankheiten. Als Ersatz für die Toten wurden immer neue Arbeiter dorthin gebracht. Sie wühlten tiefe Gruben für die Fundamente in den Boden, bohrten Schächte und Galerien in die Felsen. Langhalsige Bagger, die den Reptilien der Urzeit ähnlich sahen, schritten über sie hinweg. Die Bauarbeiten dauerten zweimal sieben Jahre. Nach vierzehn Jahren bedeckten Stahltürme und Gebäude hunderttausend Morgen Wüste, die von einer hohen Mauer umgeben waren. Dann kam der Tag, an dem die letzten, die diese Titanenarbeit überlebt hatten, den Bauplatz verließen. Die Tore schlossen sich hinter ihnen. Das Baugelände war menschenleer, tiefe Stille herrschte, nur der Wind pfiff in den Leitungsdrähten. Auf den kiesbestreuten Wegen machten Wächter mit Hunden die Runde. So blieb es sieben Tage lang. Dann hielt in einer dunklen, mondlosen Nacht vor dem Eingangstor ein Fahrzeug, ein sogenannter Panzerwagen, dem die sieben Männer entstiegen, die über die Atlantiden herrschten. Der erste besaß das Eisen, der zweite die Kohle, der dritte das Erdöl, der vierte die Verkehrsmittel, der fünfte das Getreide und das Fleisch, der sechste war der Herr aller Elektrizitätswerke, der siebente befehligte die Armee.

Der leitende Ingenieur kam ihnen aus den unterirdischen Räumen bis an das Tor entgegen und verneigte sich tief. Im unruhigen Licht der hoch über den Mauern an Drahtseilen im Winde schwankenden Lampen betrachteten die Herrscher die schwarzen Gebäudeblocks und die Türme, die wie Soldaten in Reih und Glied standen. Diese Bauwerke waren der kleinere Teil des Universalautomaten, der

größere war tief unter der Erdoberfläche in Gallerien und Hallen eingebaut, die in die Felsen der Wüste gesprengt worden waren. Wächter näherten sich schweigend und öffneten das große, schwarze Tor. Auf dem Hof wartete ein kleiner, verglaster Wagen, der sich sofort in Bewegung setzte, als die Herrscher und der Chefingenieur in ihm Platz genommen hatten.

Sie fuhren durch Säle, die in kaltes, blaues Licht getaucht waren, durch Gebäude, die auf dem Kopf zu stehen schienen. Über ihnen hing ein dunkles, unübersehbares Netz von Kabeln und Leitungen, das von pilzförmigen Isolatoren gehalten wurde. Der Wagen rollte an großen, in die Felswände eingebauten Nestern von Drosselspulen vorüber, durchquerte Schächte, in denen gepanzerte Automaten wachten. Der Wagen glitt immer tiefer. Der Ingenieur erklärte den Herrschern alles und sagte, das Hauptstellwerk befinde sich in einer Tiefe, die mehr Meter zähle, als das durchschnittliche Leben eines Menschen Tage habe. Sie fuhren weiter, immer weiter, von Stockwerk zu Stockwerk, in das Innere der Erde. Der Wagen wand sich unter zahllosen Kupfersträngen hindurch. Von Zeit zu Zeit blinkte aus der Tiefe ein rubinrotes Licht. Das ganze unübersehbare und unermeßliche Labyrinth der Galerien, der Gänge und Schächte war tot. Bisher war durch die vielen Milliarden Windungen des kupfernen Gehirns dieser Maschine noch kein Stromimpuls geflossen.

Lange noch fuhr der Wagen durch die Finsternis. Endlich schimmerten Lampen an den feuchtglänzenden Felswänden. Der Wagen hielt. Sie waren am Ziel. Unter dem ungeheuren Bauwerk, in seinem tiefsten Innern, lag ein kleiner, gepanzerter, ovaler Raum. An den schwarzen Wänden leuchteten siebenhundertsiebenundsiebzig Kontroll- und Meßgeräte. In der Mitte befand sich ein Podium mit einem Tisch. Darauf stand ein Mikrophon, daneben eine Taste unter einer Glocke aus Diamanten — sonst nichts. Von hier sollten dem Universalautomaten die Befehle erteilt werden.

Der Chefingenieur erklärte den Herrschern über die Atlantiden, der Riesenmechanismus könne ebensogut exotische Blumen züchten wie Menschen vernichten. Er hatte keine Sicherungen wie unsere heutigen Automaten, er war ihnen in nichts ähnlich. Dieser Superautomat war ein barbarisches Instrument, ein Werkzeug wilder, ungezügelter Instinkte, millionenmal größer als die Pyramide des Cheops. Schweigend standen die Menschen in dem Raum. Obgleich an der Decke sieben Lampen brannten, verschlangen die schwarzen Wände das helle Licht. Der Automat sollte zu einem späteren Zeitpunkt in Gang gesetzt werden; aber der Chefingenieur, der sich die Huld der Herrscher sichern wollte, überredete sie, schon jetzt einen Versuch zu unternehmen. Er lebte selbst seit Jahren in fieberhafter Erwartung. In seinem Innern schlummerte ein Gedanke, den er ängstlich verbarg. Er wußte, daß der Mensch, der einmal durch das Mikrophon dem Automaten seine Befehle erteilte, mächtiger war als alle assyrischen und babylonischen Magier zusammen. Als der erste der sieben Herrscher ihn fragte, was er tun müsse, damit der Automat zu arbeiten beginne, da antwortete er: „Herr, ein Druck auf diesen schwarzen Knopf hebt die Schleusen der Dämme, dann strömt das Wasser des San Juan in die siebenundsiebzig Schächte der Turbinen, die den Strom für das metallene Eingeweide des Automaten erzeugen. Dann beginnen seine Organe zu arbeiten, seine Adern zu pulsen." Der älteste der sieben Gewaltigen war von diesen Worten leicht bewegt, denn er liebte große und außergewöhnliche Dinge. Wie unabsichtlich drückte er mit seinem weißen, fetten Finger auf den Knopf. Plötzlich zuckten die Lichter, ein Zittern ging durch die Zeiger der Instrumente, Kontrolllampen öffneten ihre roten Augen und starrten die Menschen an. Der Felsen über ihren Köpfen begann zu dröhnen, sich zu bewegen.

Räder wirbelten um ihre Achsen, Maschinen keuchten, Tausende von Vakuumröhren glühten purpurrot, Relais hoben und senkten sich, durch die Spulen, die Solenoide, floß der Strom. In dem schwarzen Raum waren nur die beleuchteten Instrumente zu sehen. Aus dem Lautsprecher drang ein dumpfes Rauschen. Das Ungeheuer mit dem Kupferhirn war wohl zum Leben erwacht, es schlief aber noch und schien zu schnarchen.

Da begriffen die Herrscher der Atlantiden, daß sie vor einem allmächtigen Wesen standen, vor einer Gottheit, die sie selbst geschaffen hatten, die alles vollbringen würde, was sie ihr befahlen. Als sie darüber nachdachten, erschraken sie in ihrem eigenen Herzen, als hätten sie in einen Abgrund geblickt; denn sie waren nicht gewöhnt, alles zu vermögen. Jedem von ihnen kam der Gedanke, daß dieser Automat imstande war, den Reichtum, die Macht, das Leben der anderen sechs zu vernichten, wenn er es befahl. Aber sie wiesen vorerst diesen zudringlichen, lästigen Gedanken zugunsten des neuen Krieges zurück, den sie gemeinsam beschlossen hatten.

Unter ihnen war der achtzehn Jahre alte Sohn des Herrn über das Eisen, des Reichsten von allen, denn aus Eisen wurden die Vernichtungswaffen geschmiedet. Dieser Herrscher verstand es wie kein anderer, Blut mit Gold zu kaufen. In seinen Hüttenwerken dröhnten

Tag und Nacht Tausende Stahlhämmer, nur damit in fernen Ländern Tausende Herzen zu schlagen aufhörten.
Sein Sohn war ein blasser, melancholischer Jüngling. Er kannte bereits den Geschmack aller Früchte dieser Erde, alle nervenaufpeitschenden Gifte und alle Genüsse, die man für Gold kaufen kann. Deshalb war ihm die Welt langweilig. Auf der Suche nach neuen Genüssen hatte er sich in die dunklen Labyrinthe auswegloser Philosophien verirrt.
Keiner der Herrscher wagte ein Wort zu sprechen. Von der eigenen Nichtigkeit gegenüber diesem allmächtigen Mechanismus bedrückt, lauschten sie dem gleichmäßigen Rauschen der Ströme, das nun klang, als atmete das Ungeheuer in wacher, gehorsamer Erwartung. Da trat der blasse junge Mann plötzlich vor und fragte: „Wozu leben wir?"
Sein Vater zuckte zusammen, wollte ihn zurechtweisen — aber der Automat bewegte sich bereits. Die Lampen flackerten, ihr Licht wurde schwächer, die Dunkelheit der Wände kroch näher an die Menschen heran. Auf einmal drang aus dem Lautsprecher ein metallischer, unartikulierter Laut, dem rasch ein zweiter, dritter, vierter folgte, immer ungestümer, lauter. Der Boden unter den Menschen in dem dunklen Raum bebte, Staub wirbelte auf. Furchtbare Stöße schüttelten die Männer, ihre Beine knickten ein. Unter dem Ansturm des rasselnden Knirschens, des Stöhnens und Schnaufens stürzten sie auf die Tür zu, warfen einander zu Boden, traten, stießen, rangen miteinander im panischen Schrecken ihrer kopflosen Flucht; denn sie hatten das Entsetzliche begriffen: Der Automat lachte . . .

Krieg und Frieden in der Science Fiction

EIN NACHWORT

Stielaugenmonster überfallen die Erde und wollen die Menschheit versklaven. Irdische Raumschiffe erobern und kolonisieren Stern für Stern den Weltraum und errichten ein gewaltiges Imperium. Mit planetenzerstörenden Wunderwaffen ausgestattete Raumflotten bekriegen einander und vernichten ganze Galaxien mit Millionen oder Milliarden Lebewesen.
Das sind seit über 50 Jahren gängige Motive der Science Fiction. Sicherlich verändert sich auch diese Spielart der Literatur, entwickelt sich weiter, doch wenn man das aktuelle Buch- und Heftangebot mit den „Geschichten aus der Zukunft“ durchsieht, drängt sich der Schluß auf, daß die Zukunft der Menschheit aus Kampf und Krieg bestehen wird. Ein besonders beliebtes Motiv von SF-Autoren ist das Leben nach der Katastrophe: Durch Atomwaffen oder neue Supervernichtungsmittel werden fast alle Menschen, bis auf die Helden, ausgerottet, die Überlebenden führen anschließend ein abenteuerliches Robinsondasein usw. Mit solchen Geschichten befriedigt die Science Fiction unser Unterhaltungsbedürfnis, das ist nicht unbedingt negativ. Aber durch die ständige Darstellung von Kriegen mit immer neuen Vernichtungssystemen, gewöhnen wir uns dadurch nicht auch an Krieg und Kampf? Trägt das nicht dazu bei, daß wir zukünftige Kriege als etwas Unabänderliches hinnehmen? Schaffen nicht solche Kriegs-Überlebens-Abenteuer bei uns Lesern die absurde Illusion, daß wir einen Atomkrieg überleben könnten, oder gar, daß das Leben nach einem Atomkrieg für uns angenehmer sein könnte?
Science Fiction muß aber nicht zwangsläufig den Krieg zum Abenteuer machen. Wie kaum eine andere Spielart der Literatur kann SF den Wahnsinn und die Unmenschlichkeit des Krieges veranschaulichen. Das verdeutlichen die in diesem Band versammelten Erzählungen. Das zeigt auch der Rückblick auf die Geschichte dieses Zweiges der Literatur.
Die Geschichte der Menschheit ist in unterschiedlichem Maße durch Ungerechtigkeit, Unfreiheit, Unfrieden gekennzeichnet. Als Gegenbild zur Unzulänglichkeit ihrer eigenen Wirklichkeit haben Philosophen und Dichter schon früh ideale Formen des Zusammenlebens entworfen, Bilder von idealen Staaten, in denen Frieden und Gerechtigkeit herrschen sollten. Diese Utopien sind die Vorläufer der heutigen Science Fiction. So beschreibt bereits der griechische Philosoph Platon 400 Jahre vor der Zeitwende in seiner Utopie *Der Staat*

friedfertiges und gerechtes Miteinander; allerdings muß dieser Frieden noch durch ein starkes Heer geschützt werden. Thomas Morus sagt in *Utopia* (1515) von den Bürgern seines Idealstaates: „Den Krieg verabscheuen sie aufs äußerste als etwas einfach Bestialisches“, dennoch müssen auch sie sich gegen Feinde mit Waffen verteidigen, geben aber „geistigen Waffen“ den Vorzug. Frieden, sowohl im Inneren als auch im Äußeren, ist ein charakteristischer Zug der anderen frühen Utopien, in Francis Bacons *Neu Atlantis* (1638) wie auch in Campanellas *Sonnenstaat* (1623). Besonders stark artikulieren christliche Utopien Friedenswünsche, das erhoffte Gottesreich ist ein Friedensreich; so erwartet Augustinus ein goldenes Zeitalter durch Gottes Gnade, ohne Angst, ohne Krieg: *Vom Gottesstaat* (um 425). Johann Valentin Andreae läßt in seiner Utopie *Christianopolis* (1619) einen Schiffbrüchigen auf einer Insel stranden, die bezeichnenderweise „Friedensinsel“ heißt, auf der der christlich-utopische Staat Christianopolis errichtet worden ist, dessen Bewohner u. a. den Krieg als politisches Mittel verdammen. Die der Aufklärung verpflichteten deutschen Philosophen des 18. und frühen 19. Jahrhunderts räumen dem Frieden in ihren Entwürfen und Überlegungen ebenfalls einen zentralen Stellenwert ein, was u. a. die Friedensutopien von Fichte, Görres, Kant, Schlegel belegen. Auch für die am Ende des 19. Jahrhunderts in England und in den USA entstehenden idealisierenden Entwürfe sozialistischer Gesellschaften ist der Traum von einem künftigen Frieden wesensbestimmend, sei es die „Utopie von der vollendeten kommunistischen Gesellschaft“ von William Morris, *Kunde vom Nirgendwo* (1890), oder sei es die in Deutschland sehr populär gewordene sozialistische Utopie von Edward Bellamy, *Ein Rückblick aus dem Jahre 2000* (1888). Man kann also festhalten, daß die Vorhersage einer friedlichen Welt, in der die Menschen ohne Krieg und Angst zusammenleben, eigentlich zu den charakteristischen Merkmalen der utopischen Literatur gehört und daß dieser Wesenszug erst in diesem Jahrhundert in der Science Fiction weitestgehend verlorengegangen ist.

Ein grundlegender Wandel in der utopischen Literatur vollzieht sich bereits in der zweiten Hälfte des 19. Jahrhunderts. Die Ursachen hierfür liegen auf mehreren Ebenen: Der technische Fortschritt schreitet außerordentlich rasch voran, neue Erfindungen ermöglichen wirtschaftliches Wachstum, Wohlstand. Die Hoffnungen von Bürgern und Arbeitern auf weiteren Fortschritt spiegeln die technisch geprägten Zukunftsabenteuer des Franzosen Jules Verne wider, der um die Jahrhundertwende zum populärsten Autor Europas geworden ist. Durch ein gestiegenes Bildungsniveau haben immer mehr Menschen Bedürfnis nach Lesestoff. Und da die Mehrheit von ihnen hart arbeiten muß, besteht vor allem der Wunsch nach unterhaltsamer Literatur. Dieses Bedürfnis kann durch neue Drucktechniken billiger und umfangreicher befriedigt werden. So kommt in wachsendem Umfang triviale Literatur in Büchern und Heften auf den Markt, auch Zukunftsabenteuer, bei deren Lektüre sich der Leser in die Rolle von Helden und Kämpfern versetzen kann, um so seine eigene Unterdrükkung zu vergessen.

Noch zwei weitere Ursachen sind für den Wandel der utopischen Literatur wichtig. Das Bürgertum ist in Europa im 19. Jahrhundert endgültig zur wirtschaftlich und politisch vorherrschenden Macht geworden. Es braucht keine Zukunftsentwürfe mehr, in denen die bürgerlichen Ideale von Freiheit, Gleichheit, Brüderlichkeit verherrlicht werden. Wichtiger ist stattdessen eine Literatur, die die bestehenden gesellschaftlichen Verhältnisse und Ungerechtigkeiten rechtfertigt, die Angriffe auf den bürgerlichen Staat zurückweist. Dafür eignete sich in besonderem Maße die utopische Literatur. So haben Zukunftsromane politische Unterdrückung, Kampf gegen die Arbeiter und selbst den Bürgerkrieg gerechtfertigt. Ein bezeichnendes Beispiel hierfür ist die antisozialistische Schreckensvision von Emil Gregorovius, *Der Himmel auf Erden* (1892): Der Autor beschreibt, „den kommenden Geschlechtern zur Warnung", wie die Sozialdemokraten in Deutschland die Regierung übernehmen und, unfähig und brutal, eine Schreckens- und Gewaltherrschaft errichten, so daß das deutsche Reich im Chaos unterzugehen droht, wenn nicht die „alten Soldaten" mit ihren „Kriegervereinen" wieder „Ruhe und Ordnung geschaffen" hätten, „freilich nach schweren und blutigen Kämpfen".

Gegen Ende des 19. Jahrhunderts übersteigert sich der deutsche Nationalismus immer weiter, man bezeichnet andere Völker als minderwertig oder als Erbfeinde. Die Literatur trägt mit dazu bei, die Stimmung für einen Krieg gegen benachbarte Länder zu schaffen. Militarismus, Untertanengeist und Erziehung zum Krieg kennzeichnen auch die Kinder- und Jugendliteratur dieser Zeit und besonders die Zukunftsromane für Jugendliche: Zahlreiche Schriftsteller schildern, wie Deutschland mit tapferen Soldaten und Wunderwaffen gegen die Nachbarvölker blutige, zerstörerische Kriege führt und meist gewinnt. So beschreibt z. B. Rudolf Martin in seinem Buch *Berlin–Bagdad. Das Deutsche Weltreich im Zeitalter der Luftschiffahrt, 1910—1931* (erschienen im Jahre 1907) Eroberungskriege unter Ausnutzung einer (erwarteten) technischen Überlegenheit auf dem Gebiet der Luftschiffe.

In Deutschland ändert die Zukunftsliteratur nach dem verlorenen ersten Weltkrieg keineswegs ihr Gesicht. Deutsches Großmachtstre-

ben, die Überlegenheit deutscher Tüchtigkeit und Rasse, die „Notwendigkeit", andere Völker zu bekämpfen und zu unterdrücken, bleiben auch weiter dominierende Themen. Allerdings kommt jetzt der Weltraum als Schlachtfeld hinzu; so haben denn populäre Romane dieser Zeit Titel wie *Krieg im All, Der Radiumkrieg, Gefahr aus dem Weltall.* Unter den Faschisten wird die Zukunftsliteratur zwar nicht direkt gefördert, aber manche Autoren, wie z. B. Hans Dominik, erreichen um 1940 den Höhepunkt ihrer Verbreitung, wozu nicht zuletzt auch Feldpostausgaben (für die Soldaten an der Front angefertigte, billige Sonderdrucke) ihrer Bücher beitragen. Das wundert nicht, denn gerade Dominik erzählt in seinen technisch-nationalistischen Abenteuern häufiger davon, wie es zu erdballumspannenden Kriegen kommt, weil böse Ausländer den tüchtigen Deutschen wichtige Erfindungen rauben wollen.
In den USA entwickelt sich die Zukunftsliteratur zu Beginn des 20. Jahrhunderts nicht so direkt politisch, gehört aber schon in den 20er Jahren zu den wichtigsten Zweigen der unterhaltenden Massenliteratur. Seit dieser Zeit spricht man auch von Science Fiction oder SF. Und SF übertrifft nach und nach alle anderen Bereiche der Abenteuerliteratur, aus denen aber die abenteuerlichen Bestandteile übernommen werden, besonders Kampfszenen, Gewalt- und Kriegsdarstellungen, die man durch immer neue, immer gewaltigere Waffensysteme übersteigert. Zum Teil hängt dem Raumfahrer der Science Fiction der „Raumstrahler" noch an der Seite, wie seinem irdischen Vorbild, dem Cowboy, der Colt; zum Teil werden mit neuen Superwaffen ganze Planetensysteme ohne Wimpernzucken in die Luft gejagt. SF ist somit über Jahrzehnte hinweg nicht wesentlich mehr als eine futuristische Kriegs- und Kampfliteratur.
Trotz der überwiegend konservativen Ausrichtung der SF, und das gilt nicht nur für die US-amerikanische und deutsche, haben immer wieder Schriftsteller die Mittel der Zukunftsliteratur benutzt, um den Militarismus zu kritisieren, um vor kommenden Kriegen zu warnen, um für Frieden und Gerechtigkeit zu werben. Bereits im Deutschland vor dem ersten Weltkrieg überzeichnen Autoren das Absurde und Menschenfeindliche des Militarismus, wie z. B. Mynona in seiner Groteske über Kriegserziehung und Kriegsspielzeug, oder sie führen soldatische Tugenden und übertriebene Wertschätzung neuer Kriegstechnologien ad absurdum, wie der Pazifist Paul Scheerbart, der seiner witzig-phantastischen Geschichte vom „General von Bax" die aufkommende Luftschiffahrt zugrunde legt. Wesentlich drastischere Bilder entwirft der Hamburger Lehrer Wilhelm Lamszus 1912 in seinem Roman *Das Menschenschlachthaus* (neu gedruckt 1978): Auf

der Grundlage erkennbarer gesellschaftlicher und technischer Entwicklungen beschreibt er die Abschlachtung von Menschen für fremde Interessen in einem zukünftigen Vernichtungs- und Materialkrieg. Unter dem Eindruck der Massenvernichtung im ersten Weltkrieg verfaßt (der spätere DDR-Kulturminister) Johannes R. Becher zwei utopisch-phantastische Antikriegsbücher, in denen er mit expressionistischer Verzerrung das Elend des Krieges übersteigert: *Levisite oder Der einzig gerechte Krieg* (1926) handelt von einem Giftgaskrieg gegen die Arbeiterklasse; *Der Bankier reitet über das Schlachtfeld* (1926) wendet sich gegen die Profitinteressen, die hinter Kriegen stehen, um derentwillen Millionen sterben.

Insgesamt sind es jedoch nur wenige Autoren, die zwischen den Weltkriegen mit den Mitteln der SF-Literatur gegen den Militarismus und den kommenden Krieg kämpfen. Zu den wichtigsten gehört der Tscheche Karel Čapek, der seit den 20er Jahren mehrfach in kurzen SF-Erzählungen für soziale Gerechtigkeit und Frieden eintritt, der an Einzelbeispielen die Absurdität des Krieges anschaulich herausstellt, wie z. B. in den hier abgedruckten „Fabeln aus künftigen Jahren". Berühmt sind vor allem Čapeks utopische Romane: In *Das Absolutum* (1922) sagte er für die Jahre von 1944 bis 1953 fast prophetisch einen neuen, „um ein vielfaches schlimmeren Weltkrieg" vorher. In *Krakatit* (1924) geht es um einen Ingenieur, der (nach dem Vorbild Alfred Nobels) einen neuen, hochwirksamen Sprengstoff erfunden hat, dessen Zerstörungskraft unermeßliches Leid über die Menschen bringen könnte. Ebenfalls prophetische Vorwegnahmen enthält *Der Krieg mit den Molchen* (1935), der schon unter dem Eindruck des deutschen Faschismus entstand und grotesk-satirisch einen imperialistischen Eroberungskrieg gestaltet, in dem die Aggressoren letztlich an ihrem Egoismus und Aggressionstrieb selbst zugrunde gehen.

In den Jahren nach dem zweiten Weltkrieg erscheinen dann in größerer Zahl utopische Werke, die die Erfahrungen mit dem Schrecken der Kriegsjahre ungebrochen wiedergeben. Unter dem Eindruck der Kriegsverheerungen warnen von Mitte der 40er bis weit in die 50er Jahre zahlreiche Schriftsteller vor möglichen neuen Kriegen durch die literarische Vorwegnahme noch größerer Kriegsgreuel. Dazu gehören z. B. Oskar Maria Graf oder die Französin Elsa Triolet mit ihrem Roman *Das rote Pferd oder Wohin steuert die Menschheit* (1953), dessen Handlung, wie bei Graf, nach einem zukünftigen Atomkrieg angesiedelt ist. Seit Hiroshima und Nagasaki sind die realen Schrecken des Krieges selbst in der utopisch-phantastischen Literatur nicht mehr zu überbieten. So ist es vor allem die Atombombe und die Auswirkungen, die ihr Einsatz auf die Zivilisation wie auf den einzelnen Menschen haben kann, die gerade Naturwissenschaftler dazu bringt, Warnutopien zu schreiben, wie z. B. den Atomwissenschaftler Leo Szilard mit seinen Erzählungen. Um die Verantwortung des Wissenschaftlers für den Einsatz von Vernichtungswaffen geht es in Ernst von Khuons Wasserstoffbomben-Roman *Helium* (1947); und häufiger beschreiben Dichter, wie z. B. Jens Rehn in *Die Kinder des Saturn* (1959), das elende Überleben der atomaren Katastrophe.

Solche realistischen und überwiegend pessimistischen Katastrophenromane erhalten ihre reale Basis durch den Kalten Krieg zwischen den politischen Machtblöcken in Ost und West, der seit Ende der 40er Jahre andauert und immer wieder in einen „heißen Krieg" umzuschlagen droht. Obwohl die Science Fiction der USA in dieser Zeit sich durch Kriegsverherrlichung und besonders durch Antikommunismus hervortut, nehmen sich einzelne US-Autoren schon in den 40er und frühen 50er Jahren kritisch dieses Themas an. Sie verdeutlichen die Perspektivlosigkeit des Rüstungswahns, wie z. B. Ray Bradbury, oder sie entwerfen ihre eigene Abrüstungsutopie, wie Kurt Vonnegut in seinem grotesken „Bericht über den Barnhouse-Effekt". Vergleichbare Texte entstehen auch in der UdSSR und in anderen sozialistischen Ländern. Sind es in der westlichen SF vor allem die Kommunisten, die für zukünftige Kriege verantwortlich gemacht werden, so sind es in der sozialistischen SF die Kapitalisten. Dabei gelingen einzelnen Autoren schon in frühen Werken überzeugende Bilder: So führt Stanisław Lem in seinem „Märchen vom lachenden Turing" das Streben nach Vorherrschaft oder Weltherrschaft ad absurdum, ironisiert dieses Motiv aber gleichzeitig durch seine Erzählweise. Der Russe Wladimir Sawtschenko nimmt zwar die Situation des Kalten Krieges zum Ausgangspunkt, ist aber in seiner pointierten Geschichte letztlich von der Hoffnung auf eine humanere Welt erfüllt, in der Kriege und gewaltsame Auseinandersetzungen verschwunden sein werden.

Mit dem Abklingen des Kalten Krieges verschwindet aber das Antikriegsthema nicht aus der Science Fiction. Neue Kriege, z. B. in Ostasien, motivieren Autoren bis heute, sich mit diesem Thema auseinanderzusetzen, wie u. a. der Schwede Göran Hägg in der Erzählung „Im goldenen Dreieck". Daß auch längst vergessen geglaubte Kriege noch in der Erinnerung weiter bestehen, daß sie immer noch Angst erzeugen können, belegt die unheimlich-phantastische Geschichte „Begegnung im Bunker" des Norwegers Ingar Knudtsen über die Begegnung des heutigen Menschen mit dem letzten Krieg.

Wenngleich in der SF-Literatur der Krieg als Abenteuer vorherrschend bleibt, so hat sich seit den späten 60er Jahren im Zusammenhang mit einer neuen Welle, einer „new wave" der Science Fiction, eine

Änderung dadurch angebahnt, daß neue Autoren Erzählweisen und Motive der „normalen“ Literatur in die SF einführen. Sie rücken den Menschen mit seinen Hoffnungen und Bedürfnissen in den Mittelpunkt ihrer Erzählungen. Schriftsteller suchen nach neuen Werten, treten für Frieden und Gerechtigkeit ein. Zu den Vertretern dieser neuen Welle gehört in Frankreich z. B. Daniel Walther. In seiner antimilitaristischen Erzählung „Die Tötung des blauen Vogels“ arbeitet er zunächst mit Bildern, die dem Leser aus der gängigen SF-Literatur vertraut sind, benutzt dann aber die menschliche Psyche als zusätzliche Darstellungsebene und entwickelt daraus eine humanistische Moral. Einem ähnlichen Gestaltungsprinzip folgt auch Gerd Maximovič in seiner Erzählung „Der Krieg gegen die Parmanteren“: Hier ist der imperialistische Eroberungskrieg in den Fernen des Weltalls kein spannendes Abenteuer, sondern eine nachvollziehbar unmenschliche Situation.
Eine weitere Bereicherung erfährt die internationale Science Fiction durch die Entwicklung der südamerikanischen Literatur. Für viele Menschen in Südamerika gehören Krieg, brutale Unterdrückung und gewaltsamer Tod zum Alltag. Diktatoren und Militärregierungen führen Krieg gegen ihre Völker, versuchen durch zwischenstaatliche Konflikte von Hunger und Elend im Inneren abzulenken. An Ausbeutung und Gewalt beteiligen sich auch kapitalistische Konzerne und westliche Regierungen. Das Eintreten gegen Krieg und Gewalt gehört daher in den Werken zahlreicher lateinamerikanischer Autoren gleichermaßen zu den zentralen wie zu den selbstverständlichen Bestandteilen. Und dabei greifen sie sowohl auf die Darstellungsmittel ihrer traditionellen Literatur zurück wie auch häufiger auf Elemente und Erzählweisen der SF, um damit Sozialkritik und Antiimperialismus für den Leser überzeugend zu machen. Die Erzählungen von Alvaro Menén Desleal und René Rebetez Cortés sind nur zwei Beispiele hierfür.
Diese Sammlung von Science-Fiction-Geschichten steht zwar unter einem zentralen Thema, alle Autoren sprechen sich gegen den Krieg aus, dennoch bietet dieser Band inhaltliche und formale Vielfalt, ist unterhaltender, packender und aktueller als manche Heft- oder Buchreihe mit beeindruckender Titelfolge. Bekannte Autoren aus aller Welt beweisen überzeugend, daß Science Fiction mehr sein kann als abenteuerliche Unterhaltung. Die hier abgedruckten Geschichten sind außerdem politisch und aufklärerisch, sie regen zum Nachdenken an. Diese Geschichten sind also nicht typisch für die gegenwärtige Science Fiction, vielleicht zeigen sie aber, wie und was Science Fiction sein könnte.

Quellenverzeichnis

Ray Bradbury: Geb. 1920 in Illinois, gehört Raymond Douglas Bradbury zu den wichtigsten zeitgenössischen Schriftstellern der USA, seit den 40er Jahren schreibt er überwiegend Science Fiction, herausragend sind vor allem seine sozialkritischen SF-Romane und -Erzählungen, die um 1950 unter dem Eindruck des Kalten Krieges entstanden, in denen er für mehr Menschlichkeit und Toleranz, für Selbstbestimmung und friedliches Zusammenleben plädiert; dazu gehören vor allem, die mittlerweile auch auf deutsch vorliegenden Bücher: „Die Mars-Chroniken“ (1950), „Der illustrierte Mann“ (1951), „Fahrenheit 451“ (1953).

Die Erzählung „Die letzte Nacht der Welt“ entstammt dem Band „Der illustrierte Mann“, übersetzt von Peter Naujack, Zürich 1962.

Frederic Brown: Geb. 1906 in Cincinnati, zunächst als Büroangestellter, später als Journalist, seit 1947 als Autor tätig, 1972 gestorben. Brown schrieb vor allem anspruchsvollere Kriminalgeschichten und Romane, daneben phantastische Erzählungen und Science Fiction. Als einer der ersten SF-Autoren der USA hat er mit der vielfach verbissenen Ernsthaftigkeit des Genres gebrochen und Satirisches, Parodistisches und Humoristisches zu anspruchsvolleren und zeitkritischen Texten verarbeitet; neben einigen Kurzgeschichtensammlungen ist vor allem sein auch auf deutsch vorliegender Roman „Die grünen Teufel vom Mars“ (1954/55) bemerkenswert.

Die Erzählungen „Der Posten“ und „Die Waffe“ entnehmen wir dem Erzählungsband „Flitterwochen in der Hölle“, Zürich 1979, in der Übersetzung von B. A. Egger.

Dino Buzzati: Geb. 1906 im norditalienischen Belluno, studierte Dino Buzzati Traverso zunächst Jura, arbeitete dann als Journalist und seit den 30er Jahren auch als Erzähler, gestorben 1972. Er gehört zu den wichtigsten italienischen Schriftstellern des 20. Jahrhunderts; seine manchmal phantastischen, surrealistischen, metaphysischen und/oder existentialistischen Erzählungen und Romane wurden stark durch den Einfluß Kafkas geprägt; als ‚Mahner und Moralist‘ engagierte er sich in den 50er Jahren gegen Atomkriegsgefahren und Unmenschlichkeit, benutzte dabei häufiger populäre Erzählformen, z. B. auch die Erzählmittel der Science Fiction. Ein Teil seines Werkes liegt auf deutsch vor, darunter auch sein wichtigster Roman „Die Tatarenwüste“ (1940).

Die Erzählungen „Die Geheimwaffe“ und „Die Abrüstung“ erschienen in dem Band „Die Lektion des Jahres 1980“, Wien–Stuttgart–Basel 1962, übersetzt von Ingrid Parigi.

Karel Čapek: Geb. 1890 in Malé Svatoňovice (Kleinschadowitz), Philosophiestudium in Prag, dann Journalist, Erzähler, Dramaturg, gest. 1938 in Prag. Čapek zählt zu den bekanntesten und wichtigsten tschechischen Schriftstellern des 20. Jahrhunderts. Humanistisches Engagement und Sozialkritik, das Eintreten für den Frieden und die Warnung vor der Kriegsgefahr bestimmen seine Romane und Dramen, Märchen, Kriminalgeschichten u. a. Bekannt geworden ist Čapek auch in Deutschland vor allem durch seine anspruchsvollen utopisch-phantastischen Romane, in denen sich in unterschiedlicher Weise die Antikriegsthematik wiederfinden läßt: „Das Absolutum oder Die Gottesfabrik“ (1922), „Krakatit“ (1924), „Der Krieg mit den Molchen“ (1935).

Die „Fabeln aus künftigen Jahren, in denen die Menschen in unterirdischen Bunkern leben werden“ entnehmen wir der Anthologie „Zeitschleifen“, herausgegeben von Reinhard Fischer, Berlin/DDR 1981, Übersetzung von Gustav Just.

Der Originaltitel des Beitrages ist „Bajky z let budouích“ (Fabeln aus künftigen Jahren), erschienen in dem Band „Bajky a podpovíky“.

Andrzej Czechowski: Geb. 1947, Studium der Physik und Biophysik in Warschau und Moskau, arbeitet als Physiker in Warschau und schreibt nebenbei seit Anfang der 60er Jahre SF-Erzählungen für Zeitschriften und Anthologien, von denen einige mit Literaturpreisen ausgezeichnet wurden.

Die Erzählung „Die absolute Waffe“ stammt aus der Anthologie „Galaxisspatzen“, herausgegeben von Johannes Jankowiak, Berlin/DDR 1975, erschien unter dem Titel „Broń absolutna“ zuerst 1969 in der Warschauer Zeitschrift „Młody Technik“, übersetzt von Reinhard Fischer.

Howard Fast: Geb. 1914 in New York, zunächst Journalist, gehörte Howard Melvin Fast in den 40er und 50er Jahren zu den politisch und sozial engagiertesten amerikanischen Schriftstellern, herausragend sind hier seine, auch bei uns bekannten, historischen Romane: „Die letzte Grenze“ (1941), „Die Straße der Freiheit“ (1948), „Spartacus“ (1951), später verfaßte Fast vor allem unterhaltungsbetonte Prosa, darunter auch SF-Erzählungen, in denen sich zum Teil noch etwas vom früheren sozialistischen Engagement des Autors wiederfindet.

Die Erzählung „Cato vom Mars“ erschien in dem Band „Die neuen Menschen“, München 1963, übersetzt von Tony Westermayr.

Herbert W. Franke: Geb. 1927 in Wien, Studium der Physik, Chemie, Psychologie, Philosophie, lebt seit den 50er Jahren in der Bundesrepublik Deutschland, seit 1956 freiberuflicher Publizist. Franke gilt als der „erfolgreichste Autor anspruchsvoller Science Fiction in der Bundesrepublik“, die meisten seiner Erzählungen und Romane zeichnen sich durch humanistisches Engagement aus: „Das Gedankennetz“ (1961), „Der Orchideenkäfig“ (1961), „Zone Null“ (1970), „Einsteins Erben“ (1972), „Ypsilon Minus“ (1976) u. a.

Die Erzählungen „Schlag und Gegenschlag“, „Erwachen“ und „Krieg“ entstammen dem Band „Der grüne Komet“, München 1964.

Sewer Gansowski: Geb. 1918 in Kiew; nach verschiedenen Berufen, Fronteinsatz, Studium, in den 50er Jahren Kinderbuch- und Bühnenautor, gehört seit den 60er Jahren zu den besten sowjetischen SF-Autoren, seine unkonventionellen, mehrschichtigen Erzählungen sind in der DDR in mehreren Anthologien sowie einem Sammelband nachgedruckt: „Die Stimme aus der Antiwelt“ (1972).

Die Erzählung „Der Schießplatz“ entnehmen wir „Flug zum Alpha Eridani“, herausgegeben von Lothar Grünewald, Berlin/DDR 1970, übersetzt von Marlene Milack.

Oskar Maria Graf: Geb. 1894 in Berg am Starnberger See, gelernter Bäcker, Arbeiter, in verschiedenen Berufen, 1918 Teilnahme an Novemberrevolution und Räterepublik in München, dann Dramaturg und freischaffender Schriftsteller, als aktiver Antifaschist von den Nazis 1934 ausgebürgert, Exil in der Tschechoslowakei, 1938 Emigration in die USA, 1967 in New York gestorben. Graf ist vor allem durch sozialkritische, teils sozialistische, volkstümliche Erzählungen und Romane bekannt geworden, u. a. seine autobiographisch gefärbten Bücher: „Wir sind Gefangene“ (1927), „Das Leben meiner Mutter“ (1947), „Unruhe um einen Friedfertigen“ (1947).

Der Beitrag „Das apokalyptische Vorspiel“ ist das erste Kapitel des nach dem zweiten Weltkrieg in den USA geschriebenen Romans „Die Erben des Untergangs“, Frankfurt/M. 1959, Erstveröff. 1948 unter dem Titel „Die Eroberung der Welt“.

Göran Hägg: Schwedischer Science-Fiction-Autor; die Erzählung „Im goldenen Dreieck“ erschien unter dem Titel „I den gyllene triangeln“ 1974 in dem Band „Vägen till den gyllene triangeln“, Stockholm, hier übernommen aus der Anthologie „Wiedersehen beim Sirius“, Berlin/DDR 1979, herausgegeben von Heinz und Irma Entner, die auch die Übersetzung vornahmen.

Harry Harrison: Geb. 1925 in Connecticut, Kunststudium in New York, Soldat im zweiten Weltkrieg, dann Werbegraphiker, seit den 50er Jahren Autor und Herausgeber von Science Fiction. Harrison gehört zu den bekanntesten und produktivsten SF-Autoren der USA, beschränkt sich überwiegend auf abenteuerliche Unterhaltung; neben einzelnen Erzählungen, die literarische und sozialkritische Ambitionen mit Satire und Ironie verbinden, ist vor allem sein auch ins Deutsche übersetzter antiutopischer Roman „New York 1999“ (1966) bemerkenswert (verfilmt unter dem Titel „Soylent Green“).

Die Erzählung „Der Endkampf“ („The Final Battle“), Erstveröff. 1970 in dem Band „Prime Number“, ist dem Erzählungsband „Primzahl“, München 1972, entnommen, Übersetzung von Norbert Wölfl.

Ingar Knudtsen jr.: Norwegischer SF-Autor; die Erzählung „Begegnung im Bunker“, Originaltitel „Møte i bunker“, Erstveröffentlichung in dem Band „Dimensjon S“, Oslo 1975, entnehmen wir aus der Anthologie „Wiedersehen beim Sirius“, Berlin/DDR 1979, herausgegeben und übersetzt von Irma und Heinz Entner.

Stanisław Lem: Geb. 1921 in Lwów (heute UdSSR), Medizin- und Philosophiestudium, Arzt, seit 1950 freier Schriftsteller, lebt in Krakau. Lem ist derzeit der international erfolgreichste polnische Gegenwartsautor, Empfänger internationaler Kulturpreise; er schreibt überwiegend utopisch-phantastische Erzählungen und Romane, die wohl zum besten gehören, was auf diesem Gebiet in Ost und West veröffentlicht wird; die meisten seiner Arbeiten liegen auf deutsch vor, in etlichen Texten wendet sich Lem, direkt oder parabelhaft, gegen Krieg und Rüstungswahn, tritt für Toleranz und Verständnis ein: u. a. „Der Unbesiegbare“ (1964), „Die Astronauten“ (1951).

Die Erzählung „Das Märchen vom lachenden Turing“ ist ein Auszug aus dem Roman „Obłok Magellana“ (deutsch unter dem Titel „Gast im Weltraum“, Berlin/DDR 1956).

Nutzung der Übersetzung aus dem Polnischen von Rudolf Pabel mit freundlicher Genehmigung des Verlages Volk und Welt, DDR-Berlin.

Gerd Maximovič: Geb. 1944 in Langenau (CSSR), Studium der Wirtschaftswissenschaft, Jura, Geschichte, Pädagogik, lebt als Lehrer in Bremen, veröffentlichte u. a. SF-Erzählungen in Zeitschriften und Anthologien und ist einer der wenigen jüngeren deutschen SF-Schriftsteller, bei denen inhaltliche Ambitionen auch mit literarischem Differenzierungsvermögen einhergehen.

„Der Krieg gegen die Parmanteren“ wurde aus dem Band „Die Erforschung des Omega-Planeten“ übernommen, Frankfurt/M. 1979.

Alvaro Menén Desleal (Pseud. für Alvaro Menéndez Leal): Geb. 1931 in Santa Ana, Soziologe und Schriftsteller, hat zahlreiche Erzählungsbände veröffentlicht, mehrfache Auszeichnungen mit Literaturpreisen in El Salvador.

Die Erzählung „Ein Seil aus Nylon und Gold“ ist die Titelgeschichte des Bandes „Una Cuerda de Nylon y Oro y Otros Cuentos Maravillosos“, San Salvador 1969, und wurde hier in der Übersetzung von Helga Castellanos der Anthologie „Die Sonnenfinsternis und andere Erzählungen aus Mittelamerika“ entnommen, Tübingen und Basel 1969, herausgegeben von Helga Castellanos und Peter Schultze-Kraft.

Mynona (Pseud. für Salomo Friedländer): Geb. 1871 in Gollantsch bei Posen, Philosophie-Dozent in Berlin, 1946 in Paris gestorben. Mynona (Umkehrung von ‚anonym‘) war in den Jahren vor, während und nach dem ersten Weltkrieg einer der bissigsten bürgerlichen Gesellschaftskritiker, seine kurze, satirisch-sarkastische Prosa erschien vor allem im „Simplicissimus“ und wandte sich immer wieder mit Entschiedenheit gegen Militarismus, Krieg und Faschismus. Mynona ist in den letzten Jahrzehnten weitgehend in Vergessenheit geraten und wird erst seit kurzem als ‚Meister der Groteske‘ und des schwarzen Humors wiederentdeckt.

„Neues Kinderspielzeug“ entstammt dem Band „Rosa, die schöne Schutzmannsfrau“, Zürich 1965.

Josef Nesvadba: Geb. 1926 in Prag, Arzt und Psychiater, seit 1958 vielfältige schriftstellerische Arbeiten. Nesvadba setzt sich häufiger mit der Unmenschlichkeit des Krieges auseinander, in einem Vietnam-Roman (auf deutsch 1965 unter dem Titel „Vinh Linh oder die Entdeckung des Dr. Dong“) sowie in etlichen Erzählbänden, in denen der Autor z. T. mit grotesken und visionären Geschichten von Kafka und Čapek beeinflußte Traditionslinien der tschechischen Literatur weiterführt; auf deutsch liegen u. a. vor: „Die Erfindung gegen sich selbst“ (1962), „Die absolute Maschine“ (1966).

Die Erzählung „Ein Prozeß, von dem niemand erfahren hat“ erschien in dem Band „Das verlorene Gesicht“ (Hanau o. J. — ca. 1966), übersetzt von Erich Bertleff.

René Rebetez Cortés: Geb. 1933 in Bogota, Kolumbien; Studium der Sozial- und Wirtschaftswissenschaften in Genf, Auslandsaufenthalte, Journalist; Gründer und Leiter der ersten südamerikanischen Science-Fiction-Zeitschrift, „Crononauta“, veröffentlichte mehrere Erzählungsbände, Essays u. a.

Die Erzählung „Rocky Lunario“ erschien zuerst in dem Band „La nueva prehistoria y otros cuentos“ (Mexico D. F. 1967), übersetzt von Rainer Schultze-Kraft in der Anthologie „Das Duell. Kolumbien in Erzählungen seiner besten zeitgenössischen Autoren“, herausgegeben von Peter Schultze-Kraft 1969.

Boris Romanowski: Geb. 1932, nach einem polytechnischen Studium heute wissenschaftlicher Mitarbeiter in Leningrad, gehört zur jüngeren Generation der sowjetischen SF-Autoren und publiziert seit etwa 10 Jahren in Zeitschriften und SF-Anthologien.

Der Beitrag „Hände“ (sowjet. Erstveröff. 1972) entstammt der von Jewgeni Brandis herausgegebenen Anthologie „Der Wurfspieß des Odysseus“, Berlin/DDR 1981 und wurde von Klaus-Dieter Goll übersetzt.

Wladimir Sawtschenko: Geb. 1933, Physikstudium, Berufstätigkeit als Elektroingenieur, gehört mit etlichen SF-Erzählungen und einigen SF-Romanen zu den anspruchsvolleren SF-Autoren der UdSSR. Er verbindet häufig technisch-naturwissenschaftliche Aspekte mit politisch-philosophischen Fragestellungen, z. B. in seinem jetzt auch auf deutsch erschienenen Roman „Das dreifache Ich“ (1971).

Die Erzählung „Erwachen im 20. Jahrtausend“ (Erstveröff. Moskau 1959) erschien in „Science Fiction I. Wissenschaftlich-phantastische Erzählungen aus Rußland“, München 1963, übersetzt von Ruth Elisabeth Riedt.

Paul Scheerbart (Pseud. für Bruno Küfer): Geb. 1863 in Danzig, Kunst- und Philosophiestudium, freischaffender Schriftsteller, gestorben 1915 in Berlin. Scheerbarts Werk, geprägt von hintergründigem Witz, Humor und Kalauern, vom Grotesken und Phantastischen, vom Trivialen wie Wirren, läßt sich kaum literarisch einordnen, weist zwar Bezüge zum Jugendstil und zum Expressionismus auf, zeugt aber vor allem von Individualität. Politisch war Scheerbart Humanist, Anarchist, vor allem aber Pazifist; so urteilte der Schriftstellerkollege und Zeitgenosse Erich Mühsam über Scheerbart: ‚Der lachende Verkünder der Selbstverständlichkeit des Friedens unter den Völkern.‘ Scheerbarts Abscheu vor Krieg und Militarismus war so weitgehend, daß, wie man sagt, er aus Anlaß des ersten Weltkrieges kaum noch Nahrung zu sich genommen haben soll und verhungerte. Neben neueren Nachdrucken kürzerer Arbeiten erschien 1962 ein Band „Dichterische Hauptwerke“.

Der Beitrag „General von Bax“ entstammt dem Band „Immer mutig!“, Minden 1902.

Robert Sheckley: Geb. 1928 in New York, von 1946—48 bei den UN-Truppen in Korea, dann Studium, seit 1951 schriftstellerische Arbeiten, vor allem SF-Kurzgeschichten, lebt heute in London. Sheckley zählt international zu den wichtigsten SF-Autoren, seine längeren SF-Texte sind zwar eher als originelle Abenteuerromane zu werten. In seinen Kurzgeschichten gelingt ihm immer wieder engagierte, überzeugende Gesellschafts- und Kulturkritik; bekanntgeworden sind u. a. zwei Geschichten als

Vorlagen erfolgreicher Filme, für „Das Millionenspiel“ von Wolfgang Menge (1970 im ARD-Fernsehen) und „Das zehnte Opfer“ (1965 von Elio Petri).

Die Erzählung „Der glücklichste Mann der Welt“ stammt aus dem Band „Utopia mit kleinen Fehlern“, München 1963 (Erstveröff. in „Citizen in Space“, 1955), übersetzt von Tony Westermayr.

Leo Szilard: Geb. 1898 in Budapest, Studium in Budapest und Berlin, Philologe und Atomphysiker, Grundlagenforschung zur Kernenergie, seit 1937 in den USA, gilt als einer der ‚Väter der Atomenergie‘, Beschäftigung mit den Möglichkeiten atomarer Kettenreaktionen. Szilard setzte sich 1945 aktiv gegen den Abwurf der Atombomben auf Hiroshima und Nagasaki ein sowie für ausschließliche friedliche Nutzung der Kernenergie, arbeitete zuletzt als Biophysiker, gestorben 1964. In einem Band mit SF-Erzählungen setzt er sich grotesk-satirisch mit der Unmenschlichkeit internationaler Politik auseinander, warnt vor den verheerenden Wirkungen eines Atomkrieges und tritt für friedliche Koexistenz ein.

Die Erzählung „Der Zentralbahnhof“ entnehmen wir dem Band „Die Stimme der Delphine“, Reinbek 1963, in der Übersetzung von Horst Dölvers; die Erzählung entstand 1948 und wurde zuerst im „Bulletin of the Atomic Scientists“ veröffentlicht.

Kurt Vonnegut jr.: Geb. 1922 in Indianapolis, Studium der Biochemie, während des zweiten Weltkrieges machte er sich durch Antikriegsartikel in Zeitungen ‚unbeliebt‘, gab seinen Pazifismus nach dem Überfall auf Pearl Harbour auf, war als Kriegsfreiwilliger in Europa. Eine autobiographisch geprägte Darstellung von Entsetzen und Barbarei des Krieges am Beispiel der Zerstörung Dresdens bringt sein bekanntester Roman „Schlachthof 5“ (1969, deutsch 1970), in dem er neben realistischen Darstellungen auch groteske Science-Fiction-Passagen einbezieht. Nach einer Tätigkeit als Pubic-Relations-Manager für General Electric arbeitet Vonnegut seit 1950 als freischaffender Schriftsteller und hat eine Reihe von Romanen und Erzählungen vorgelegt, die teils pessimistisch, teils sarkastisch Gesellschafts- und Kulturkritik üben; vor allem in den frühen Arbeiten bezieht er entschieden gegen Rüstungswahn und Kalten Krieg Stellung.

„Bericht über den Barnhouse-Effekt“ (geschrieben 1950) entstammt dem Erzählungsband „Geh zurück zu deiner lieben Frau und deinem Sohn“, Hamburg 1971, und wurde von Kurt Wagenseil übersetzt.

Daniel Walther: Geb. 1940, Pharmaziestudium in Saarbrücken, Journalist, seit 1965 SF-Erzählungen und Romane, lebt in Sausheim/Frankreich. Als Autor und Herausgeber zählt Walther zu den wichtigsten Vertretern der neuen, inhaltlich und formal anspruchsvolleren SF seines Landes.

Die Erzählung „Die Tötung des blauen Vogels“ entstammt als Titelgeschichte dem Erzählungsband „Assassinat de l’oiseau bleu“ (1971) und wurde hier der von Bernhard Thieme herausgegebenen Anthologie „Der Planet der sieben Masken“, Berlin/DDR 1979, entnommen, übersetzt von Thomas Dobberkan.

Illustrationen

Umschlag- und Innenillustrationen stammen von Thomas Franke, geb. 1953, Studium der Physik, Psychologie und Malerei, lebt in Zappendorf, DDR. Franke hat sich seit Anfang der 70er Jahre der Grafik zugewandt, bevorzugt utopisch-phantastische Motive, hat eine Reihe von SF-Büchern in der DDR illustriert und arbeitet seit einigen Jahren vor allem für westdeutsche Verlage. Im Bereich der SF-Illustration gehört Franke mittlerweile, in Ost und West, zu den wichtigsten Künstlern. Seine Grafik unterscheidet sich von den üblichen SF-Illustrationen durch einen erkennbar eigenständigen Stil (der auch hierzulande seit einiger Zeit Nachahmer findet) sowie durch ein humanistisches Menschen- und Weltbild, das aus den meisten seiner Arbeiten spricht.

Titel der Grafiken, in der Reihenfolge des Abdrucks:

1. Umschlag: „Landschaft 1984"
2. Vorsatzvignetten: „Short people had no reason in the Nighted States" / „Truckle, auf der Suche nach Nichts"
3. Titelvignette: „Fotografik"
4. „Fünfstein II: Abschied/Die Erde/Reisefieber"
5. „Zu ‚Homunkuli', S. 232"
6. „Die Evidenz des Samuel"
7. „Fünfstein I: Narben/Sonde im Herbst der Erde/Der Koloß"
8. „Metamorphose/Evidenz"
9. Doppelseite: „Etüde im Keller/Ouvertüre/Echolalie-Finale"
10. „Illustration für ‚Homunkuli'"
11. „Zu ‚Homunkuli', S. 260"
12. „Fünfstein III: Der Redner/Flucht"

Die Rechte für die Grafiken Nr. 5 und Nr. 11 liegen beim Verlag Neues Leben, Berlin/DDR, dem wir für die Erlaubnis zum Nachdruck danken, alle anderen Rechte bei Thomas Franke.

Didaktische Überlegungen

Die abgedruckten Texte lassen sich für den Politik-/Sozialkunde- sowie den Deutschunterricht einsetzen, unter den Gesichtspunkten Friedenserziehung, Science Fiction als literarisches Genre sowie allgemeinen literarisch-ästhetischen Fragestellungen. Erstrebenswert ist die Zusammenfassung dieser Aspekte, möglichst fachübergreifend; in diesem Sinne verstehen sich auch die folgenden Hinweise.

1. Politik/Sozialkunde

1.1. Übergeordnete Lernziele (Lehrplanvorgaben): Fähigkeit und Bereitschaft zur Selbst- und Mitbestimmung, Einsicht in die Notwendigkeit politischen Engagements / Fähigkeit zur rationalen Orientierung und Analyse, Prinzip kontroversen Denkens.

1.2. Übergeordnete Lernziele (Friedenserziehung): Unmenschlichkeit des Krieges / Frieden ist mehr als die Abwesenheit von Krieg / Kriege sind nicht schicksalsgegeben, sondern durch Menschen gemacht und deshalb von Menschen zu verhindern / Kriege entstehen nicht durch individuelle Aggression, sondern sind interessengebunden, sind Auswirkung politischer Prozesse.

1.3. Zuordnung der Texte zu Themenbereichen:
Rüstungswahn, Wettrüsten, Abschreckungsstrategien: Buzzati–Geheimwaffe,–Abrüstung / Czechowski / Franke–Schlag und Gegenschlag / Gansowski / Harrison / Nesvadba / Swatschenko / Szilard / Vonnegut.
Abrüstung: Buzzati–Abrüstung / Czechowski.
Feindbilder, Vorurteile, Propaganda, Manipulation: Brown–Posten / Buzzati–Abrüstung / Fast / Hägg / Maximovič / Mynona / Nesvadba.
Koexistenz, Einfühlungsvermögen, Toleranz, Lernbereitschaft u. ä.: Buzzati–Geheimwaffe / Fast / Franke–Krieg / Harrison / Maximovič.
Militarismus, Soldatentum, soldat. Tugenden: Gansowski / Hägg / Knudtsen / Menén Desleal / Rebetez Cortés / Scheerbart / Vonnegut / Walther.
Macht, Herrschaft, Interessengebundenheit des Krieges: Gansowski / Lem / Maximovič / Vonnegut / Walther.
Individuelle Auswirkungen des Krieges, Angst: Bradbury / Căpek / Gansowski / Graf / Knudtsen / Romanowski / Sheckley / Walther.
Verantwortung der Wissenschaftler: Brown–Waffe / Gansowski / Nesvadba / Vonnegut.
Plädoyer für Aktivität, gegen Rückzug ins Private: Bradbury / Maximovič / Menén Desleal.

1.4. Zum Methodischen:
Orientierung an künftigen Lebenssituationen des Schülers, z. T. Anknüpfung an eigenen Erfahrungen (z. B. Kriegsdienstverweigerung).
Ab Klasse 5 (je nach Schülergruppe) sind die meisten Texte als Einzeltexte einsetzbar, vor allem die kürzeren.
Für Klasse 5—7: einzelne Texte oder Textteile als Grundlage/Ausgangsmaterial für Rollenspiele; Ziel: Verständnis wecken.
Für Klasse 8—10: Texte als Grundlage/Ausgangsmaterial für Planspiele (Konferenz- oder Projektmethode); Ziel: Strategien entwickeln.
Oberstufe: Texte als Bestandteil übergeordneter Problemzusammenhänge: politisch, ökonomisch, philosophisch (z. B. internationale Politik, europäische Sicherheitsprobleme, Systemwettkampf, soziale Gerechtigkeit, Friedensdefinitionen).

2. Deutsch

2.1. Literaturunterricht allgemein:
Ab Klasse 5, bei Einzeltexten: Diskussion der dargestellten Möglichkeiten, Gedankenspiele, Lösungsangebote, Suche nach Alternativen.
Klasse 5—10 (ggf. in Zuwahlkursen): kreativer Umgang mit Texten, d. h. Textanfänge, Texte oder Problemsituationen werden von den Schülern fortgeschrieben, eigene SF- und Phantasiegeschichten zum Thema.
Klasse 5—6: Programmatische Texte, Aussagen, Einwirkungsabsichten (offen, verdeckt) erkennen.
Klasse 7—10: Vergleich von Textsorten, z. B. Parabel (Bradbury / Brown / Fast / Harrison / Lem), Satire (Buzzati / Szilard), Groteske (Căpek / Czechowski / Mynona / Scheerbart); Vergleich von Erzählweisen, z. B. realistisch (Nesvadba / Rebetez Cortés / Sheckley), ironisch (Bradbury / Lem).

2.2. Literaturunterricht, Genre Science Fiction:
Klasse 7—10: Kontext Trivialliteratur, Dichotomie, ‚hohe' und ‚triviale' Literatur; z. B. Vergleich von ästhetisch differenzierten Texten aus der Anthologie mit trivialer SF (Heftreihen, SF-Anthologien für den Schulgebrauch liegen vor) anhand SF-typischer Motivbereiche: Begegnung mit Außerirdischen (Brown–Posten / Fast / Maximowič / Szilard / Walther), Weltuntergang/Apokalypse (Bradbury / Franke–Erwachen / Graf / Menén Desleal / Rebetez Cortés), Roboter (Hägg / Franke–Erwachen).
Klasse 9—12: Genrespezifik anhand der Anthologietexte herausarbeiten, Möglichkeiten der SF: Gedankenspiel, Antizipation, Übersteigerung, Anti-/Warnutopie, positiver Entwurf etc.
Oberstufe: problemorientierte Unterrichtseinheiten, Utopie bzw. Antikriegsutopie, Hinzunahme von Sekundärmaterial (z. B. Bloch: Freiheit und Ordnung, rde 318/319).

LITERATURHINWEISE:

Bibliographien zur Friedenserziehung und SF sind mittlerweile in großer Zahl vorhanden. Ausführliche Hinweise auf weiterführende Literatur finden sich in folgenden Titeln, die zur Hintergrundinformation, zur Gestaltung und Ergänzung des Unterrichts empfehlenswert sind:

Reimer Gronemeyer: Frieden, Baden-Baden 1978 (= Reihe Grundwerte Bd. 3), Signal-Verlag — umfassende Sammlung von Sachtexten.
Hermann Pfister (Hrsg.): Friedenspädagogik heute. Theorie und Praxis. Ein Handbuch für den Lehrer (dritte, stark erw. Aufl.), Waldkirch 1980, Waldkircher Verlagsgesellschaft — Unterrichtsgrundlagen und -modelle.
Manfred Nagl: Science Fiction. Ein Segment populärer Kultur im Medien- und Produktverbund, Tübingen 1981 (= Literaturwiss. im Grundstudium Bd. 5), Gunter Narr Verlag — Sachinformation.
Günter Waldmann: „Science Fiction (9.—12. Klasse)", in: ders.: Literatur zur Unterhaltung 1. Unterrichtsmodelle zur Analyse und Eigenproduktion von Trivialliteratur, Reinbek 1980 (= rororo Bd. 7351), S. 321—367, Rowohlt Verlag — Unterrichtsvorschläge.